风尘至妃

半世烟花倾天下

童颜 / 著

北京联合出版公司

Beijing United Publishing Co.,Ltd.

目 录

兄长是不是可以帮帮我？估计整个王朝没有人不知道容瑾的名字，他可是睿靖王，容熙暗暗地想。

身后是落红坊悠扬笙箫相伴的优美歌喉，于容熙而言已不值一提，他的心早已被一个叫苏浅月的女子占据。那样一位明眸皓齿、衣袂飘飘的绝色女子，长袖凌空一抖而下，眼前便是百花繁盛的明艳春景，可真正的春景在她面前都黯然失色。

容熙想，与她在一起，连四季之景都不用慕了。

"咚"一声响，容熙才发现自己撞到了墙上。他揉揉撞痛的额头，辨认了一下眼前的黑暗，才想起此时是黑夜，不觉苦笑，整个紫禁城，是不是唯有他这个容王府的逍遥公子如此荒唐？转而一想，就算荒唐，亦要荒唐这一回。他定定神，毅然向黑暗中走去。

容王府，容瑾的书房。

容瑾双眉微蹙低着头轻轻地踱着步，今日在朝堂上有大臣上奏塞外藩王蠢蠢欲动，难道……

"嘭嘭嘭。"敲门声突然而至，一下子打断了他的思索："谁？"

容瑾抬起头，已经这么晚了，他都吩咐下人不许来打扰了，谁还会如此大胆？

"哥哥，是小弟。"容熙唇角带着笑意。

自小，哥哥就宠他，凡事都让着他，他对哥哥除了爱戴还有信任，更相信哥哥一定会帮他的。

容瑾伸手拉开门闩，一眼看见容熙气喘吁吁地立在门外，忙道："二弟，什么事，你这么着急？"

"打扰哥哥了。"容熙迈进门槛就是一个长揖，方才走得太过急切，现在还有点儿气喘吁吁，可是他依旧兴奋不已，"幸好哥哥在书房。"

容熙一贯是儒雅文静的样子，走路向来都是从容不迫的，今日里这般慌张倒叫容瑾有些吃惊："二弟，发生什么事了？"他迈步到书案旁，给容熙倒了茶，"坐下说话。"

"多谢哥哥。"容熙走过去毫不客气地端起茶盏将茶水一饮而尽，幸好这茶是半个时辰前送进来的，已经不烫了。

"二弟……"容瑾坐下，看着容熙皱眉，容熙这才意识到自己失态了，他忙歉意一笑，坐在容瑾对面。容瑾接着道："你今日这是怎么了？慌慌张张的，完全不像你平时的样子。"

"今日是有些事情，而且从前的样子我也腻了，换个样子也好，但愿今后的我再不是之前的我。"容熙看着容瑾，直言道，"就与哥哥实说了吧，小弟遇见一奇女子，想迎娶她做侧夫人，只是此事有些难，务必请兄长帮忙成全小弟心愿。"

容瑾不觉一笑："你想娶一位侧夫人还不容易？只是从前从没听你这样夸赞过一个女子。能让你念念不忘的奇女子，倒是让人好奇了，且说说，是怎样一个奇法？"

容熙顿觉尴尬，他口中的"奇"是指苏浅月的容貌和舞蹈，但她却是舞姬的身份。大卫国的国律严禁官员进入风月场所，而他作为容王府的二公子，不仅违反了国律，还想要迎娶一个舞姬为侧夫人，他也算一个奇人了。嘴唇嗫嚅，容熙一时不知该如何开口。

容瑾越发好奇道："怎么，你怎么这副模样？刚才不是还急得不行，现在怎么又不说话了？既然来找我，想来你是有为难之处，你若不说，为兄如何帮你？"

容熙猛然起身拉住容瑾衣袖："哥哥，自小哥哥就是护着弟弟的，这一次，希望哥哥依旧护着弟弟，务必帮弟弟达成心愿，算是弟弟求你了。"

"二弟，你不把事情原委说出来，为兄如何帮你？"容瑾从来没有见过弟弟这副样子，想着是这女子必有什么麻烦事，可是自己作为当朝手握兵权的王爷，难道还不能帮弟弟娶回一个侧夫人？他慷慨道："凡是入了弟弟眼的女子，只要弟弟喜欢，哥哥会设法帮你的。"

"多谢哥哥。"这句话正中容熙下怀，他起身就朝容瑾施礼，"小弟相信哥哥。"

"不要啰唆，且讲实情。"

"是，只是……"容熙还是觉得难以开口，却不得不说，"小弟的意思，此女的身份……她在秦淮街的落红坊……"

"你是说，她是妓女？"容瑾吃惊，霍然起身，眼见弟弟一副难言的样子，他心中一惊，马上明了，脱口道，"二弟，你知书识礼，难道大卫国的律法你不懂？你是大卫国容王府的二公子，如何去逛妓院与一位妓女有染，你，你……"

"不不不，兄长不要误会。"容熙双手乱摇，慌忙辩解，"她是舞姬，虽在落红坊，然小弟相信她的清白。她冰清玉洁，即便在落红坊，小弟相信她不染纤尘。"

容瑾冷笑："你与她多深的交情，这般相信她？"

"小弟与她并无交情，她亦不识小弟。"

容瑾吃惊，摇头道："这更奇了，你与她并无交集更无感情，如何这般为她讲话又被她所迷？罢了，这一切都不论，就她的身份，如何进得了王府？二弟，为兄劝你一句，就此打消念头。"

容熙摇头，言辞毫不妥协："哥哥，小弟绝不放弃此女。就算她是舞姬，在小弟眼中她依旧是珍宝，小弟绝不会舍弃她。更何况舞姬又怎么了？原本也是好人家的女儿，不比别人差什么的，更何况浅月姑娘舞姿出众，想必世间无人能及。"

"看来，你们两个是情深义重到不能分离。"容瑾故意道。

"小弟说了，她并不认识小弟，此乃小弟一厢情愿。我心中明白让她进王府的艰难，因此才想请兄长帮忙想一个万全之策，让她光明正大进入王府。我知晓兄长对小弟的好，因此没有一丝隐瞒，只求兄长成全。"容熙说着突然跪在容瑾面前，"哥哥，自小哥哥就疼惜弟弟，哥哥一定会成全小弟的。"

容瑾忙伸手拉起容熙："就为一个舞姬，你觉得有必要这样吗？以你的身份，名门望族的千金都由你挑选，又何必执着于一个舞姬？就算她姿容出色，又如何比得上大家闺秀？你不过一时被她姿色所惑，等你发现了她的鄙俗，定会为今日的所做后悔，还是趁早打消念头。"

"不，小弟绝不放弃，那浅月姑娘也绝非兄长口中的鄙俗女子。"

眼见容熙如此固执，容瑾心中不悦："你倒是说说此女有何出众？"

"小弟只知道她叫苏浅月，是落红坊的舞姬，她的舞蹈美妙绝伦，无与伦比，人称'凌波仙子'。她……她绝对当得起仙子的称号。"容熙说着，一脸痴迷。

苏浅月原本的曼妙优雅就堪比月宫嫦娥，若再加上她的舞蹈，只怕普通仙子都不敢与她相比。

"哦……"容瑾总算明白了一点儿，"你知识渊博，文采出众，又熟知音律，还擅长玉笛，难怪会舞蹈的苏浅月会在你眼里不凡。"

"并非是小弟偏爱，苏浅月本就卓尔不凡，请哥哥相信。"

"好了，为兄明白你的意思。只是此事不会如你所想那样顺利，单就她的身份，进入王府也是千难万难，等为兄想想，我们再做商议，你看如何？"

到此，容熙知道就算他相逼也无济于事，只得怏怏告辞："小弟静候哥哥佳音，时间不早，哥哥歇息吧，告辞。"

容瑾颔首，望着容熙怅然而去的背影，心中掠起波澜。他知晓弟弟不是纨绔子弟，断断不会被一普通舞姬所迷，那他口中的苏浅月到底是怎样一个女子？

"荣桓。"容瑾突然对门外唤了一声。

随着脚步声响起，荣桓匆忙走了进来，躬身施礼道："王爷。"

"明日你到秦淮街的落红坊查一个名唤苏浅月的女子，看她何等来历。"容瑾坐下去吩咐道。

"王爷。"听容瑾说到苏浅月，荣桓不觉笑了笑，"这个女子，奴才不用去查也知晓。她是落红坊卖艺不卖身的舞姬，美貌无双，舞技更是无人能及，人送外号'凌波仙子'。"

"哦，你有见过？"容瑾心中一动。

荣桓慌忙道："凌波仙子的身价极高，奴才哪有福气见得真容？不过，此女口碑如此之好，王爷若是想去看，奴才倒是有一个主意，王爷可以乔装改扮……"

"胡说！本王乃朝中重臣，如何能做违国律之事！你下去。"

"是，是，奴才告退。"荣桓忙退后出去。

容瑾又从椅子上站起，一颗心不觉被揪住。苏浅月……他是第一次听到这个名字，第一次听到有人如此赞誉一个女子，她到底是个怎样的女子？

最终，容瑾禁不住好奇，就在第二天的夜里乔装改扮去见了苏浅月。

远远地，台上的苏浅月似一轮皓月照亮了整个夜空，令所有的灯光黯然失色。她如同飞天一般的舞姿惊呆了容瑾，到此时，他才知晓容熙不肯放弃苏浅月的原因了。

　　回到王府，容瑾的眼前再也抹不掉苏浅月的影子，他暗中拿众位夫人和苏浅月相比，感觉就是所有夫人的美貌加起来都不及苏浅月，难怪容熙对苏浅月痴迷到不肯放手了。他，仅仅是见了她一次，就再也提不起对别的女子的兴趣了。

　　他连续几夜都独自待在书房，眼前俱是苏浅月的影子。容瑾痛苦地揉着额头，希望将苏浅月从脑海里驱赶出去，谁知越揉越泛滥成灾，几乎将他淹没。

　　"哥哥。"

　　随着敲门声、呼声响起，容瑾知晓是弟弟来问他有关苏浅月的事了，他满心惆怅却不得不应付："进来。"

　　"哥哥。"一脸笑容的容熙走进来，对着容瑾又是深深施礼，"打扰哥哥歇息了。"

　　"你如此频繁而来，无非是为了苏浅月。"容瑾开门见山。

　　"对呀，哥哥有了法子？"容熙大喜，"小弟就知道哥哥能帮忙，能否告诉小弟你的法子？"

　　"为兄愚笨，除了武功之外，及不上你一半的机灵，连你都想不出来法子，为兄如何能在这么短的时间里想出来？"容瑾歉意地看着容熙。

　　容熙满脸失望，却道："哥哥哪里话，若是小弟有一丝法子，还能为难哥哥吗？看来哥哥也是累了，你且歇息，小弟改日再来。"

　　容瑾点头，容熙转身时突然想到一事，忙又转回来："哥哥，小弟突然想起过两日就是秦淮街的群芳节，浅月姑娘一定会在节日中展示更美的舞蹈，哥哥不是不相信小弟的眼光吗？可否随了小弟一同乔装去观看，然后你再评判，看看小弟是否真有眼光。"

容瑾怔了一下，笑道："为兄朝廷之事都忙不完，如何有空闲陪着你乱逛？你也要小心的，若是给人看出来身份，会祸事上身。"

容熙笑了笑："兄长不去，小弟可不想错过。"

群芳节过后不久的一天，容瑾刚刚下朝回府在王妃卫金盏处用过晚饭，容熙就寻了过来。大家相互见礼完毕，容熙笑道："嫂嫂，小弟与兄长有一事相商，嫂嫂可否行个方便？"

卫金盏笑道："平日里难得二弟过来，既然有事，嫂子就不奉陪了。"她转而对身边的丫鬟道："彩霞，陪我到园子里走走。"

"是，王妃。"

彩霞答应一声，扶了她而去。房内只留容瑾、容熙二人，容熙一下变了脸色："哥哥，苏浅月不见了。"

容瑾亦是一惊："如何不见了？"

"小弟昨晚去观看她的舞蹈，却听说她走了。小弟慌忙去找鸨母妈妈询问缘由，鸨母说苏浅月被一男子带走了。小弟急问带走苏浅月的是什么人，鸨母竟然说不知道。"容熙一脸慌张，求救般地看着容瑾，"哥哥，想个办法，我们找到苏浅月的下落，可好？"

容瑾不语，好久才道："人是你看着就看丢了的，为兄如何为你寻找？难不成锁了紫禁城为你挨家挨户搜查？熙儿，你又何必执着她一个？京城里的女子你随便挑选，为兄定帮你达成心愿。"

容熙连连摇头："不，不，小弟只要她一个。除了她，小弟眼里再容不得别人了。"

你眼里再容不得别人，我心里怎么再容得下别人？容瑾在心里暗暗想，最终言道："这就更难了，你让为兄如何去做？"

失了苏浅月，容熙如同失了魂魄一样，他若能有办法，也不至于来问容瑾。他更担心为苏浅月赎身的人迎娶了她，那样他就真的失去了她。她是他的，如何能失去？

"不，我一定要找到她！"容熙的话十分坚定，目光中却是万般痛苦，倘若苏浅月已经成了别人的妻子，就算他找到又如何？

"带她走的那人，一定对她有所图，说不定此时她已是别人的妻子，你要怎样？"容瑾突然言道。

容熙顿时失色，他最担心的事情从旁人嘴里轻描淡写地说出来，犹如一把利剑刺穿了他的心脏，他能怎样？可是他如何甘心？

"哥哥……"

"此事为兄无能为力。"

容瑾轻轻一句话，让容熙觉得一阵惊雷在头顶砸开。他更清楚在苏浅月不见的那一刻，他就失去她了，不甘心不接受又如何？事实总归是事实。

失去了苏浅月，容熙大病一场，一直过了端午节才渐渐好起来。他知道，这一生，他和苏浅月终究是没有缘分。

拒绝了奴仆跟随的容熙在琼苔园一处凉亭里忘我地吹奏："关关雎鸠，在河之洲。窈窕淑女，君子好逑。参差荇菜，左右流之。窈窕淑女，寤寐求之……"

远远地，容瑾望着陷入幻境中的弟弟，满心歉意。然而，这又如何？为了心爱的女子，他不得不如此。

缓缓走近，听着笛声中凄凉的呜咽，容瑾终究还是胆怯了：这般直白地告诉弟弟，伤害太过于残忍，他亦不想被弟弟藐视，这该如何是好？

容熙终究是发现了容瑾，他停止了吹奏："哥哥，今日怎么不忙？"

"听说你的身子好些了，特意过来看你。"容瑾还是靠近了容熙，与他面对面坐下。

"有缘千里来相会，无缘面对不相逢。小弟与她，终究是有缘无分。"容熙虽伤感，眼神里却见释然。他是一个明智的男子，识得进退。

容瑾满心惭愧，只有他知晓自己的卑鄙龌龊，不由得低下了头："小弟，为兄也中意了一名女子，想将她迎娶为侧妃。"

容熙定定看容瑾一眼，无声地笑了："哥哥，你我兄弟为何非要做此种事情？小弟的不可能哥哥知晓，你的不可能小弟亦知晓。"

"何以见得？"

"王府祖训，不可以迎娶多于五位的夫人，小弟已经有了五位嫂嫂。"

"倘若为兄硬要这样做，你意下如何？"

"小弟不会阻拦，然祖训会阻拦。"容熙言道，"哥哥喜欢，将她纳为侍妾就是了。"

"不，她就是你口中所说的那种奇女子，为兄不想委屈了她。"容瑾强硬道。

"到底是怎样一位女子令哥哥如此痴情，不妨告知小弟。小弟不是太过于拘泥的人，看看能否帮得上哥哥。"容熙真诚道。

许久，容瑾言道："为兄只求你一件事，不管为兄迎娶的这位女子如何，你都要同意，能否做到？"

"哥哥迎娶的女子与我何干？"容熙哈哈笑了，"哥哥喜欢就是了，小弟自然成全。"

容瑾激动地站起："你说话算数？"

容熙迟疑一下："算数。"

容瑾迎娶的女子如何，与他无关，他亦不想干涉。他还想着，倘若有一日苏浅月再出现，他一定要迎娶她，届时还需要哥哥帮忙成全，因此他不会在此种事情上与哥哥为难。

这样想着，容熙内心凄凉，原来他还是没有放下苏浅月。

"我们击掌为誓。"容瑾急切道。

"好……"容熙虽然不明白容瑾为何这般，却依旧照做了。

兄弟击掌重新落座之后，容瑾用力呼出口气，这才言道："此女子，与你口中言过的女子一般，身份微贱，然她确实是仙子一般的人物……"

容熙看到容瑾神色有异，顿时怀疑，急切道："她叫什么名字？"

"萧天玥。"容瑾慢慢地说道。

容熙松口气，只要不是苏浅月，任凭是谁都与他无关，于是他淡淡言道："这种事，唯有父王和母妃做主，父王病体沉重不会管这许多，你只要说服母妃就好。"

容瑾深深点头："多谢小弟，为兄会设法说服母妃答应的。"

自从容瑾言说了萧天玥之后，容熙总是放不下，他不知道容瑾眼里的萧天玥可比得上他的苏浅月？哥哥的事情又一次勾起了他对苏浅月的浓浓思念，他不时去落红坊，希望苏浅月能突然出现在那里，但终究还是失望了。

一直到母妃唤了他去商量之后，他才觉得事情太过蹊跷：母妃告诉他，容瑾口中的女子最擅长舞蹈，貌美如仙，那她是不是苏浅月？那女子擅长舞蹈的问题困扰着容熙，他明白唯有容瑾才能解开他的疑问。

再一次进入容瑾的书房，容熙劈头就问："哥哥，母妃言说你即将迎娶的侧妃多才多艺，尤其擅长舞蹈？"

容瑾终究是理亏，却依然强硬道："是又如何？"

"难不成萧天玥就是昔日的苏浅月？"容熙希望他是开玩笑的，问出此话时，他的心急跳，他希望容瑾赶快否认。他那样急切地看着容瑾，谁知道容瑾一言不发。

原来……他的怀疑是没有错的，萧天玥就是苏浅月。热血上涌，失控的容熙对着容瑾就挥出了一拳："你如何把苏浅月变作萧天玥的？我没料到你如此卑鄙！"

容瑾不是没有提防，而是甘愿受了他这一拳，之后用凛然威严的目光看着容熙，一直到容熙感觉到自己的拳头在隐隐作痛。

"告诉我，你破坏王府祖训也要迎娶的萧天玥就是我的苏浅月！"容熙还是想要容瑾回答，希望容瑾口中吐出的是一个"不"字。

但是，他没有等到答案，失望如潮水一般淹没了容熙。

"容瑾，自小你就是我敬重的哥哥，难不成是你先把苏浅月藏起来，令她变成了萧天玥？"容熙无法再沉默一刻，胸中的怒火令他几近疯狂。

"本王只知萧天玥，不知苏浅月。方才你打本王一拳，可知你是以下犯上？你要本王如何治你 的罪？"容瑾的话语里透出丝丝冷气，连周围的空气都要凝结了。他的忍，也是有限度的。

"果然……"容熙的声音里透出悲愤，"在母妃描述时我就心生怀疑，可那时我还不能确定，不料怀疑竟然是真的。容瑾，你太阴险卑鄙，枉费我对你一番心思。兄占弟妻，如此禽兽行径，你也做得出来！将苏浅月还给我！"狂怒的容熙扑向容瑾。

容瑾从容伸手，一把揪住容熙胸口的衣裳："本王忍你很久了，你待怎样？若你有本事，将苏浅月找出来与本王对质，看她是否是你的妻子！竟然口出狂言污蔑本王，你好大的胆子！"容瑾阴鸷的目光横扫容熙，"你何时与苏浅月婚配？苏浅月乃是舞姬，你堂堂王爷无视国法与舞姬成婚，此罪……哼哼，可是要本王当着朝臣的面儿上奏皇上？你口口声声说喜欢苏浅月，是不是要她死？你可知晓，蛊惑朝臣的舞姬亦是死罪一条？"

容熙瞪着容瑾，不停地摇头，摇头……即便他学富五车、满腹经纶又怎样？他是正人君子，凡事只取正道，此时竟不能与容瑾一较长短。

"我向来尊你敬你，将心底最隐秘的事拿出来与你商议，原以为你会为我分忧，不承想你竟做出此等卑鄙无耻的事情来。我为了她，这一场大病险些丧命，不料是你将她藏匿起来，你……你岂止是让人失望！"容熙的语气中满是悲怆，"我得不到的女子，你也休想得到，别忘了我也是王府的一个主子！"

容瑾缓缓道："本王迎娶的女子是萧天玥，与你的苏浅月毫无关系，因此你的帽子戴不到本王头上。"

容熙突然狠命甩开容瑾的钳制，指着他道："对了，我明白了。你并不敢将苏浅月舞姬的身份暴露出来，你与母妃言说苏浅月是一名普通女子。你时时处处欺骗他人，我这就去告知母妃苏浅月的身份。我说了，我得不到的女子你也休想得到。"言毕，容熙举步。

容瑾哈哈大笑："好，你可以去告，但你不要忘记，本王既然有令母妃准许本王破了王府祖训的本事，就有令母妃不管萧天玥是何等身份都要接受的能力，不信你去试试看。"

容熙的脚步一滞。即便是狂怒之下的他，也明白容瑾没有和他开玩笑。容瑾和母妃的关系，在他记事以后一直都是很微妙的。他不知晓他们两人之间发生过什么，却知晓一定有过什么。母妃是他的生母，面对他时眼眸中的难言之隐他不是没有见过。他一直以为那是母妃因为没有帮他继承到容家世袭的王爷之位而生的歉意，但现在看来不是这样的。容瑾是母妃过继而来的儿子，却掌控了整个王府。看来，一定是母妃的短处落到了容瑾手里，母妃只能在容瑾的威慑中活着。

容熙回过头来，一双眼睛喷射着逼人的怒火："容瑾，你用了什么卑鄙手段威逼母妃答应你？"

"你如何知晓我威逼嫡母？你说嫡母做了何等丑事能被本王威逼？"容瑾毫不示弱。

容熙心头咯噔一下，他自幼聪慧异常，容瑾的反问完全证实了他的猜测，母亲如此一定是有难言之隐，他又何必令母亲再次难堪？

"你好卑鄙。"容熙的声音里带上了狠戾。倘若可以，他一定会和容瑾拼命，可惜他不会武功，没有资本。

他是容家自祖上以来唯一一个没有习过武的男子，难道这不是破例？容熙的心头充满悲哀。

眼见弟弟的眼神一点点悲凉了下去，容瑾心中一痛，他并不愿意伤害弟弟，他从弟弟身上掠夺的已经够多了：老王爷的偏爱、世袭的王爷之位……如今他不该因为一个女子就与弟弟反目成仇，然而，他又怎么愿意失去心爱的女子？这样的女子只有一个，他不能割舍。要怪，只能怪苏浅月太过于出众。

容瑾的心中发出哀鸣：对不起了，二弟……最终，他言道："你既执意如此，本王给你一个机会。你说苏浅月是你的，本王就给你一月之期，只要你能找出她来并令她答应嫁给你，本王便成全你。"

容熙目光中的仇恨一点点地加深，他不相信容瑾的话。然而，终究是容瑾给了他一次机会，他一字一顿道："此话当真？"

容瑾缓缓点头："君子一言。"

容熙慢慢转身，毅然离去。

容瑾一下子跌坐在椅子上，他相信弟弟寻找不到苏浅月，但还是不放心，苏浅月是一个活人，他无法将她包裹掩埋起来，那么……万一呢？

"荣桓。"

荣桓飞快地跑进来："王爷。"

"荣桓，你近前来，本王有要事令你去办。"荣桓忙躬身走到容瑾面前，聚精会神地伸长了耳朵，容瑾轻声道，"明日，你务必到萧宅一趟，找到萧天逸……"

烈日炎炎，树叶疲惫地委顿着，似是一丝力气都没有，一匹白马跑进了寂静的秦淮街。

此时的秦淮街寂静得似熟睡的夜间，偶有路人走过，斜眼看到马上衣着陈旧的容熙，不觉带了嘲弄的目光，如此穷酸，来嫖娼也不知道看时候。

马上的容熙全然不顾有人嘲笑自己，一次又一次，他相信精诚所至，金石为开。苏浅月是从落红坊走的，无论是谁为苏浅月赎身，都要从落红坊鸨母的手上领人，鸨母岂能不知？这一次他一定要查个水落石出。

浓妆艳抹的鸨母，她不记得容熙这是第几次登门了。平心而论，她是真想把苏浅月的行踪说出来，然而她哪里知晓？

"客官，老身……"面对一大包白花花的银子，鸨母垂涎欲滴。她开妓院为的是银子，能得此银子不费吹灰之力，她如何不愿意？只是这银子分明是水中月。

"且不论苏浅月的去处，是谁为苏浅月赎身的，这个你准该知道。"容熙再一次提醒道。

"不，老身真是不知道，倘若老身知道，没有不告诉客官的道理。"鸨母比容熙还要着急，只是她无能为力，"领苏姑娘走的人，是第一次上门，他给的银子足够，只求当时就领人。苏姑娘亦是不做一刻停留就离去了，之后没有一点儿消息，老身从何处得知啊？"

鸨母后悔当初匆匆忙忙就把苏浅月打发掉了，倘若那时不放手留到现在，眼前的这位是否出价更高？可惜棋错一着，悔之晚矣。

容熙心中说不出的失望，还是他想得太简单了。

和容瑾相约一月的时间，如今已过去二十天，他连苏浅月的下落都不知道，找到人就更是无稽之谈。但是他相信，苏浅月仍旧在紫禁城。

眼望一脸惋惜的鸨母，容熙做最后的努力："妈妈，苏姑娘可有亲戚或者要好的姐妹？"

"哦？嗨！"鸨母一拍大腿，顿时满脸兴奋，"客官不说老身倒忘了。"她冲着门口大叫："芽儿。"

一个丫鬟模样的姑娘走进来，笑嘻嘻地对容熙施礼完毕又冲着鸨母施礼道："妈妈，何事？"

"快，快去外边找翠云和柳依依来，就说妈妈我有请，不会让她们白跑一趟。快去，速去速回。"鸨母急急地吩咐。

"是。"

看到芽儿转身匆匆而去，容熙的脸上露出不易察觉的笑容。不管鸨母找了谁来，一定是与苏浅月有千丝万缕关系的关键人物。

不一会儿，芽儿带了一个美貌姑娘进来。容熙一见来人，心中顿时燃起希望。这姑娘姿容清丽、优雅端庄，与苏浅月是一个类型。俗话说，物以类聚，人以群分，她和苏浅月定然关系匪浅，从她口中得知苏浅月的下落不会太难。

想及此处，容熙连忙起身行礼："有劳姑娘。"

来的姑娘见容熙虽然衣着普通却彬彬有礼，顿时脸颊飞霞："不敢，翠云有礼了。"

容熙这才得知此姑娘就是鸨母口中的两个姑娘中的一个，还没等他张口，鸨母就急急地拉翠云的衣袖："云儿姑娘，你可来了。这位公子……"她用手指着容熙，"这位公子是苏姑娘的亲戚，他今日来向老身要人，可苏姑娘已走，老身哪里寻人去？姑娘和我家苏姑娘一向交好，定然知晓苏姑娘的下落吧？快快告诉这位客官，必有重谢。"鸨母看看容熙又急切地看着翠云。

容熙紧张得觉得呼吸都有些困难，马上就要得知苏浅月的下落了，他只求快点儿，快点儿……

他目不转睛地盯着翠云的嘴巴，却见翠云轻轻摇头："浅月走时只给我们留了简短的告别信，还是托人送来的，信中并没有提及她的下落。"

容熙一颗心重重跌落，所有的希望顿时化为失望，却听得鸨母焦急道："你和苏姑娘最是要好，她一定会告知你下落的，难道她没有告诉你吗？"

"没有，我亦担心着呢。自她走后音信全无，不知她现在过得如何。"翠云说着，一脸担忧。

鸨母的脸上爬满了失望："柳依依呢？柳姑娘和苏姑娘可有来往？"

翠云摇头："昨日我和依依一起聊天儿，谈及浅月，依依同我一般没有她的消息。"

从落红坊出来，容熙不仅仅是失望，而且满腔悲痛，苏浅月就这样失踪了？他明明知道苏浅月在容瑾的手里，只是无处可寻。他亦明白，容瑾既然将苏浅月藏匿起来，就不会那样容易被他寻到。

容瑾心思缜密，给苏浅月赎身的是一个人，带苏浅月走的又是一个人，几番周折后，外人焉能知晓苏浅月的下落？然而他不死心，他要寻找，他希望有奇迹。毕竟还有十天的时间，他要去紫禁城的大街小巷里寻找，万一苏浅月正好出来给他碰到，岂不是大喜？

渺茫的希望如大海捞针，容熙还是想要捞一捞，他赌的是缘分。

烈日，狂风，暴雨……
容熙争分夺秒地几乎走遍了紫禁城的大街小巷，只是没有奇迹出现。

一个月不见，容瑾骤然见到容熙吓了一跳，然而，他不动声色道："来找本王，可是你找到苏浅月了？"

容熙坐下去，死死地盯着容瑾，许久，他缓缓开口道："希望你不要如此卑鄙，苏浅月是我的，即便是你将她藏匿起来，她依然是我的。容瑾，你不要忘了，她总有出现的那一日，等她出现的时候，我必会与她说明一切让她做选择。即便是她选择嫁你，她心头也会留下阴影，不会与你相爱，你娶一个躯壳又有何用？"容熙说着大笑起来，想到心爱的女子即将落入他人之手，他又咬牙切齿道，"此事我不会罢休，你等着鱼死网破的结果吧。"

容瑾暗暗吃惊，容熙的这招够阴损。他不缺女人，唯缺女人心，苏浅月是另类女子，他希望无牵无挂的她能一心一意待他，倘若真给容熙插上一脚，即便他能将苏浅月迎娶到手，苏浅月亦不会对他有情，如此还有何意义？

"你敢！"容瑾威吓一声，脸色极其难看。

"我有何不敢？父王和母妃都不知你口中的萧天玥其实是一舞姬，你要不要我现在就去给他们说明？"容熙伤心至极。

为了苏浅月，他几乎搭上性命，却是被容瑾戏耍，是可忍，孰不可忍。

"好，很好！既如此，索性我们将王府搅个天翻地覆，连你母妃当年的丑事也一并昭示天下！"容瑾的口气阴冷至极，"当年之事被本王隐瞒了下来，死者沉冤地下，行凶者却安然无恙，本王于心不安了二十年，是时候将一切了结了。"

"你……你此话何意？"容熙心中一震：母妃做了什么？在他心中，母妃慈祥良善，有何丑事能被容瑾揭开？

容瑾一声冷笑："是你声称那女子与你毫无关系，如何算是本王夺了你心爱的女子？苏浅月可知你是何人？只怕她识得本王对她情深义重，却不识得你是何人！这笔账你凭什么算在本王头上？倒是你的母妃……她的所作所为你不知晓，要不要本王告诉你？"

容熙霍然起身："你……"他目瞪口呆地看着容瑾。

"当年，你母妃因不孕强行将本王从生母身边抢走，没料到她又生了你，她为了让你继承王位，设计要害死本王。本王和华儿妹妹一起玩耍，完全不知你母妃计策……"容瑾想到当年之事，眼前恍然出现华儿举着纸鸢的明艳笑脸，她一只手高高地举着纸鸢欢快地向前跑去，跑着跑着，纸鸢慢慢地落了下去……容瑾的声音不觉哽咽起来："是华儿妹妹代替本王去死的，之后华儿妹妹的庶母也抑郁而终。两条人命在你母妃手中，你不知道吧？"

"不，不……"容熙一脸惨白地跌坐回去。

"倘若你不信，现在我们就去对质，算是本王给死者一个交代。走，我们现在就去！"容瑾悲愤难抑，"是本王拿出当年之事迫你母妃之事答应了本王。也罢，本王不和你争苏浅月，我们就将所有过往公布于世，亦算本王给死者一个交代。"

容熙哪里知晓母妃还有如此一宗人命在身？怪不得母妃答应容瑾迎娶苏浅月，原来如此。心中滚过惊涛骇浪，容熙大惊失色，暗自惨呼：母妃，母妃……

"富贵之门，藏污纳垢，你我心知肚明，本王是拥有了五位夫人，可是哪一个能与本王推心置腹？容熙，旁的本王允你，只这一女子，本王对她的情意比你对她的情意更深厚，绝不会放手。倘若你不服，我们就鱼死网破。为公平起见，本王亦会让你母妃为当年死去的华儿妹妹抵命！是要苏浅月还是要你母妃，如何选择，由你决定。"容瑾的声音带了些少有的颤抖。

弟弟无辜，他不想这样，然而除了如此，他不知该用什么办法争到苏浅月。

抬眸，他碰上了容熙绝望的眼神。

"小姐，更深露重，小心着凉，还是回房歇了吧。"素凌轻轻地劝说着。

这是她第几次催促了？苏浅月已经不记得了。

眼前竹影摇摇，带一轮淡影印在地上，略有些疏离。狭长的剑状竹叶，叶面似有凝露，泛着淡淡的冷光，寒意浸透。

"小姐，身体要紧，回去吧。"素凌轻轻扶住苏浅月的手臂，她手上的凉寒透过衣衫直接传递给了苏浅月，让苏浅月不觉战栗了一下，素凌如灼烧了般飞快地把手拿开，惊呼道，"小姐，我……我凉到你了？"

"没有。"苏浅月仿佛并不在意，她抬头望向天空，只见繁星闪烁，缥缥缈缈。她略微拢了拢衣袖，静静地看着它们那样地若即若离，终究还是那一弯勾月夺去了所有的璀璨。

苏浅月若有所思，不觉出声："素凌，你看这灼灼星光，恍如一盏盏明灯，只是这灯未免太多了，却叫人分不清如何取舍了。"

夜露落在她脸上，带来微凉的触感。

"小姐，别想这么多了，夜里太凉，回去吧。"素凌的声音怯怯的。

身上早已被寒意浸透，苏浅月却并不想回去，又担心冻坏了素凌，抚了抚她的手说："我不冷，还想略站站，你且先回去。"

素凌无奈，福了福身："是，小姐。"她犹豫着转过身，沿着青石路慢慢离开了。

苏浅月紧了紧身上的披风，寻了一个石凳坐下。寂静中，隐隐约约有箫声传来，婉转清亮，直击人心，又悠长雄浑，似有覆盖苍穹之意。苏浅月知道是他，不知素凌是不是早已听到箫声才回避？她那样乖觉，善解人意。不知道是不是夜色使然，总觉得这箫声里有些落寞，欲言又止……

"哥哥，这一生我也就只能称你为哥哥了，待我走了，不知哥哥能否释怀。"苏浅月低头苦笑。

"残月萧风裹凉意，幽光竹影摇落寂。细数清韵藏几许，隔岸犹有难解语。"这样寂静的夜里，竟再没有旁人可以一起说说话。

夜越发深了，箫声依旧隐隐传来，苏浅月只觉得心中越发茫然："不知即将迎娶我的王爷，他是谁？又是怎样一个人？如今只知道我是他的一位侧妃——是他众多夫人中的一个。嫁给他，我能得到怎样的结果？"

让苏浅月嫁过去的，是她的义兄萧天逸，此人，就如他的名字一般，飘逸出尘。

苏浅月本是烟花巷落红坊的一名舞姬，当初一曲惊鸿醉倒了众人，故而人称"凌波仙子"，反而极少有人知道她叫苏浅月了。

如果不是那次群芳节表演时被一位王爷看上，想来此时她还在烟花巷中轻歌曼舞，不知尽头。只是，那王爷是何样之人？嫁给他未来会怎样？一切都是未知，苏浅月又怎能心安？

萧天逸的箫声逐渐缠绵悱恻，无限的情谊，无限的哀怨。苏浅月隐隐知道他表达的是什么，又担心是自己自作多情，她缓缓仰起脸，喟然有泪。

静夜深遥，清箫阵阵，苏浅月和着遥远的箫声，翩然起舞。广舒的水袖蹁跹似彩蝶翻飞花丛，曼妙如碧天云卷云舒。进入王府之后，恐怕再难以有这样舒展的空间和自由了，人生不过春花秋月，此时她只想和着萧天逸的清箫，舞尽一世的繁华。

清箫曼舞，掩映着夜色寂寂，苏浅月深知萧天逸对自己情深义重，自己却无以为报，如今即将离去，不知今后的人生里还能否这般坦然地他歌我舞，只怕是隔着浩渺的距离，连见一面都成了奢望。

"哥哥，我走后，你会想起我吗？"心底的声音轻溢出唇，凉夜茫然无声。

是苏浅月累了还是萧天逸累了？不得而知，苏浅月停下舞蹈潸然泪下的时候，箫声亦戛然而止，或者在她舞蹈忘情的时候，箫声就已经停止，只是她未曾察觉而已。

"浅月。"

正不知神思所在的时候，突然听到了轻柔的呼唤，不用抬头就知道是谁，苏浅月轻声答应："哥哥。"

萧天逸走到苏浅月的面前，皎洁的月光流淌在他的脸上，泄露了他所有的不舍与无奈："浅月，夜已深了，怎可在此久留，小心身子受凉。你在为兄处的时日不多了，倘若再有什么差错，就是为兄的不是了。"

"哥哥，"苏浅月轻声说道，"得以聆听哥哥的妙音，还有几时？我想听到哥哥的更多箫声，不想错过。"

对他，苏浅月本就是恋恋不舍。

"浅月，为兄更是舍不得你的。"或许是苏浅月的话让他更加伤怀，萧天逸的声音里略有一丝哽咽，"只是哥哥没有显赫的身份地位，这里寒门萧瑟，怎比得过王府的恢宏气度，不想委屈了妹妹，所以我不能留你，我……我也不配……留你。"萧天逸大概觉得最后这句话说得不妥，忙又说道，"只希望妹妹今后荣耀尊贵，幸福快乐，为兄便心满意足了。"

寒门萧瑟？难道他仅仅是因为身份的问题才一直不肯明说吗？自己又怎会是追名逐利，喜好奢靡享乐的女子？如果可以，她宁愿在他的翠竹园里，听他的清箫，舞尽岁月辉煌，和他一起终老一生，苏浅月只觉心中更加悲苦。

翠竹园在苏浅月搬进来时就是如此雅秀，完全是她喜欢的风格，仿佛独独为她而设。和素凌走进来时，抬头看到月亮门上的"翠竹园"三个字，她就怦然心动。

"峻节可临戎，虚心宜待士。"当时苏浅月就脱口而出。

身边的素凌没有听明白，问道："小姐，你说什么？"

苏浅月笑了笑，没有言语。

来此几个月，除了幼时在御史府里享受到的快乐，这几个月应该是苏浅月最快乐的时光了。不必在笙歌纷扰、美酒交错中应付，不必去看嬷嬷的脸色，更不必违背本心。每天清晨而起，日落而息，间或煮一杯清茶，偶尔看一看水里的鱼儿，最是惬意不过了，整个人都觉得比从前清爽多了。

不忍拂逆萧天逸，苏浅月轻笑施礼致谢："谢谢哥哥。"

萧天逸的祝福亦是真挚的，苏浅月知道，然而那祝福也过于趋近完美，古往今来的人不都是这样追求的吗？自己一平凡女子，又怎么能够得到上苍格外的垂青？

萧天逸微叹："妹妹回房吧，后天就是你的吉日，要保重身体。"

夜色中，萧天逸的面容不甚清晰，苏浅月只感觉出他语气的沉重，在浓重的夜色里渐渐弥漫。

吉日？自此之后，人生中所有的喜怒哀乐将和那个被自己称为夫君的男人息息相关，而萧天逸就仿佛人生中的惊鸿一瞥罢了，苏浅月心中暗想。

"哥哥，你也回房歇息吧。"凉夜里，苏浅月抬头凝望着萧天逸，一双素手不觉搅在了一起。

"小姐，还是回房吧。"

不远处，素凌飘然而至，对萧天逸轻施一礼，恭敬道："萧公子。"

"素凌，好生照顾小姐。"萧天逸转向素凌，语气显得格外凝重。

"是，萧公子。"素凌垂首应答。

苏浅月对萧天逸施了盈盈一礼："小妹告退，哥哥也安歇去吧。"

转身，苏浅月扶了素凌的手匆匆离开，一直到走进房门都没有回首。

苏浅月不用回头也知道，萧天逸还伫立在原地，一双灼灼的眼眸目送着自己。她心中不安，不知道他还要站立多久。

"小姐，后天就是吉日了，你不要过于忧思劳神，保重身体要紧。"素凌一边帮苏浅月解下披风放好，一边劝说。

苏浅月低下了头："素凌，我并不喜权势富贵，只想携一人之手，互相扶持、互相宠爱，终老一生。宫门王府中的事起伏不定，难道我俩还不知道吗？"突然想到过往，她心有余悸，急忙收敛心神，又说，"谁知道那繁华之地，在普通人眼里是高贵荣耀，然而于我却是钩心斗角、尔虞我诈。"

倘若自己不是生在御史府，贵为千金，后又落难，又何至于对自己的身世讳莫如深？

"小姐，素凌觉得，王爷是真心喜爱小姐的，会真心护着小姐的，你别想太多，别怕。"素凌缓缓说道。

仙鹤吞云的莲花烛台上是刚换的新烛，带着一点儿暖意，那光亮仿佛要渗透房间里的每一个角落。而苏浅月却感觉不到丝毫暖意，不由得，她打了一个寒战。

素凌忙道："你看看，着凉了不是？"她语气中略带埋怨，又怜惜地看着苏浅月，"小姐真的不必过于忧思，想那王爷如此费尽心思为小姐赎身又改姓的，慎重地将小姐寄寓此处，又这般隆重迎娶，必视小姐与府中他人不同的。"

"你总有话安慰我。"苏浅月轻轻笑了笑，"不过也不假，只怕现在不知内情的人只当我是萧天玥，谁又能想到我是落红坊中的'凌波仙子'，说不定那王爷也自欺欺人将我视为真的萧天玥了。"

"小姐这般风华绝代，岂是普通女子能比的，小姐且放宽心吧。"素凌认真说道。

素凌是幼年时被苏浅月和她母亲捡回来的。

那年苏浅月和母亲到城外的菩萨庙敬香，回府时在庙外的路上碰到素凌卖身葬父，言说来此处的人必定心慈人善，她愿意卖身为奴。苏母慈悲，看她可怜赠她许多银两让她自便，未曾料到她埋葬父亲后竟自己投奔御史府，做了苏浅月的侍婢。那年苏浅月九岁，素凌十一岁。

后来，苏父遭人陷害，御史府遭火灾，父母双亡，那晚苏浅月与素凌恰恰不在府中逃过一死。一夜之间，从御史千金变成孤儿的苏浅月，本打算投奔远方亲友，没料到素凌身染重病，气息奄奄，又被落红坊的嬷嬷看到，借苏浅月纹银给素凌看病，然后又逼迫她还钱，就这样，她被迫成了落红坊卖艺不卖身的舞姬。

门外突然响起轻轻的敲门声，这个时候会是谁？苏浅月和素凌同时看向门口。

素凌警觉地发声："是谁？"

"王爷驾临，素凌开门。"门外传来萧天逸的声音。

什么？苏浅月大惊，她无措地看向素凌。

苏浅月没有见过容瑾，甚至都不知道要迎娶她的人就是容瑾，此刻她只想着自己从来没有见过这位王爷，后天又是婚期，这个时候他来访合适吗？

素凌悄悄安慰她："小姐放宽心，王爷这个时候来探望小姐，想是心中挂念，小姐聪慧敏捷，自然应付得来。"

素凌给了她一个宽心的眼神后便急忙去开门。

苏浅月禁不住心跳如鼓，王爷……在自己漫舞飞扬的时候，想必这位王爷是见过她的，或许还不止一次。萧天逸转诉王爷对她的赞誉之词犹在耳边。从萧天逸的言语中，苏浅月明白这位王爷对自己的倾心，只不过自己却从未见过这位王爷。仓促间，在即将婚配的前夜他又突然到来，所为何事？

思忖间，听得门响，接着是素凌的声音："给王爷请安，王爷吉祥。"

素凌也不认识容瑾，不过是萧天逸刚才的话做了说明，她才有此一举。苏浅月听得出来，素凌也是忐忑不安的。

"罢了。"

又听到一个沉稳有力含着威严的男子声音，苏浅月的心骤然剧跳："这王爷到底是一个什么样的人？"

来不及细想，萧天逸已经带着容瑾穿过四季花开的屏风走过来。

苏浅月缓缓抬起头，只见他身着冰蓝色的外袍，袍上有雅花纹的雪白绲边，绣一朵冰清玉洁的绽放红梅，浑身透着魁梧豪迈的气魄。他步履间带着凛然的威仪，一点点逼近她。苏浅月有些慌乱，目光下意识地落到他的脸上，棱角分明的五官，斜飞入鬓的剑眉，幽深藏澜的眸子清冽澄澈。

不容苏浅月有过多的思索，容瑾渐渐走近她身边，那一身不凡的气势也逼近了她。不知道为什么，她原本忐忑的心一下子平静下来，苏浅月并不是惧怕他，只是这样的仓促令她有些不安。她知道他在看自己，也知道自己该给他行礼。他是王爷，只是不知道该给他行什么样的礼，普通的还是大礼参拜？

苏浅月略想了想，碍于自己现在的身份，还是恭敬地大礼参拜："王爷……"

她的腰身还没有弯下去，容瑾已经抢步到了她的身边，迅速地扶住了她："月儿免礼。"

容瑾的声音温和，朗润清晰，沉着有力，口气里有很自然的亲近，仿佛他们已经相识多年。

苏浅月想着，自己和他是第一次正式见面，他这般不拘礼节……她不觉抬眼，咫尺的距离，让她清清楚楚地看到了他眼里的内容：爱恋和深情，倒叫苏浅月奇怪了。无论如何，自己也只是舞姬的身份罢了，如何叫他对自己有了这般情意？

如此近距离的接触，想来他也是一时之间没有反应过来，忘记松开手，苏浅月的脸一下子红若丹霞，忙晃动身体想挣脱——身边还有旁人，如此太出格了。

容瑾敏锐地意识到了失态，他松了手，客气道："得见浅月姑娘芳姿，心中甚是欢喜，一时失态，还望不要见怪。"

原来他说话也这般爽直明快，苏浅月心中一慌，脑子里空白一片，只觉得脸颊更烫了。

"不知王爷驾到，没有丝毫准备，实在是失礼，请王爷赎罪。哦，王爷且宽坐，我命人安置酒菜。"萧天逸更是冰雪聪明之人，一下子就替苏浅月解了围。苏浅月松了口气，暗暗递给他一个感激的眼色。

不过，萧天逸的话也令苏浅月暗暗心惊，原来赫赫有名的睿靖王——容瑾，就是眼前的他？萧义兄之前只说为自己赎身的是一位王爷，并没有说明是哪一位王爷，而自己也不好刻意去打听，亦不想过多去关注。再者，自己生性喜欢清静，并不想进入纷扰的王府，就更不在乎了。

到此时，苏浅月才知道自己要嫁的王爷原来是睿靖王——容瑾。

容瑾的先祖曾跟随大卫国的先帝开拓疆域，和先帝八拜为交，被封为异姓王。容家是世袭的王位，这一朝帝王更是加恩，特赐封号"睿靖王"。苏浅月曾听说过睿靖王武艺高强，豪爽率直，不知道这是真是假。不过，不管怎样，容瑾的身份地位都是名门闺秀所仰慕的，还有许多达官显贵家的小姐想要攀附，他又如何会钟情于自己这样一个舞姬？

容瑾到底是怎样一个人？

"萧兄不必客气，是本王唐突了，本不想烦扰，只是……只是……"容瑾把目光投向苏浅月，笑了笑，"很想和浅月小姐聊聊。"

此时素凌已经沏茶过来放在案上，萧天逸忙道："既然是王爷有话要说，那我等先行告退。"说完拱手一揖退了出去，不忘看素凌一眼。

素凌更是乖觉聪明："小姐、王爷请喝茶，奴婢先行门外候着，有事只管叫奴婢。"

"你也退下吧。"容瑾对身边跟随而来的小厮吩咐一声。

"是，王爷。"

那小厮极快地退了几步赶上素凌，素凌是最后走出去的。在素凌掩上门的那一刻，苏浅月感觉到了屋子里的寂静，仿佛彼此的心跳都在对方耳中。

这不是苏浅月第一次与陌生男子共处一室，可实在不能如同往昔那般平静。之前，她只把他们当成庸庸纷扰的看客，所以不曾有谁落入她的眼中，她只管将舞蹈表演出来，至于他们怎样欣赏，是不是懂得，都不重要。

而今夜的男子，是自己即将嫁之的夫婿，是将要携手一生的人。原本再有一日便会入府，却不知何故，在这样的夜晚，容瑾会亲自来访。他们之间不曾有过任何言谈，她也不曾见过他，更无从谈起对他倾心或爱恋，苏浅月也明白即将嫁出去的是人，至于心……还有心吗？情爱于自己，都是镜花水月罢了。

在那纸醉金迷、争斗不休之地，有的是灭烛交媾，纵然有谁一时意乱情迷也不过是风流韵事，这样的境地，何必真心？眼前的男子，纵然是自己一世归宿，自己也不会对他有情，也不敢有情。

慢慢地，慌乱的心渐渐平静下来。只是，冷寂之中，骤然面对这样一个特殊的男子，苏浅月不知如何应对。

许久，容瑾轻轻出声："月儿……"

苏浅月抬头，迎上了容瑾灼灼的目光，那目光荡出慑人的光，带着不容置疑的坚定，苏浅月忙垂下头："王爷。"她端起一盏茶，移到有椅子的那边又说道，"王爷请坐，请用茶。"

容瑾并没有依言坐下，反而是走到苏浅月身边："月儿，你比上次本王见到你的时候清瘦了不少，莫非是此处有慢待于你？"他一只手揽住了苏浅月的腰身，另外一只手轻触她的青丝。

"王爷？"苏浅月倏然抬头，上次？"上次"是什么时候，她不知道。看来容瑾不仅仅只在群芳节见过自己一次，反倒是他说的清瘦，如果问及自己清瘦的原因，想必是忧思过度。萧天逸也总说自己清瘦，叹息着说王爷见到会怪他没有照顾好自己。

此时苏浅月才惊觉容瑾的动作自然随意，仿佛有过千百次接触一般。苏浅月虽是舞姬，然而本是高贵的御史府小姐，一直以来洁身自好，何曾给人如此轻浮过？她想抗拒，但又想到容瑾即将成为自己的夫君，心思流转间，她就忘记做出反应。

容瑾又叹息："月儿，让你受苦了，本王看了心痛，入府之后，本王自会呵护你，不会让你再受丝毫委屈。"

苏浅月本欲挣脱容瑾的束缚，却被他的话语搅乱心思，不知道什么时候起他竟然对自己如此用心？她轻抬螓首，茫然低唤："王爷……"

苏浅月知道，无论如何，自己该感激容瑾的，是他请萧天逸出面将自己赎出，安置此处，也是他授意安排自己改姓萧，在世人面前掩去了烟花女子的身份。

大卫国的朝廷法度规定，王公大臣不可以踏进青楼楚馆，亦不可亲近烟花女子。初时苏浅月还怀疑过萧天逸的话，对他口中的王爷也不屑一顾，认为但凡一个真正的王爷是不会在那种地方寻求什么的，自己只是身不由己任由安排罢了。此时苏浅月真真切切地感受到容瑾凛凛威严掩盖下的至情至性，方才觉得是真实的。

"月儿，"容瑾轻蹙眉头，坐在苏浅月的对面，"本王知道，贸然过来，很是失礼，只是又恐你之前没有见过本王，心中惶恐，所以特意前来。月儿，你对本王，还满意吗？如果你有什么不放心的地方，本王暂且取消婚事，定让你安心。"

苏浅月怔了怔：我对他不满吗？假如我对他真的不满，他真的可以取消婚事吗？朝廷法度原本不许王侯将相和烟花女子接触的，他都用尽巧计安排迎娶我了，如今又来说这样的话，或者另有隐情？

"王爷，此话当真？"苏浅月笑了笑，转而严肃地看着容瑾，心中想着倒要看看他是怎样一番面目。

容瑾顿住，显然没有料到苏浅月会反问。在苏浅月心中冷笑的时候，他忽而慎重地点头："是的。"

这一下，轮到苏浅月顿住了。其实自己是试探他的，对于容瑾虽然谈不上爱慕，却也没有不满。再者，他已经为自己铺张了。落红坊的嬷嬷爱财如命，又因为自己是坊里的头牌舞姬，纵然是卖艺不卖身，亦是给坊里带去不菲的收入，自己要走，嬷嬷慷慨应允，可见容瑾所出的银两让嬷嬷无话可说。到如今，自己不过是从一个地方被卖到另外一个地方罢了，怎么敢说取消婚事的话呢？

想着，苏浅月不觉微笑："王爷如此厚待，妾身感激不尽，愿意以身相许。"

她笑容里的苦涩只有自己知道。

容瑾明显松了口气，紧张的脸上绽出释然的芬芳，举起茶盏："本王定不负卿。"

苏浅月亦举杯。无酒，无菜，只此一杯清茶，举杯对饮，看得出容瑾心情很好。

对于容瑾，苏浅月唯有感恩，感恩他从那零落凄凉的烟花红尘搭救自己。今后的人生，唯有取悦于他，还他的恩情。

茶毕，还于静寂。

烛影轻颤，将两人的身影晃动着。容瑾望望烛光，柔声道："月儿，本王是不是太霸道了一点儿？"

苏浅月不知道他意欲何在，只感觉他另有所指。

"如果王爷没有霸气，就没有王者风范了，这样的气度于你正好。"苏浅月并不是刻意取悦，而是实话，容瑾的霸气和他的身份很相配。

转头看到那边案几上的七弦古琴，苏浅月起身道："就让妾身为王爷抚上一曲，慰藉王爷的奔波，可好？"

容瑾欣喜地看着苏浅月，眼中尽显柔情："好，有劳月儿。"

苏浅月嫣然一笑移步过去，她端坐在琴前，一袭翠绿轻纱水袖，撩起悠悠暗香溢出，指端轻触琴弦："无尽春色依栏杆，舒月繁星耀人眼……东城烟柳谁无意，篱墙揽尽数丛烟，清影伏贴一径眠……"

古琴泠泠，似流水淙淙；长袖飘飘，似临风轻吟。

轻吟慢唱中，苏浅月间或抬头看容瑾，容瑾浅浅望过去，苏浅月复又低头。

　　往昔，在落红坊，就着那些男儿喜欢的明艳词曲，舞得风华正茂，今日为容瑾弹琴吟唱，怎么有了诸多感怀？

　　曲罢，苏浅月抬头，看容瑾有何反应。容瑾凝了面色似沉浸其中，少顷，他缓缓起身，轻抚苏浅月的肩膀："月儿，往昔看你蹁跹舞姿，那种轻盈妙曼，超凡脱俗，总疑你不是人间之女，更有你那一身清冽傲骨，总叫本王魂牵梦萦。你素有'凌波仙子'的美誉，本王以为你只是舞中骄子，却不知你的琴也是这般美妙绝伦，还有你的歌喉、你的才情……"他顿住，深深凝望着苏浅月，"月儿，你到底是谁？你还有多少让我惊喜的事情？"

　　苏浅月心中一动：自己到底是谁？想及枉死的父母，她不禁心中悲痛，然而深知此时绝不是道出实情的时候。

　　敛去悲痛，苏浅月起身道："王爷，妾身本一农家之女，家遭不幸，父母双亡，误落烟花，蒙王爷不弃，再次谢过。"

　　不容容瑾阻拦，苏浅月对他盈盈一拜。

　　容瑾阻拦不及，轻轻摇头："月儿，若你是一般的农家弱女，又怎么养得出这通身的气度？"

　　苏浅月抬头看着容瑾，那一双深不见底含着威仪的眸子，映现的智慧射出暖光罩在他脸上。她突然心生一念：父母的冤情……难道这一生都没有机会为父母沉冤昭雪了？父母之死令自己深知富贵之下的危机，本想平平淡淡了此一生，没料到此生会遇上容瑾。倘若他真心相待，有朝一日是不是可以帮助自己查清父母的冤情？她心底泯灭的沉寂再次抬头。

　　苏浅月温婉一笑："王爷……"

　　她笑容里带了些讨好。这一生将与容瑾共度，如果有机会和他说出自己的身世，期待他可以帮助自己了却心愿，为父母报仇。

夜更深，窗间竹影摇摇，案上烛光灼灼。

"王爷既知妾身是凌波仙子，那就让妾身为王爷舞上一段。"苏浅月其实已经有些疲累，说出这话带了取悦的成分。他既然是被自己的舞蹈倾倒，不过是投其所好罢了。

"月儿。"容瑾眸中显出灼灼的光，有些喜悦，又犹豫了一下，他又朝地上望了望，"你行吗？不然今日就不要再劳累了。"

"无妨。"苏浅月答道。

苏浅月婉转一笑，福了一福，移动脚步来到屋子中央，舒展水袖，舞起妙曼身姿。一袭轻软柔绿衫裙，原地摇曳，如风摆碧荷。她一边曼舞一边偷偷地看容瑾，只见他的眼神露出赞叹和惊愕，如痴如醉。果然，他喜欢自己的舞蹈，倘若有萧义兄清音伴奏，想必会更加锦上添花，夺人眼目，可惜今后只怕是没有机会和萧义兄一起和音共舞了。

"罗衣漫步真从容，秀园繁华羞纷纷。沉鱼落雁倾国城，果是凌波第一人……"容瑾似乎仍旧沉浸在舞姿的陶醉中，他轻轻吟诵，举步走至苏浅月面前。

难得他一个习武之人，能够说出这样的词句，苏浅月微微一笑。

"王爷谬赞。"毕竟场地有限制，不得完全舒展，需时时拿捏分寸又要舞出精华，苏浅月有些累，微微娇喘。

不容苏浅月有任何分辩，容瑾俯身将她抱起："本王真想就这样陶醉在你的舞蹈之中，不去争斗，管他朝政繁忙，府宅纷扰，就这样，与你醉一个阴凉清静之所，圆一生淡泊闲散之梦。"

这样被容瑾环抱，苏浅月娇羞不已，毕竟尚未成婚，岂能如此亲密。蜷曲在他怀中，苏浅月无所适从，好在他没有过多地停留，轻轻移步，移过屏风，他将苏浅月慢慢地放在绣榻之上。

"你累了。"容瑾的眼中满是怜爱之色，很是不舍，"再过一天，你就是本王的人。你的人、你的心、你的舞蹈、你的容颜、你的才情，有关你的一切都是本王的。"

他脸上渐生威严，满是霸气。

苏浅月的脸上有些僵住，心中生出反感，纵然他为自己付出良多，难道就可以如此吗？他焉能用身外之物换取自己的精神乃至灵魂？她心中冷哼，才刚积累的好感消失殆尽。方才还虚情假意地问自己是否对他满意，这么快就露出了狐狸尾巴。

"月儿，本王过于霸道了，是不是？"大概是苏浅月的反感令容瑾察觉，他的眼里露出歉意，"本王见过你几次，知你心性高傲，不是受约束之人。是本王唐突了，不该如此说话的。"

"王爷，没有。"苏浅月勉强笑了笑。容瑾本就生于王侯之家，凛然霸气与生俱来，不是因自己才有，亦不会因自己而无。毕竟之前他们之间丝毫没有交集，陌生隔阂让彼此疏离是在所难免的。

"唉，本王不善言辞，也不知该怎么说，本王也觉得委屈你。月儿……虽然本王已经有了几位夫人，但你放心，你永远是本王心中的第一位。你想要的，本王都给。"容瑾的手指轻轻碰触上苏浅月的脸。

感觉到他手上灼热的温度，还有激动的微颤，苏浅月轻笑：想要的他都给？他给得起吗？我能做他的王妃吗？侧妃，说穿了也就是妾，他怎能知道自己想要什么？

看着长身玉立在面前的容瑾，苏浅月起身道："谢王爷。"

容瑾伸手扶住苏浅月："打扰你很久了，时候不早，你该歇息了，本王这就告辞。你好好歇息，调养身子，等着本王后日迎你入府。"

他是该走了，或许他本不该来。苏浅月对门外轻唤："素凌……"

一声门响，片刻素凌已经走了进来，她的身后依旧跟着王爷的小厮。

"王爷，小姐……"两人俯身行礼。

"罢了。"容瑾挥了挥手，又转过头来叮嘱苏浅月："你好生休息，本王先走了。"

"送王爷。"苏浅月轻轻俯身。

素凌跪地，面向容瑾离开的方向。苏浅月对容瑾福了一福，看到他向后挥的衣袖，长长的衣袖伸出来许久才慢慢收回。

待容瑾走后，苏浅月伸手扶起素凌："起来吧，王爷已经走了。"

她与素凌虽是主仆，但情同姐妹，实在不忍她这样负累。以后嫁入王府，素凌也要不停地跪来跪去，苏浅月心中不忍，却又无可奈何。

素凌却满脸喜色："恭喜小姐，王爷器宇轩昂，果然人中龙凤，也不算屈了小姐的美貌和才情。"

"你愿意我嫁给王爷吗？"苏浅月出声问。

素凌极快地回答："愿意，当然愿意。"

素凌满脸喜色，于她，苏浅月嫁的是王爷，从此豪门贵妇，坐享荣华。然而于苏浅月来说，走出落红坊，不过是脱离了众多酒色之徒的纠缠，远离了灯红酒绿之扰的纷乱，不必在那种风流之所虚耗青春而已。可是王府，那里也是浮世繁华，熙熙攘攘，从一个繁华之所又入一个繁华之所，又有什么值得高兴的呢？

素凌收起了喜色，小心说道："小姐，已经三更天了，该歇息了。"

短暂时间里苏浅月无法理清头绪，她昏昏沉沉的，确实是累了，点头道："好。"

次日醒来的时候窗格上曙色耀眼，苏浅月虽觉得疲倦，亦不太明显。起身，素凌伺候着她梳妆。

今日初十，明天就是出嫁的日子了，倘若父母在身边，想必定是满面笑容无限期待，可是他们不在了。望着菱花镜中的容颜，心里想着父母，苏浅月只觉得烦躁不已。

这时响起了轻轻的敲门声，苏浅月抬头，素凌早应了一声"来了"，便快步去开门。

"萧公子早。"

听到素凌的招呼声，苏浅月忙起身，萧天逸已经转过屏风来到她身边："浅月，我们走吧。"他面上含笑。

苏浅月不禁疑惑道："哥哥要带我去哪里？"

萧天逸神秘一笑："去了就知道了，哥哥带你去一个好去处。轿子就在门外，浅月梳洗了就过去。"

明天就要出嫁离开，该收拾的东西已经收拾好了，只等进王府，还要去哪里？但身不由己，苏浅月还是顺从应道："哥哥，这就去。"

"不用急，收拾好东西，你喜欢的，还是要带上的。"萧天逸笑吟吟地说。

望着他那一袭白衣，淡雅的气质，清新出尘，苏浅月淡淡道："王府什么都不缺，只有那些我喜欢的，昨日已经收拾好，不必累赘。"

萧天逸的神色一下子暗淡下来："是我糊涂了，想必王府中什么都是好的。"

"哥哥，"苏浅月方才反应过来自己的话有些不妥，可解释不是，赔礼也不是，唯有温软了语气，"总是小妹累你，这些年，多亏哥哥照顾。"

"月儿，是为兄不好，不能给你最好的，累你辗转受苦，好在一切都要过去了，妹妹的将来会一片光明，哥哥无论在哪儿都会祝福妹妹。"

"哥哥……"苏浅月心中涌动无限情绪，再说不出话来。

素凌和一个仆人匆匆忙忙往外搬着东西，苏浅月心中百感交集。就要离开，不知道今后还能否再回来。萧天逸心中也是苦涩不堪，哪怕他日日盼着苏浅月荣华富贵，只是这一天到来，她真要离开了，方才知道自己是千万个放不下，可奈何身份使然。

萧天逸和苏浅月当初的相遇也是自古以来话本子里不变的桥段：每当一个柔弱姑娘遭人调戏，必有一公子恰巧出现，且公子身着白衣。

那是一个细雨霏霏的秋夜，苏浅月坐在椅子上，身体拘谨得好像被捆绑了一般。素凌看她难受，心痛道："小姐，今夜就早点儿歇息了吧。"

看着素凌心疼自己的样子，苏浅月凄惨笑道："素凌，你觉得我可以这么早就歇息吗？"

烟花巷的日子黑白颠倒，晚上才是一天的真正开始，最是热闹，如何能早歇。

素凌有些急："小姐，你都好几天不舒服了，却夜夜给人舞蹈不得歇息，如此下去身子如何承受，我去找嬷嬷……"

"月儿姑娘，有贵客到，专门点你，快去给贵客舞蹈助兴。"

门外，嬷嬷尖细的喊声打断了素凌的话，素凌更加急切道："小姐，我这就去求妈妈改换别的姑娘去应付，无论如何小姐今晚得歇歇了。"

素凌说着就要出去，苏浅月探身抓住了她的胳膊："素凌，何必多费口舌，你以为会有人怜惜我？罢了，还是去吧。"

一日不死就得应付一日，落红坊没有怜悯。

苏浅月装扮停当，来到了指定的厅堂，只见一个粗黑的大汉敞了胸怀在豪饮，身边有两个姐妹在伺候。嬷嬷看到苏浅月走过来，满是白粉的脸上堆满了笑容，挥了帕子呼唤："月儿姑娘，快过来，这可是京城有名的富贵王毛公子，点名了今晚只要你的舞蹈陪伴饮酒，好好伺候。"

"哎哟，月儿姑娘，真是……真是名不虚传呀！大爷我今晚好福气，好好伺候大爷，大爷我重重有赏……"

苏浅月只看了一眼他那双喷火的淫荡眼睛就厌恶得想吐，她人又昏昏沉沉的，就更加恶心，但也只能强忍了一切过去施了一礼。

在乐师的伴奏下，苏浅月拖着羸弱的身体旋转跳舞，病体的沉重令她有些摇摇欲坠，不小心脚下一滑，她终于体力不支倒了下去。

一旁的素凌惊呼一声跑过去，苏浅月也正欲挣扎着起身，那毛公子也如飞一般扑到了苏浅月身边："哎哎哎，怎么给大爷躺下了？"他嘴里说着，一把将素凌推到一边，毛茸茸的大手就要摸上苏浅月的脸，"这么快就等不及了？大爷我知道你'凌波仙子'的大名，本想过足了眼瘾再和你上床过瘾的，谁知道你这么快就等不及了……"

眼看那双刚刚拿过鱼肉满是油腻的大手就要碰到自己的脸，苏浅月用尽力气挣脱滚到一旁，想要起身，不料毛公子迅速赶过去，恼怒地喊着："你还敢反抗大爷，看大爷不给你点儿颜色……"

苏浅月本来就毫无力气，方才又把所有的力气用尽，哪里逃得过他的毒手，她暗想完了……

"住手！"

就在此时，随着一声怒吼，眼前如山一般的大汉被甩到一边，一个白色的身影罩下来，轻捷巧妙地扶起了她："姑娘，你没事吧？"

"怎么了？怎么了？哎哎，你是谁？"苏浅月还没有出声，嬷嬷已经扭到了他们身边，拍着腿呼喊，"哎哟，你谁呀？这位毛公子今晚是出了很大价钱买下月儿姑娘的，你看你这一出现就如此对毛公子，叫我如何是好呀？"她又连忙转到还没有爬起来的毛公子身边，伸手去拉他："毛公子，你没事吧？对不起哟，我这就让月儿姑娘给你赔礼，你可不要生气。"

"哼，还敢如此对待你毛大爷？"毛公子爬起来就恼怒地给了嬷嬷一巴掌，"大爷给了你多少钱？你这落红坊还要不要了？今晚要是不给大爷一个说法，我明日就带人来砸你的院子！"

"我说月儿，你这祸闯的，还不快快去给毛公子赔礼呀！"嬷嬷也是慌了，过来就拉扯苏浅月，萧天逸伸手就将嬷嬷拨到一边："你没有看到这位姑娘身体不适吗？如此对待一个生病的姑娘，你的良心还要不要了？"又扭头看着素凌说："你过来，扶了你家小姐去歇息，这里的事情有我担着。"

"公子……"苏浅月一时有些发蒙，不知道该如何面对眼前的一切，只是双眼感激地望着眼前的萧天逸。

素凌连忙过来，萧天逸催促道："还不快快扶了你家小姐去歇息？"

"多谢公子，这里……"素凌迟疑着。

"余下的事情交给我，你们走。"

萧天逸掷地有声的话语惊醒了素凌，她忙扶住苏浅月："哦哦，多谢公子。小姐，我们走。"

苏浅月再无力气支撑，不得不离开。随着素凌离开时，苏浅月回头努力地望向萧天逸，她不知道他要用什么方式来平息这里的事端，会不会给他带来麻烦？

"什么毛公子，分明就是一个无赖，你有多少银子在这里显摆？今晚若是不把你制伏，本大爷就白活了……"

身后传来萧天逸威严警告的声音。她不知道萧天逸的身份，也担心他是否真的能把此事摆平，苏浅月很是忐忑。

回去以后虽然担心，但万幸没有人打扰，苏浅月度过了一个自从到落红坊以后最安宁的夜晚。

第二天天亮以后，仍旧没有人前来打扰，连嬷嬷也没有踏进门来兴师问罪，苏浅月不知道是福是祸，只忐忑着勉强过了一日。

夜色渐渐渲染上来。

"小姐，今晚会不会也让你休息？"素凌惴惴不安地看着苏浅月。

"你觉得呢？"苏浅月苦笑。

素凌叹口气："那白衣公子也不知是何人，如果他今晚还过来就好了。"

"月儿姑娘,有客人来了……"

苏浅月和素凌对望一眼,果然如此,只不知今晚来的又是何等货色,两人心中俱是不安。

好在经过一天一夜的歇息调养,苏浅月身体好了许多,她整理好衣衫,缓缓走出门。

到了客厅,她万万没有想到今晚的客人正是昨日的白衣公子。他扭头看到苏浅月走过来,忙起身站定,挺拔的身姿形成一道亮丽的风景。

苏浅月瞬间怔住,不知所措,她顿了顿,俯身一礼:"多谢公子昨日搭救之恩。"

萧天逸忙伸手扶住苏浅月,俊雅的面上含了笑意,开口道:"不知月儿姑娘今日身体可好些了?"

"好了很多。昨晚的事,多谢公子出手搭救,还不知公子贵姓,月儿先在此谢过……"苏浅月说着,对萧天逸深深施礼。

苏浅月话还没有说完,萧天逸已伸出手又扶住她:"月儿姑娘,你身体尚未完全恢复,昨日不过举手之劳,区区小事何须行此大礼。在下萧天逸。"

腰还没有弯下去便硬生生地被他扶起,苏浅月不经意地抬眸看他,正对上了萧天逸深邃的眸光,她浑身一颤,不觉面颊发烫,一颗心骤然狂跳澎湃,脑中一片空白。

"哦,月儿姑娘,请坐,快请坐。"萧天逸猛然松手,脸上的慌乱转瞬而过,他伸手指向八仙桌旁的椅子,"你身体不好,不要久站,快请坐。"

"多谢公子体谅。"苏浅月施了一礼,然后才落座,"昨晚多谢公子救我免遭恶徒魔手,不胜感激。月儿无以回报,唯有用自身擅长的技艺答谢公子，不知公子喜好哪一类舞蹈，月儿愿意尽力为公子献上。"

"不用，月儿姑娘舞艺精湛，我早已领略过，已多次观赏牢记心中，只是姑娘不知罢了。我今晚来不是为了要观姑娘的舞蹈，而是担心有不肖之徒打扰到姑娘，希望姑娘能休息几日，养好身体。你不用担心，我已和嬷嬷说好了，接下来的几晚不会再安排你招待客人，姑娘只管安心养病即可。"萧天逸一面含笑看她，一面侃侃道来，眼神不经意间流转出无限的情意和关怀。

而苏浅月却痴了，一直以来，在落红坊的日子里，耳中多的是污言秽语和鄙俗调戏，何曾听到过如此暖心的关怀呵护之语？

"公子厚意，月儿牢记在心。既然公子觉得月儿舞艺尚可，待我身体恢复之后，一定用心为公子献上舞蹈。"苏浅月再次起身想要施礼感谢他。

萧天逸却迅速站起："且不说这些。你身体欠佳还是要多休息的，我此来是告知你不必有多余的担心，先养好身体。至于以后，来日方长。你且回去休息，我告辞了。"说完，他便急急往外走去。

"萧公子慢走。"苏浅月匆忙道。

"请萧公子走好。"素凌急忙跟着相送。等素凌送走萧天逸回来时，苏浅月还怔怔地恍惚着，好像方才发生的一切是梦。

坐了轿子走出萧宅，繁华的大卫京都紫禁城就在脚下。苏浅月轻轻掀起轿帘，露出一丝缝隙，微寒的气息便扑面而来，带着朝露的清新。街上宝马香车络绎不绝，轻扬的粉尘夹带着各种气息扩散空中。街道两旁店铺小摊鳞次栉比，更有挑担演艺杂耍相面者，前不见头，后不见尾。吆喝买卖的已经开始，纷乱的行人上上下下开始了一天的繁忙。

"小姐，外边真好看。"轿子旁的素凌很是欢喜。

"是啊，已经许久没有见到这样的情景了。"苏浅月也觉得心里敞亮了很多。

轿夫抬着轿子走街串巷，也不知走往何处。

及至一个僻静之所，透过轿帘的缝隙，苏浅月依旧向外张望，忽听鞭炮齐鸣，顺着声音一看，瞬即愕然：迎面一高耸的门楼，朱红的大门镶着黄铜把手，在朝阳下金光闪闪，壮丽而豪华，上面的牌匾篆刻"萧宅"二字，工笔深沉凝重、庄严气派。

什么时候萧义兄有了这样气派的宅邸？苏浅月有些疑惑。

"小姐，这里好气派啊！"素凌望着眼前的景象张大了嘴巴。

"你喜欢吗？"苏浅月轻轻问她。

"当然喜欢。"素凌连连点头。

门旁一左一右是两盏华丽的灯笼,近前,可以清楚地看到门口那两只威猛的大石狮子,铜铃似的眼珠巡视众人,凌然的气势很是威严。

思忖间,轿子已经走近大门,门口恭迎的丫鬟、仆人都正派端庄,齐齐施礼。里面层层院落,有巍峨庄严的,有婉转灵秀的,皆是富贵之气。转过一道又一道垂花门,又见一处朱门粉墙,有翠柏探枝墙外,红枫摇影墙头。又来到一处院子前,门上书"翠竹馆"三字,轿子停了下来。

一个婉转如流莺的声音带着喜悦道:"小姐请下轿,这里是小姐的院子。"

说着话,一只纤纤玉手掀起了轿帘。盈盈一笑,苏浅月搭着侍女的手下了轿子,在侍女的引领下步入院子。

苏浅月虽是御史千金的出身,然而父亲为官清廉,家中也并非富贵非常,所以家中屋瓦也并非这般气派。身边的素凌一双眼睛滴溜溜地转着赏阅这美好景致,想来她是没有见过这样好的去处的。

漫步前移,一路青石小径。虽是深秋,不见了花团竞争,然各色傲菊凛然怒放,片片花瓣欣欣向荣,更有月季艳丽动人。更多的是翠竹,各色俏丽竟沦为陪衬,令它更为挺拔坚韧、动人心魄。一侧碧水,有木舟系于柳上,只是弱柳并无春夏的袅娜。

又到一扇院门,门匾上书"潇碧阁",内中装饰明快大方、庄重典雅。苏浅月暗暗奇怪:何人知道自己的喜好?是萧天逸,还是……容瑾?

"小姐,里边请。"几个丫鬟在那儿垂手候着,右侧有丫鬟挽起了珠帘。

苏浅月进入房内,幽香阵阵扑面,清爽怡人,窗外劲竹偎依,柔风通透,传来清亮细音,有一古琴临案。

"小姐,真美。"素凌附在苏浅月耳边轻声说道。

苏浅月点头。

梳妆台上摆放着上好的胭脂水粉,衣橱里锦衣罗裳,绫罗帐里香枕软被，如此温婉多情的陈设，该如何消受？还不知道那人是谁，就这样地入住进来也不知是否合适。

"我有些累了，你先出去吧，留素凌在这儿伺候即可。"

"是，小姐。"丫鬟施礼，答应着退了出去。

看着丫鬟出去，苏浅月坐在了一张清凉的软竹椅上。椅子上面装饰着华丽的丝质锦缎，铺着淡红毡子，温润舒适。她笑着对一直发愣的素凌说："既来之则安之，快坐下休息吧。"

素凌仍旧一副不敢相信的表情："小姐，我们是做梦呢，还是真的？明天就要进王府了，今天……是谁安置了这样的好地方给我们？"她脸上又露出惋惜的神色，"小姐，这里这样清幽雅致，最是合小姐心意了，只是可惜，我们在这里只待这一天。"

苏浅月对素凌道："这个我并不知道，我们只是得过且过。这里总归不是我们的，你也不必留恋。"

"谁说这里不是你的？"苏浅月话音刚落，一个高昂的声音在她身后响起，是萧天逸，他笑容满面，昂昂走至苏浅月面前，"这里就是你的，只属于你。"

苏浅月起身，笑道："哥哥，我只暂住一天。"

素凌施礼，给萧天逸搬过椅子，请他坐下。

萧天逸坐下后依旧笑着说："一天也是你的，妹妹没见'萧宅'两个字吗？这宅子是专门送给你的。"

其实苏浅月也有隐隐约约地想到，那"萧宅"二字……

和萧天逸哪怕相识已经很久，进入他的住宅数月，但他却从来没有提过还有另外的宅子送给自己，尤其是在即将出嫁的前一天。苏浅月疑惑地看他一眼："给我？"

萧天逸渐渐收起笑容，脸上露出惭愧："妹妹，这里是你的，独属于你。可惜不是为兄给你的，我贫贱无能，什么都给不起妹妹。"

"哥哥，你已经把最珍贵的东西给了我。"

"不，不，你都不知道！"萧天逸忽而抬头，脸上的阴霾已经被微笑取代，"这是王爷送给你的宅子，可见他对你的珍视。浅月，你嫁入王府应该有幸福美满的生活，为兄真心为你高兴。"

萧天逸明明在笑，可苏浅月却看到他眼里的不舍和痛苦，倘若有可能，自己宁愿随萧义兄一生。

"哥哥，是王爷给我的？"掩饰住凄凉的心情，苏浅月明知故问。

"正是王爷安排的，他要给你尊贵的身份，明丽耀眼地从这里走入王府。"萧天逸的眼神又逐渐暗淡，似乎有惭愧的神色，"妹妹，可惜为兄什么都给不了你。"

"哥哥，你给我的已经够多了，旁人无可取代。至于身外之物，你知道的，我不会在意。"

萧天逸缓了一缓，道："我懂。"

"哥哥，无论我走到哪里都不会忘记哥哥，也请哥哥不要抛弃妹妹。"

"不，不，天涯海角我都会记得妹妹。我本是孤儿，妹妹是我一生的亲人，我怎会抛弃妹妹？只是我无能，不能给妹妹想要的东西，对不起。"

"哥哥，你也是我一生的哥哥，唯一的亲人。"

萧天逸忙将难过收敛，展颜道："浅月，明日就是你大喜的日子了，我们该开心为你庆祝。你看，王爷为你做了这许多，都是他的一片苦心，我们万万不可以辜负了王爷的心意。这里的一切，是王爷询问我后才为你而设，你可喜欢？"

喜欢和不喜欢，又有什么区别，总之只不过逗留一日罢了。明天就会离开，她不忍拂逆萧天逸，她淡淡笑了："喜欢。"

有丫鬟奉上茶来，苏浅月伸手端起敬给萧天逸："哥哥，小妹永远感恩你的照顾，这里虽说王爷送与我了，然而我也是初来乍到，算不上真正的主人，就借清茶一杯表我心意，祝愿哥哥以后的人生辉煌灿烂。"

"好，我们以后都要好好的。"萧天逸答道，放下茶杯后抬头看着苏浅月，又说道，"我不要你感恩，我只要你好，今后我不能照顾你了，也希望妹妹多保重。侯门似海，表里不一，其中浮浮沉沉，你入府后凡事要小心谨慎。当然，我知道你聪明绝顶，想来能应付得好。将来只要有机会，我就会去看望你，断不会把你抛出去不管不问的。如果你想回来，哥哥的家门永远为你敞开。"

苏浅月眼里迷蒙一片，点头道："哥哥，我记住了。"

一整天的时间，苏浅月除了和萧天逸说话，其余时间都在潇碧阁休息。

外边的仆人、丫鬟忙碌不已，为苏浅月明天的出嫁做着准备。萧天逸也忙碌地操持着一切，只是不知道他喜悦面容下掩盖着什么样的心境。

每一个烟花女子都渴望有一个人能带自己走出去，苏浅月也渴望，见到萧天逸后渴望更为强烈。在落红坊时，秦淮街里跟她最要好的两个姐妹柳依依和翠云说过，她未来的良人肯定是萧天逸，她也期待着萧天逸能带自己离开，然而最终却是容瑾。

不知何处错付了岁月，空留一生的念念不忘。

萧天逸原本想笑的，却发现自己实实做不到，索性木着一张脸，让人看不出情绪。

苏浅月心中不忍："哥哥，已经烦劳你很多了。"

听得萧天逸朗声笑道："妹妹，哥哥贫寒，没有什么好的嫁妆给你，唯有出些力气做最好的安排。你看还有哪里整理得不妥，哥哥这就去弄好。"

话虽如此，他看上去也洒脱干净，然心中深深的悲哀还是掩饰不掉。

苏浅月对他笑道："哥哥，已经够好了，你如此周到，妹妹已是感激不已。不过妹妹希望我们再次相见的时候，哥哥身边已有人相伴。"

她抬起一双亮晶晶的眸子看着萧天逸。恰此时，素凌端茶进来，萧天逸笑道，"月儿，明天你就是新娘了，今晚好好休息，哥哥告辞。"

"萧公子慢走。"素凌行礼相送，回过头来，看到苏浅月茫然的目光，她轻声说道："小姐，明日你就是王爷的新娘了，一定要早点儿歇息养好精神，倘若明日也恍惚，可如何是好？"

苏浅月点头："好，我这就安歇。"

素凌放心地展开笑颜："这才好。我服侍小姐安歇，小姐一定要开开心心的，做最美丽的新娘。"

躺在床上，苏浅月努力闭上眼睛，脑海里却是纷繁复杂的画面，乱作一团。不知道什么时候，她才睡着，却是乱梦：小时候的父母、在落红坊的日子里和萧义兄的交集，就好像将往昔经历重新演过一遍。她也梦见了睿靖王容瑾，他含笑面对自己，威仪的眸子里有温柔也有温暖，他一步步走近……

她醒来时天还未亮，容瑾含笑的眸子仿佛还在面前。

容瑾，睿靖王，从今以后将和他共度一生，命运和他息息相关，苏浅月心中忐忑起来："他会对我好吗？我纵然算是一个侧妃，然不过是他众多女子中的一个，我有可能被他宠爱，也有可能被他冷落。倘若未来的日子惨淡无光，我如何过得下去？不过，只要平静不起波澜就好，我不会和那些女子争夺什么的，只要一份安宁的日子。"

窗纸淡淡，朦胧得有些发白，烛光还在摇曳。因为是特殊的日子，素凌和其他丫鬟就在一旁守护，见苏浅月醒来，脸露喜色齐声道贺。

苏浅月起身，用素凌她们准备好的花瓣香汤沐浴身体。凤冠霞帔一应衣饰都是王府备好，昨日着人送过来的。大红的嫁衣，描金绣凤，做工精细，华丽无比。

苏浅月坐在菱花镜前被伺候装扮了近两个时辰，华贵精美的嫁衣穿在她身上，肩披霞帔，头戴凤冠。她凝望着镜子里的自己，容颜精致绝伦，整个人雍容华贵、风情万种，再不是落红坊那个未出阁又落入风尘的清雅舞姬，而是王府正式的侧妃，尊荣无限，有名分，有地位。

"小姐，你……啧啧。"素凌的目光流露出惊喜和叹服，已然不知道该怎么赞美。

"小姐，不，不，是夫人。奴婢是第一次见到夫人这般美貌的女子，今日算是开了眼，终生无悔了。"同素凌一起服侍苏浅月的丫鬟涨红了脸，眼珠子都鼓突出来。

"我家小姐本来就是美人。"素凌终于有了话说。

"岂止是美人，是天上下来的仙子美人。"那丫鬟的眼眸里都是崇拜和虔诚，"奴婢敢保证，夫人会是王府中的第一美人。"

"那是肯定的。"素凌骄傲地说。

"素凌，不可以胡言乱语。"苏浅月忙制止了素凌，又对着菱花镜淡淡一笑。她向来知道自己美貌，在落红坊获得"凌波仙子"之名，不仅仅是因舞蹈，倘若貌似无盐，也不会有此称号。只是今日太过艳丽，颠覆了以往清纯典雅的美，更显得惊艳罢了。

"素凌姐姐没有说错，奴婢敢保证夫人会是王府里的第一美人。"丫鬟发誓赌咒一般地说。

素凌又要开口，苏浅月忙制止她："你们记住了，不可以乱说话。素凌，你一定要谨言慎行。"

凡是自己身边的人都不能张狂，尤其是要跟着自己入府的素凌。自己之前就教了她许多道理，希望她能懂。

"是，小姐。"素凌恭顺应答，却暗暗对那丫鬟吐吐舌头，两个人暗使眼色。

忽闻外边鼓乐笙笛，一丫鬟匆匆忙忙跑进来："夫人，王府的轿子到了。"

"恭喜夫人。"

苏浅月的心忽地提起，不知何等感觉，今日就要嫁人了？原本就做好了一切准备，此时却很是惶恐。

"恭喜夫人。"

外边又接连走进几个丫鬟，见到苏浅月时都面露惊讶，显然是被她的美貌惊住。

"恭喜小姐。"

素凌满面喜色地将大红的盖头盖在苏浅月戴的凤冠上，同另一喜娘搀扶着她走出去。苏浅月一时只看得见脚下的路，她心中惶惑又忐忑。这就要去面对一个陌生的王府，面对一些陌生的人，今后的路，只怕就如这蒙了盖头般身不由己了。

大红地毯从院子里一直伸展到大门外，苏浅月坐上轿子离开萧宅，素凌跟随着，萧天逸也在一旁护送，他们一起前往那个陌生的地方。

王府迎接的仪仗非常华丽，虽只是迎娶侧妃，却也是浩浩荡荡气派非常的场面，礼炮和鼓乐一路跟随着。蒙着盖头十分憋闷，苏浅月伸手把盖头撩起来，然后用手指轻轻掀开轿帘一角朝外看，瞥见了外边汹涌的人流。

紧随轿外的素凌发觉苏浅月在向外看，悄悄言道："小姐，王府给了小姐好大排场，紫禁城的百姓除了老弱病残不能动的，只怕都来观看了。"

容瑾这样相待，本应高兴，然而苏浅月却怎么也高兴不起来，这些浮华的东西并非自己想要的。她想要的，从头到尾不过是一颗真心罢了。

从落红坊出来，和萧天逸相处的几个月，萧天逸对她照顾无微不至，就算嫡亲的哥哥也不过如此。至于今后，已经是有隔阂、有忌讳了。虽说外人看来他们是兄妹，可是苏浅月知道这话可以瞒得过别人，容瑾却是心知肚明的。她不觉又掀起轿帘向前看去，只见萧天逸一身深红锦袍，身下是枣红色骏马，显得更加英武挺拔。

胡思乱想中不知道走了多久，突然冲天的鞭炮声响起，鼓乐箫声震天，人群骚动，苏浅月轻舒玉臂又掀动轿帘，原来是到了王府的大门。清丽的阳光照耀着雄伟威猛的门楼，"容王府"三个金光闪闪的大字带出逼人的气势。可念及今后自己就要被紧紧锁在这扇大门里，没有多少自由了，苏浅月一时又十分失落。

轿子突然停下来，苏浅月忙把盖头放下来。一盏茶的工夫，轿子复又抬起，从王府的侧门进入。

苏浅月头上蒙着盖头，只能看见脚下的路，下轿后就由素凌和喜娘搀扶，踩在铺着厚厚大红地毯的路上，被牵引着走向喜堂。

"新娘子到了。"

"哦，新娘子来了。"

有喊的，有欢呼的，有"噼噼啪啪"的掌声。

苏浅月除了脚下的一点儿地方，别的都看不见，只听到喜堂上是一片喧哗。容瑾是不是也在期盼这一刻？盖头下，她看到了他大红喜袍下的一双粉底官靴，那一双靴子也是透着喜气和威仪。

"奏乐，婚礼开始……"

耳中是司仪一声高呼，随之又涌动的欢呼和喜乐奏起，容瑾将手伸过来，轻轻握住了苏浅月的手。喧闹中司仪喊着："一拜天地，二拜高堂，夫妻对拜……"

礼毕，在热闹的欢呼声浪中，苏浅月依旧由素凌和喜娘搀扶，面前两个丫鬟带路走下礼堂。

礼堂离要去的院子很远，不过苏浅月却觉得很好，原本就是侧室的身份，有个偏安一隅的去处，不要和众多人接触，清静省心。

来到洞房中，苏浅月端坐在喜床上。外边的丫鬟、仆人进来行礼道喜，苏浅月心中却无半点儿喜庆的感觉，只示意身边的素凌打赏。苏浅月是没有多少积蓄的，萧天逸亦是贫寒，还是容瑾心细，昨日着人准备了足够的金银，送到苏浅月手上，供今日之用。

耳中听着众人的贺喜和道谢，听着他们的脚步声来来去去，许久才清静下来。感觉房间里只有素凌和那个一开始进来的喜娘了，苏浅月抬手轻轻把盖头撩起，揭下。

素凌看到苏浅月把盖头揭下，惊慌道："小姐，不可以……"

苏浅月手里拿了盖头递给喜娘，又对素凌淡淡一笑："何必在意这些俗礼。"

"夫人果然大气。"接过盖头的喜娘笑着说道，旋即抬头看苏浅月，接着就是一愣，眸中满是惊讶，"夫人，夫人你……"

"怎么了，有哪里不妥？"素凌急忙出口相问。

"不，不，没有不妥。"喜娘摇着手，一张脸涨红了，"奴婢不是这个意思，是……是夫人的美貌惊倒了奴婢。奴婢失礼惊了夫人，请夫人责罚。"喜娘说着就要下跪。

素凌出手搀扶住她："我家小姐大喜的日子，不会责罚你的。"

"是，是……当然……"喜娘有些结巴，随即说道，"夫人美貌无双，奴婢一时疑为仙女下凡。"

素凌得意道："我家小姐是不是比别的夫人美丽？"

"素凌。"苏浅月出声制止，又抬头看着面前的喜娘。她比自己年长几岁，二十多岁的样子，清秀的脸庞，聪慧的双眼，端庄沉稳，看起来并非虚伪之人。苏浅月想要说些什么，却一时无从开口。

喜娘倒是乖觉伶俐，忙对苏浅月施礼道："禀萧夫人，奴婢翠屏，是王爷派来伺候夫人的。夫人有什么需要，尽管吩咐奴婢。"

萧夫人？哪怕苏浅月早就知道自己成了萧天玥，却始终没有人提过，骤然被称作萧夫人，她才意识到自己不再是苏浅月。一时心绪如潮，有些难过，然事实已成定局，悲哀亦是枉然。苏浅月竭力保持着脸上精致的笑容，言道："翠屏姑娘，这个院子的管事是你？"

翠屏再次施礼："回禀夫人，院子里的总管是王良，奴婢也算半个管事，夫人的需要以及院子里的杂事分派，奴婢都会为夫人打理。请夫人放心，奴婢一定竭尽所能为夫人效命。"

"以后我这里的大小事情都由你打理，是辛苦你了。想来你在这府中时日已久，经事也多，今后还需要你多多扶持。"苏浅月笑着说道。

翠屏听到苏浅月的话后，言辞更加恳切："请夫人放心，日后奴婢定当竭力侍奉夫人的。夫人有什么事情，尽管吩咐奴婢。"

"去取过我的那对金镯子来。"苏浅月随即吩咐素凌。

"是，小姐。"素凌迅速打开一个箱笼，从里面把金镯取出交到苏浅月手上，"小姐。"

苏浅月接过来，含笑对翠屏说道："想来王爷将你安排过来必是有王爷的用意，今日有劳你了，日后你同素凌一样都是我身边的人，凡事都不必见外。这对镯子算是我的见面礼。"

用金镯子赏赐一个还没有做过任何事情的丫鬟，这见面礼是厚重了些，只希望她今后能真正地帮到做自己，对自己忠心。

"夫人，礼物太贵重了，奴婢无功，不敢领受。"翠屏没有料到苏浅月会给她这样的赏赐，急忙跪下推辞。

苏浅月拉过她的手把金镯放在她的手掌心里，说道："暂时无功，来日方长，收下吧，你当得起的。"

翠屏迟疑一下，才将镯子仔细收起来："奴婢谢过夫人赏赐，今后奴婢定会尽心尽力服侍夫人。"

素凌会意地看了苏浅月一眼，拉了翠屏的手笑道："我家小姐不仅仅人美，还极好，你在我家小姐身边也是你的福气。"

"是，是，我看得出来。今后我们可要一起好好照顾夫人。"翠屏反手拉了素凌的手，说道。

"当然。"素凌依然笑着。

看她二人如此，苏浅月心中稍感安慰，也只有身边的人都和睦相处，以后的日子才能更加顺利。

有丫鬟送茶上来，翠屏接过来放下，体贴地说道："夫人肯定是前几天就一直忙碌，今日又一路颠簸劳累，就先歇息一下吧。"

苏浅月点头："好。"

翠屏忙准备好一切，又转头说道："夫人，此时无事，请歇息一下养养精神，奴婢就在外边，随时听候夫人传唤。"话毕，她拉了素凌的手又对她言道："就让夫人安静歇息一下，我们都到外边去吧。"

素凌看了苏浅月一眼，苏浅月点头示意，于是素凌随着翠屏出去了。看到她们两个人的背影在眼前消失，苏浅月紧张的心也放下来，她端起茶盏，一面饮茶，一面慢慢打量着房间。这作为洞房的房间除了装饰摆设更为豪华精美，点点滴滴透着富贵气息之外，和旁的洞房一样喜气洋洋。

洞房外间，那边隔着雕刻仙鹤、牡丹的屏风前，设着精致的案几秀座。紫檀木的香案上摆放着紫玉香炉、玉瓷花瓶，想必是王爷来此小坐的地方。这边里间，朱红的地毯，玉麒麟的香炉里，散出袅娜青烟，芬芳扑鼻。靠着一侧墙壁是宽敞精美的雕刻着百子千孙和莲藕的秀床，坠着流苏的纱帐被金钩挽起，绣着交颈鸳鸯的锦缎喜被整齐地折叠着。

看着这些，苏浅月的心怦然跳动。洞房……是和容瑾行夫妻合卺之礼的地方，今后就要在这里度过漫长的人生了。

她也曾经想过自己的洞房花烛夜。大红雕花的婚床，大红的喜被，和夫君洞房花烛，有喜庆的红烛一直燃烧到天明。夫妻双双，举案齐眉，夫唱妇随，度过快乐简单的一生。而今天的自己，却成了容瑾的侧妃，成了他众多女子中的一个，不知道他会怎样待自己，更不知道人生中又会有怎么的波折，一切皆是未知。

饶是苏浅月抱着随遇而安的淡然态度，但毕竟心中也是惶惑，连日来又颇劳累，她支了手臂斜倚在床上小憩，但也只是片刻迷糊就又惊醒，喊了一声："素凌。"

"小姐。"苏浅月的话音刚落，素凌就跑了进来，她的身后紧紧跟随着翠屏："夫人，有何吩咐？"

看到她们两个都很紧张，苏浅月自嘲一笑："方才到此一切都不习惯，有些睡不着，做了个梦有些害怕，不如你们两个陪我说话。"

"夫人初来，心神不稳是正常。也好，就让奴婢们陪着夫人说话解闷儿。"翠屏含笑道。

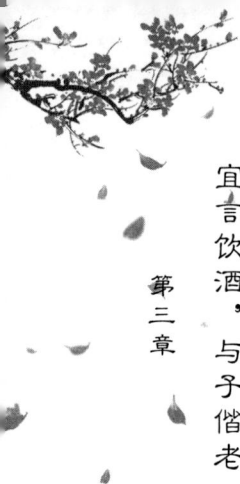

素凌和翠屏一直陪苏浅月到晚上，红烛高高燃着的时候，忽听外边一声高呼："王爷到……"

素凌有些慌乱，一双受惊的眸子看着苏浅月，不知道该怎么办才好。翠屏微笑，对素凌说："搀夫人到喜床上等着。"她一面说，一面去拿一旁的盖头。

苏浅月心中一派澄明。王爷的洞房，对他而言不是神圣庄严的第一次，那样隆重的仪式在他眼里或许都是普通的事情。今晚他和自己洞房，说不定明天又是另一个女子和他洞房，又何必故作姿态？她摇头对翠屏说道："不必了。"

眼见翠屏拿了大红盖头的手顿了一下，她惊慌地回头："夫人，王爷到了。"她是害怕容瑾怪罪。

"知道。"苏浅月微笑对她说道，"不用那些俗礼。倘若王爷怪罪，一切有我担待，你去开门迎接王爷。"

翠屏迟疑一下，素凌紧张地搀住苏浅月，低声道："小姐，你还是蒙了盖头坐在床上等候王爷，这样妥当一些。"

哪有新娘不等新郎自己揭开盖头的？

"是，夫人。"翠屏答一声，匆匆忙忙走了出去。

一声门响后，她听到翠屏道贺："给王爷道喜。"

苏浅月的心怦怦急跳，骤然间觉得脸上滚烫。原本自己是很镇静的，怎么还是有些莫名的紧张？

她抬起头，目光触及之处，容瑾已经穿过屏风走过来。素凌慌忙迎接过去，大礼参拜："王爷千岁，奴婢给王爷道喜。"

"起吧。"容瑾轻轻挥了一下袍袖。

这次苏浅月看清了他的服饰，头上是独属于王爷身份的冠冕，身上着龙凤呈祥的大红吉服。苏浅月原本急跳的心骤然加剧，脸上更是灼烧般的火热。容瑾笑了一下，苏浅月顿感窘迫，瞬间低了头。

"王爷……"苏浅月轻启朱唇叫道，一颗心几乎要蹦出胸腔。

"下去领赏。"容瑾对俯首弯腰跟过来服侍的翠屏和素凌吩咐一声，一双眼眸却不曾离开苏浅月的面容。

"是。"素凌两个人应了一声退下。

顿时，房内一片寂静，静到一根绣花针落下去都是惊雷滚过。慌乱羞涩中，苏浅月不觉抬了头，见容瑾盯着自己的目光笑意丛生，深幽难测中又蕴含无尽深情，她不由得在慌乱中一颤，再次低下头。

"美目随羞合，丹唇逐笑开。月儿的美汇聚了太多，怎能叫人割舍得下。"

苏浅月不知容瑾意欲何在，她抬头看他一眼，又慌忙低了头："王爷。"

容瑾站立片刻，缓缓移步至苏浅月的面前，抬手轻轻拂动她如云的秀发，又至泛着红的面颊。苏浅月清清楚楚地感受到他手指的灼热轻颤，虽然早就做好了心理准备，但她却还是不知所措。

容瑾低语："月儿，我们终于在一起了。"

苏浅月微微抬头，鼓足勇气道："是的，王爷。"

她本是舞姬，卑微低贱的身份连踏进容王府的资格都不具有，却理直气壮做了容瑾的侧妃，岂不是太过不易？

"你这样美丽脱俗，比仙子还美好，本土一见就再难放下。"容瑾的话里有无限的深情。

苏浅月娇羞低语："王爷说笑了，妾身蒲柳之姿，怎能和仙子相比？"

容瑾轻轻揽住她的腰身："月儿静若花照水，动如柳扶风。本王有你，实乃今生之幸。"

"王爷，"苏浅月也听人说过旁人的洞房是如何度过的，却总觉得自己与容瑾如今绕过了很多情节，一下子就变得亲近起来，让她更觉羞涩，轻声道，"王爷累了，且坐下歇息片刻，待妾身为你倒茶。"

苏浅月挣脱了容瑾的怀抱欲走，容瑾伸手拉住她不许她离开。感受到他身上灼热的气息流淌到自己身上，苏浅月只觉得被浸融得全身绵软无力。她极力保持镇定，软软唤他："王爷，还没有喝下合欢酒……"

哪怕容瑾是自己的夫君，然而自己是第一次与男子如此亲近，苏浅月慌乱不已。她的战栗亦传到容瑾的身上，他关切地问道："月儿，你是不舒服吗？"他的口气温柔如水。

苏浅月清楚地记得在萧天逸的宅子里远观容瑾的情形，他连走路都霸气十足，一副凛然不可侵犯的模样。此时他一双漆黑眼眸中全然没有了威严气势，映现的全都是深情，语露关怀。苏浅月心中涌起感动，她轻轻摇头："没有……"

容瑾微微笑道："那你是害怕的了？是害怕本王今后不能一心待你？"

苏浅月的头颈一下子抬起来。不怕，有什么可怕的？该来的总会来，逃避不能解决。自己虽是一女子，也懂"坚强"二字，她亦不会把自己的所有一起押在一个男人身上。他宠爱自己，就坦然接受；他冷落自己，亦坦然接受。

"不怕。"苏浅月声音铿锵，又带着几分傲然。

容瑾怔了怔，忽而又笑了，缓缓道："月儿，你可知道本王初次见你的情景吗？初见你时，是在群芳节上，本王偶然路过，只见你在高台上一袭红衣，翩若惊鸿，婉若游龙，英姿飒爽，轻盈妙曼，又不卑不亢，那回眸一笑更是动人心魄。那时，本王方才知道什么叫'一见误终生'。纵然你身份所限，可是本王依然愿为你费尽心思，随后暗中悄悄筹谋。本王已有五位夫人了，却没有一位如你这般让本王倾心。本王也庆幸没有错过你，今日终于得到你了，你可知道本王有多高兴？"

容瑾是如何见到自己，又是如何将自己迎娶进府的，苏浅月一概不知。如今听到容瑾的这一番话，她只觉得开心，一种细密柔软的喜悦在她心中流淌，她柔声道："妾身何其有幸得遇王爷欣赏，又逢王爷这般青睐，这都是妾身的荣幸。王爷不嫌弃妾身以前的身份，如此费尽周折为妾身着想，妾身以后定好好照顾王爷。"

"月儿，你值得这世间最好的，从今后本王会一心一意待你。"容瑾抱起苏浅月，缓缓走至床前。

苏浅月含羞道："王爷……"

榻旁的桌案上，一对龙凤喜烛透着红润的光泽，喜庆吉祥的烛光燃起浪漫和温馨，有一种恍如隔世的迷离。

拉下幔帐，明亮的烛光隔着幔帐纵横的纤维朦胧了帐内的融融春意，增添了神秘和悸动。苏浅月的心怦然如潮，她抬头看容瑾，他的眼眸正对着她。两个人深深凝望，两个人的身影迷迷蒙蒙，苏浅月的脸颊滚烫。良辰美景，丽人靓影，一个如花美眷，一个风华盛年。

"月儿，人生最惬意舒心的时刻，就是此刻了。"容瑾的眼里荡漾着波澜，苏浅月的心越发惶惑。这些都是她从来没有经历过的，让她现在紧张不已，不知所措。

相望许久，容瑾轻轻褪去苏浅月身上的锦衣罗裳，莹白的肌肤在朦胧浪漫的烛光中洁净温润。

苏浅月心跳气急，她羞涩地垂下眼睑，不敢看容瑾含情的眸子。容瑾的身体渐渐贴近她，继而伸出双手环抱着她的腰身。肌肤相触，淡雅如兰的气息在彼此身体间流淌。

容瑾的唇贴紧了她的唇，苏浅月下意识要避开，忽然想到如今的容瑾已经是自己的夫君了，她犹豫了一下，羞涩迎合，开启了一个绵长温馨的亲吻。

她感受着容瑾的呼吸，越来越重的喘息，让她的心尖轻轻颤动，整个胸怀仿佛有一团烈焰在燃烧。

"月儿，本王想得到你的一切，好吗？"容瑾暗哑的声音微微带着些诱惑，苏浅月一颗心惴惴不安，又添了一丝不名的情绪，她不知该如何开口，索性抿紧了唇不说话。

容瑾的气息愈发混浊热烈，可即便如此，他还是没有粗暴，这让苏浅月微微感动。此刻，他的霸气隐退，取而代之的是不尽的缠绵，这般的体贴，这般的爱护。

苏浅月知道，迟早自己都是属于他的，她缓缓开口呢喃道："王爷。"她边说着边抬起手臂，轻轻环住容瑾的脖颈。容瑾再也忍耐不住，红绡帐暖，两个身影慢慢交叠在一起……

苏浅月看着容瑾，暗暗地想：他说了给我爱，给我宠溺，而我明白从嫁给他之日起，我的命运也别无选择地交给了他。我只能属于他，哪怕我是他众多女子中的一个，亦不能分割保留。以后，他就是我的夫君，是我的全部，是我的一切……

深秋的夜，窗外的虫鸣了无痕迹，更听不到花开花落的静谧之音，唯有青竹慢摇灵韵。

红烛的光晕渐次迷离，幔帐内，亦是迷离，飘荡了这一夜的姹紫嫣红。

苏浅月一直未曾入睡，尽管她又累又乏。身体里还隐隐疼痛着，不知道这疼痛何时消退。身边的男子传来均匀的呼吸，苏浅月偏过头，悄悄看他。长而卷曲的睫毛覆盖了有着威武神韵的眸子，挺拔的鼻梁，深红色的嘴唇轻轻抿着，勾勒出一个完美的唇形，他的确是有让人倾心的资本。

　　苏浅月心中柔情泛滥，她不知道，这个男子是否真的能给自己他的承诺。若自己守不住心，爱上了他可怎么办？

　　纷繁的往事又涌上心头。苏浅月想起萧天逸将自己接出落红坊时，只说是一位王爷为自己赎身，还费心安排，要自己做他的侧妃。自己没有见过这位王爷，亦不知这位王爷的人品相貌，但为了走出落红坊，自己还是选择了答应。与其说当初相信容瑾，莫不如说相信的是萧天逸。假若容瑾人品堪忧，萧天逸是不会把自己送过来的，他宁愿自己待在秦淮街，也不会愿意让自己去一个肮脏倾轧的地方。

　　后来的几个月，自己寄居在萧义兄的宅邸，静待王爷的迎娶。一切都是未知的，自己的整个人生从进入落红坊的那一刻起就已没有了自由。直至前天夜里和容瑾的第一次交集，自己那时才知道了他的真面目。

　　新婚之前，容瑾又费心安排了一个豪华的宅院，从那里让自己尊荣地走进王府，做他心爱的女子，新婚之夜也是这样体贴入微。从落红坊到王府，容瑾有缜密的计划、宏大的气魄，因此一切都顺理成章，一切亦都按照他的安排而来，没有差错。直到今夜，自己成了他的女人，想来他是满意的。

　　从此，这王府，是荣是辱，是福是苦，一切都由着命运了。

　　看着容瑾，苏浅月知道，哪怕他是王爷，若不多情，何至于这样的安排？为一个舞姬付出许多，已是不容易。只是自己真有他赞的那样好吗，还是只是一时的迷恋？

容瑾……苏浅月在心中默念他的名字，注视着他甜美的睡颜。

苏浅月身心疲累却毫无睡意，身边有他又不敢翻转，便悄然起身。

轻柔的锦被从身上滑落，看了看容瑾依然酣睡在甜梦中，轻轻为他压好被角，苏浅月披衣离开床榻立于窗前。淡青色的窗纱掩不住月色倾泻进来，淡淡的清凉月色透过窗纱，洒下一片朦胧银色。纤纤俔依过来的翠竹将淡影投到窗上，如画一般的美妙，只是多了移动的韵致。

苏浅月张了张口，仿佛要说什么，终究还是寂然无声。吟唱吗？良宵美景，吟诗赋曲倒是恰如其分，跳一曲应景的"良宵美景，玉郎佳人"更挥发才情。只是心旌摇动，焉有那种闲情逸致？

毕竟是深秋，薄凉的寒气慢慢浸透肌肤，苏浅月有些微的轻颤，却不料一双温柔的手臂从身后拥紧了自己。

容瑾贴近了苏浅月的面颊，在她耳畔轻轻低语："月儿，这么晚不休息，在想些什么？"

容瑾温暖的呼吸扑在她脸上，带着盛年男子的浓郁气息扑入鼻端，苏浅月感受得到他的声音里有深深的眷恋，她温柔浅笑道："王爷，妾身一时睡不着，起来略站站。"

窗纱疏淡了月光，让月光有了飘逸的神韵，洒在寂静的轩窗上，显得神秘且不可捉摸。容瑾拥着苏浅月："月儿，你知道吗？你的院子，'凌霄院'三个字，是本王亲笔题写，你可喜欢？"

进入这个院子以后，苏浅月还没有出去过，自然没有见过那三个字。凌霄院，他还真的把自己当居住天宫的仙子了，院子的名字才是"凌霄"。院子的门匾，果然是他写的吗？他本习武之人，于文采上并不擅长，难得他这般用心。

苏浅月的心里微微动容："容瑾，难为你这般对我。"她转身拥住了他，深情道："难为王爷这般用心，妾身爱极了这三个字'凌霄院'，多谢王爷。"

　　尽管苏浅月还没有见识过这院子里的风景，但是只看房内的摆设，典雅不露庸俗，高洁不显简陋，都是自己喜欢的格局，就知道容瑾是用心了，想必这也是他从萧天逸那里打听来的自己的喜好。

　　倚在容瑾的臂弯里，来自他肌肤的融融暖意取代了那一层薄寒，苏浅月感到心中十分熨帖。容瑾轻轻用手抚摩苏浅月那淡淡的弯月般灵秀的柳眉，手上带着款款深情的眷恋，怜爱的声音轻轻地响在她的耳边："月儿，本王见识过诸多女子，却没有一个抵得上月儿这般地让本王挂心。见过你之后，本王再也不能忘怀，日思夜想。世上竟有你这般叫人着魔的人儿，实在罕见。你跳舞的时候，熠熠闪光的风采更叫本王迷恋。月儿，你让本王陷入无法自拔的境地，本王才用尽手段将你争到身边。"

　　用尽手段？争？苏浅月心中一动，不解其中深意。容瑾费了一番周折自己还是知晓的，比如他不能亲自为自己赎身，还有改名换姓等。听着容瑾这般深情款款地诉说，苏浅月的心中跌宕起伏：容瑾，你真是这般地爱我吗？

　　"多谢王爷厚爱。"苏浅月真心道谢，容瑾的一字一句，如锥子般扎进她的心扉，她想起在风尘中所受的苦楚，胸中带了酸涩："王爷，其实你何必这般对我用心，你亦有不少的夫人，她们容貌绝佳、才情横溢，妾身又如何能够比得过她们……"

　　容瑾轻轻地摇头："月儿，她们是有她们的好，只是在本王眼里，她们的好合并起来亦比不过你的好。你典雅、婉约、庄重、灵秀，跳舞时将坚定的力量和柔曼的依顺完美糅合、统一，此乃无上的境界。本王不懂舞蹈亦能看出精髓来，不知你在那些精通此道的人眼里更是多么完美。你若没有才华智慧，又怎能做到如此境界？"

　　苏浅月抬眸凝视容瑾，有些诧异。自己的舞蹈之美，萧天逸给过盛赞，是懂自己的第一个人，可容瑾不是武将吗？但即便他只看得出皮毛，亦可以算作知己了，苏浅月心中还是感到宽慰："王爷，作为朝廷栋梁的你，肩负国家命运的一份责任，这已经令你耗费巨大精力，却还能分出心思来关心妾身，妾身实实不能承受。"

"倘若完全不懂你，又怎么用心对你？"

"王爷如此，妾身十分感动，得遇王爷，也是妾身之幸。"

容瑾用力拥紧了怀中的女子："月儿，你是本王的最爱，本王会视你为珍宝，定不会负你。"

"王爷……"苏浅月在心里暗暗问自己：苏浅月，他的这番话，你感动吗？你会爱上他吗？

可不知道为什么，苏浅月突然想起了萧义兄。在和容瑾温存的时候想起萧天逸，这很不合时宜。

苏浅月也曾有过慈爱的父母、富足的家境，有过快乐的童年。她孤苦伶仃流入烟花时，冷眼旁观那些寻欢的男子，没有人能落入她的心扉。落红坊繁华奢靡，在那里的人们夜夜纸醉金迷，但她从来没有快乐过，对那些男子也是冷若冰霜，她只过着自己的寂然生活。真正落入她心中的人只有一个——萧天逸，但终究是擦肩而过。如今，做了大卫国睿靖王的侧妃，自己是不是该满足了？

容瑾轻轻吻了吻苏浅月的发丝，苏浅月温言道："王爷，请安歇了吧，明天还要上朝。"

容瑾轻轻笑了，用手指轻触了触她的面颊："有月儿在本王身边，本王怎么安睡？月儿离开本王身边，本王又怎么安睡？"此话倒像一个小孩子了。

"王爷，这么说来，都是妾身的不是了。"苏浅月偏头看过去，略有些羞涩，又有些调皮，她深深倚在容瑾的臂弯里。容瑾笑出声来，他弯腰抱起苏浅月，缓缓走入罗帐。

锦绣罗帐内淡淡烛影，柔软枕上，香暖被中，苏浅月依在容瑾的胸口，看着他又安静睡去，自己却做了一夜的梦，幼时家中的大火、父母悲鸣地求救。又梦见自己在落红坊笙歌曼舞，突然她脚下的土地下陷……她还梦见偷眼看到的王府门口的大石狮子，石狮子铜铃般的大眼瞪着她，仿佛她是它们不容的异类。

梦醒以后，曙色明亮了窗棂，她身边的容瑾已经不见。许是昨夜有些着凉，苏浅月有些轻微的咳嗽，素凌和翠屏已经掀起帘子走到她身边。苏浅月缓缓起身，任二人整理罗衫。

步出卧房，一个年长的婆婆带着婢女和男仆走入，跪下请安："恭喜夫人，给夫人请安。"

眼见他们那么多的人，声势浩大，苏浅月略惊讶了一下，道："起来吧。"

想来他们是容瑾指派过来的奴才，还须制得住他们方才能够安身，于是，苏浅月又说道："你们既然是在我院中当差，当遵守我院子里的规矩，不可无事生非。在我名下，是否伶俐倒不是最要紧的，最要紧的是要做到忠心，不可阳奉阴违，若是心里有了旁的，惹了是非，我不会轻饶，若是聪明懂事又忠心耿耿的，我也不会亏待，明白了吗？"

地上的奴仆恭敬地齐齐回道："奴婢（奴才）们明白，定当为夫人尽心。"

这是苏浅月第一次在院中奴仆面前露面，总要表明自己的态度。若是一时震慑不住这些下人，以后就难以管束，各种事情缠上身来，有的是麻烦。虽然她不想招惹别人，却也不愿意别人来招惹自己。

苏浅月又转过去对素凌说道："人人有赏。"容瑾当真是懂得这一切，提前准备了足够的银两，让自己不至于在需要铺张的时候困顿。

素凌把银两分发给他们，这些奴仆、婢女谢了赏赐便下去了。

接着，翠屏又带了两个丫鬟走上来，算是贴身侍奉，一个叫红梅，一个叫雪梅。两个姑娘一样的装扮，年龄一般大小，看她们那样灵巧机灵，苏浅月很是喜欢。

"夫人，您该梳妆去上房请安了，等下也要与王妃和众位夫人们见礼。请夫人快些，今天这样的日子，去晚了不好的。"翠屏小心说道。

是了，自己是王爷新娶的侧妃，按照礼仪此时该去上房给老王爷、太妃请安，亦要与王爷的王妃和众夫人们见礼。

素凌知晓深浅，打开梳妆盒为苏浅月细细地描眉，抹上上好的胭脂水粉，又让她含了口红印痕。翠屏在她身后为她梳理长长的秀发，苏浅月开口道："梳一个逍遥髻就好。"

这种发髻自然随意、鲜活灵动、素净雅致，不张扬也不落俗套。

菱花镜中，翠屏的手停了下来："禀夫人，还是……凌云髻吧？凌云髻更显得高贵一些。"

凌云髻自有妙处，如娇云攀附碧空，凌于顶上，摇曳而不垂落。只是这种发髻太过于彰显傲气和锋芒，苏浅月并不想自己成为众人眼里的障碍："我们随意些，不必锋芒太露。"

翠屏意会地点头，叹道："夫人真是思虑周全。"

苏浅月从红梅捧过来的梳妆盒中挑选了一只翠绿的孔雀含珠簪，斜插在发髻上，于袅娜中含了雅致、清丽婉约。髻边又戴一朵粉白色珍珠花，珍珠花光泽耀眼，清新悦人，仿佛上面凝着露珠。

苏浅月知道新婚第一天不能穿过于淡雅的服装，但她也不愿意穿过于惹人眼目的大红色，遂吩咐雪梅把那件水红色的百蝶穿花锦缎裙拿过来。

这样的装扮，优雅大气跃然而出。镜子里是一位飘逸灵动、轻盈妙曼的绝色女子，典雅中含着灵秀，高洁中带着冷艳，有一种出尘的风采，苏浅月亦觉得满意。

不能高调宣扬，亦不能卑微庸俗，保持低调沉稳才是生存之道。

房内有片刻寂静，苏浅月不知这是为何，她把目光从镜子上收回，发现了几张带着惊愕的脸，随即听到翠屏惊叹道："夫人，你这样的美不同于别的夫人，还是奴婢第一次见到。没有艳俗和显摆，自然天成，是让人瞻仰的绝美，难怪王爷对你……"

翠屏没有说完就突然噤声，苏浅月移目看去，翠屏一笑，不再继续说下去。

红梅接着道："是啊，夫人美得惊艳，我还从来没有见过像夫人一样美的女子。"

素凌带着炫耀的口气："我家小姐本来就是仙子一般的美……"

苏浅月用眼神制止了素凌，她淡淡一笑。

准备停当，翠屏随着苏浅月去上房。她是第一次出去，一切的路径都不熟悉，规矩也不清楚，需要有人带路，更需要有人在关键的时候提醒自己。最适合的人选，无疑就是翠屏。

树欲静，而风不止

第四章

苏浅月走出房门，深秋的晓风拂在她的脸上，清新中带着薄凉，透进肌肤。阳光清淡明媚，洒落在王府洁净平整的甬道上，折射出耀眼的光芒，把王府映衬得耀眼夺目。亭台阁楼，飞檐翘角，琉璃瓦上闪烁着璀璨的光泽，富丽堂皇。曲径悠长，漫延而去。

因为是深秋，两旁的花圃内明显冷落萧条，唯有各色菊花在晓风中摇曳着秀雅的身姿。菊花乃花中君子，品行高洁，不以娇艳姿色魅惑于人，独用坚贞傲岸取胜，端庄素雅，盛开在百花凋零之后，不畏寒冷，不染世俗。

一路行来，几经院落，时有仆妇经过，齐齐行礼。

今天是她到王府的第一天，去上房请安不宜太晚，又怕太早惊扰了太妃，苏浅月心有忐忑。翠屏大概看出了苏浅月的不安情绪，微笑安慰道："夫人不必焦虑，太妃性情随和，不会过分为难夫人的。"

苏浅月看了看翠屏："这是我第一次来，也不知道怎样才好，这王府众人众口，该小心为上。"

翠屏点头："夫人蕙质兰心，聪慧异常，一应事物自会处理妥当。"

苏浅月虽是自信，然事实多是出乎预料，她又哪里敢过于轻慢。

思忖间，她们已走进一个恢宏的院落，门匾上书"端阳院"，一溜儿正房宽敞明亮，东西各有厢房，对面是配房。

"夫人，这里就是太妃的居所。"翠屏转头向苏浅月道。苏浅月轻轻点头，由翠屏指引走入房间。

厅堂内一应陈设齐全，绣着松鹤延年的屏风前，设有案几，案上仙鹤铜炉内香烟袅袅，秀肩双耳的青花瓷瓶内插着牡丹。

苏浅月眼见榻上端坐着一老夫人，这老夫人面容平静宁和，头上银丝如雪，想必她就是太妃了。太妃身旁还坐着一位年轻夫人。这位夫人头绾飞凤髻，插五凤朝阳挂珠钗，身着绛红缕金的富贵牡丹裙衫，花间蹁跹蝴蝶栩栩如生。她粉面桃腮，一双凤丹眼露出威严和锋芒。苏浅月心下明白，她应该就是容瑾的王妃了。

太妃看到苏浅月一步步走近，双目显出笑意。苏浅月面对她恭敬跪下："妾身萧天玥给母妃请安，母妃吉祥。"

"起来吧。"太妃抬手示意身边的丫鬟将苏浅月扶起。

一旁早有丫鬟将准备好的碧玉雕花玲珑茶盏递给苏浅月，苏浅月伸手接过，又趋前一步跪倒："请母妃用茶。"说着，她双手将茶盏举起。

这样的仪式不能缺少，只是为什么只有太妃在而没有老王爷？苏浅月心下疑惑却不敢流露分毫。

太妃身边的丫鬟接过茶盏，将茶盏递到太妃手中。太妃笑了笑，款款举起，一饮而尽，等把茶盏递给一旁的丫鬟，她才跟苏浅月说话："你就是萧天玥？瑾儿对你赞不绝口，不顾一切决意要将你迎娶进门……"

太妃说着话时，又陆续走进了四位携着丫鬟的夫人，她们依次对太妃施礼问安，便打断了太妃的话。

苏浅月偷眼打量着这四位夫人：一位绾燕子斜飞髻，插紫燕双飞衔珠钗，身着浅紫洒花云锦裙；一位绾朝云近香髻，插赤金荷叶簪，身着绣有孔雀开屏的橙黄丝罗裙；另外一位绾惊鹄髻，插双凤衔珠钗，身着绿玉笼翠百褶裙；最后的那位绾双平髻，插金累丝嵌宝牡丹钗，身着月白丝罗彩绣裙。一个个皆是千娇百媚，美艳动人。

苏浅月看着她们，心里闪过一阵惊悸。容瑾的夫人们都这般绝色，他又何必在意一烟花出身的风尘女子？就算自己擅长舞蹈，他亦不至于那般煞费苦心地将自己迎娶回王府，到底为什么？

不容苏浅月细想，太妃已经继续说了下去："……天玥，这是你的五位姐姐，俱已到齐。从今以后你们就是姐妹，要齐心协力伺候王爷，为王府增添荣耀。"说完，目光扫过众人。

苏浅月和五位夫人一起离座施礼："是……"

太妃挥手示意众人坐下。太妃的一双慈目虽有混浊，却掩饰不了青春岁月中时的灵秀，想必年轻时定是美人，她又跟苏浅月道："天玥，和你众位姐姐见礼吧。"

"是。"苏浅月答应着起身。

太妃用手指了一下身边身着绛红缕金富贵牡丹裙的夫人，笑道："这是瑾儿的王妃卫金盏郡主，快去见礼。"

不用太妃介绍，看其装束，苏浅月也早知道她就是王爷的王妃了，只是装着不识，所以一直没有开口。此刻太妃介绍，就要按照规矩对她参拜，苏浅月恭恭敬敬地对她施礼："妾身拜见王妃。"

卫是大卫国的国姓，只不知这位夫人是哪家王爷的郡主，有怎样高贵的身份。

卫金盏一脸和暖的笑意，走下来执着苏浅月的手："萧妹妹何必行此大礼，今后我们就是姐妹，一起同心同德伺候王爷就是了。"

"是，听王妃姐姐教诲。"苏浅月回礼。

太妃又指着身着绣有孔雀开屏橙黄丝罗裙的夫人说道："这是瑾儿的一位侧妃李婉容，她是当朝李窄宰相之女，今后你们好好相处。"

苏浅月答应一声，前去施礼，还没有等她拜下去，对面的女子已经扶起了她："自家姐妹，何必多礼。"

李婉容盈盈笑道，看上去也极为友好。然而，苏浅月早看到她眼风中暗藏凌厉，不过是表面的虚与委蛇，此人绝不好相处。

容瑾的另外三位侧妃分别是身着玥白丝罗彩绣裙的蓝彩霞、身着浅紫洒花云锦裙的张芳华和身着绿玉笼翠百褶裙的贾胜春。

苏浅月和她们一一见礼完毕。容瑾的这几位夫人表面上看着十分友善，但她早就嗅到了暗涛汹涌的味道。

苏浅月不经意抬头，就看到李婉容扫视众人，那随意的一瞥，神态悠悠，目光看上去似有似无，却暗含傲视众人的意味。苏浅月心下便是一震，李婉容本是宰相之女，自视清高且目中无人，今后自己和她相处要小心翼翼了。

一切礼毕，众人落座。太妃大概眼神不是很好，用力眨眨眼睛，方才说道："天玥果然姿容出众，很有气度，难怪瑾儿对你这般看重。"

此话太妃已说过两遍，意欲何在？苏浅月的心提起，又听她说道："我王府自祖上就立下家规，王爷最多拥有五位夫人，除王妃之外只能有四位侧妃，再纳也是侍妾。本来瑾儿已经有了一位王妃和四位侧妃，天玥你是不能有侧妃之位的。然瑾儿引古论今，硬是打破了我王府规矩，给了你侧妃之位。天玥，老身觉得该当着王妃与众侧妃的面儿让你知道这些，今后你要好自为之。"

太妃的话如惊雷滚过，震得苏浅月手脚冰凉，这些自己哪里知晓？倘若早些知晓，只怕自己就不会答应嫁给容瑾了。然事已至此，再无选择，苏浅月只得敛息静气，再一次恭恭敬敬上去给太妃跪下："多谢母妃厚恩，容纳妾身，妾身知恩当报。"

她恭敬地磕头谢恩之后才起身落座。

太妃似乎很是满意地点头："你是侧妃，既入我容家家谱，当遵我容王府的家规，和众人和谐相处，兴我容家，尽心尽力伺候王爷，为王爷绵延子嗣。"

苏浅月忙起身，再次对太妃恭敬施礼："是，多谢母妃教诲。"

太妃的话让苏浅月有种不知身在何处的感觉，容瑾为自己破了王府规矩？也难怪自己方才感觉到来自众人怪异的目光了，原来如此。自己竟然是王府的多余夫人，如此尴尬，不知这样的自己在众人眼里有多怪异，他们又会用怎样的态度来对自己？

苏浅月惊惧不安，她暗暗扫视众位夫人，她们都面目平和，仿佛她的出现顺理成章，然而她们眼中神态各异，或淡漠、或不屑、或无视，不知她们是不是都讥笑她甚至是恨她？她本不该和她们在一个平等的地位，却入了这样的氛围，以后的日子只怕再无平静了。

太妃扭头又示意身边的大丫鬟："去，去把我那只紫玉玛瑙镯子取来。"

"是。"那丫鬟躬身答道，然后快步离开。

苏浅月心中暗想太妃这是何意，就见那丫鬟手里抱着一个描金的红漆盒子过来，当着太妃的面儿打开，从铺着红缎的盒子里拿出一只晶莹剔透的紫玉玛瑙镯子，随后走上来恭敬地递给太妃。

太妃一脸端庄的笑意，说道："天玥，你是瑾儿的最后一位侧妃了，老身看着你脱俗出尘的样子也喜欢得紧。这只镯子是我皇家之物，是老身嫁给老王爷的时候，母亲赐的，今天赏给你做见面礼，望你以后好自为之。"

"母妃……"苏浅月有点儿慌乱。太妃话中的深意她已明了，是要自己好好和众人相处，为王府出力，至少不要辜负了容瑾的偏爱和太妃对自己的期望。然而，这样贵重的见面礼，苏浅月不知道该不该收。

她刚刚进入王府，对容王府的家规还不甚清楚。不知所措中，苏浅月只得求助似的看向众位夫人，只见张侧妃张芳华冲她微微颔首。稍稍迟疑，苏浅月忙走至近前跪下："谢谢母妃赏赐，妾身定不辜负母妃厚望。"

一旁的大丫鬟又从太妃手里取过镯子恭敬地送到苏浅月手上，苏浅月谢了赏赐才站起身来。

太妃又笑道："老王爷身体一直不好，行动不便，在后堂歇息着，你过去看看吧。"

苏浅月答应着，拜别太妃和众位夫人，扶了翠屏走了出来。

苏浅月并不知道老王爷卧病在床，而老王爷不能在正堂中受礼亦是出乎她意料的。此时只有自己和翠屏，苏浅月低声问："翠屏，老王爷的身体到底如何，老王爷的身边只有太妃一位夫人了吗？"

"老王爷已经卧病在床多年，行动不便。老王爷身边还有一位侧妃，只是侧太妃一贯不大爱出来，是以需要夫人过去拜见。"翠屏微笑作答。

"是吗？"苏浅月心中不安，老王爷卧病倒也罢了，还有这样一位深藏不露的侧太妃，是不是很难缠古怪的人物？她不觉脱口相问："侧太妃为人如何，怎么连接受新妇的正式礼拜都不肯入大堂接受？"

"不，不，侧太妃为人更是随和亲切，夫人见到了就知道了，完全不用担心的。"翠屏轻轻拍了拍苏浅月的手以示安慰，"侧太妃因为老王爷的身体，一直陪在老王爷的身边很少出来，今早没有在大堂只怕也是因为老王爷。王府上下都知晓侧太妃性子平和，夫人提防谁都不用提防侧太妃的。"

"哦？"苏浅月倒是起了好奇心，着急要见到这位老夫人了。

"奴婢绝不哄骗夫人，到时夫人就知道了。"翠屏嫣然一笑。

"只是，今后若有什么特别的，你要提前告诉我。"苏浅月对翠屏吩咐道。翠屏在王府是旧人，而自己初来乍到什么都不知道，需要她的提醒。

翠屏微觉不安，忙道："是，夫人。有关老王爷和侧太妃的情况，是奴婢疏忽了，没有告知夫人，请夫人宽恕，今后奴婢会仔细的。"

"下不为例。"

"是，夫人。"翠屏恭顺答道。

苏浅月心中存了疑问，一路思索。思忖间，翠屏已经引着她走入后堂，门口的仆妇一律恭敬地行礼问安，亦早有仆人进去禀告。

"夫人，到了。"翠屏提醒。

后堂已经早早地点起了火炉，熊熊暖气迎面扑来，苏浅月感觉呼吸没有在外边的清亮舒爽，心中微露伤感：父亲、母亲如果还活着，也是老王爷老王妃这般的年纪了，他们的身体会康健吗？如果他们健在，此时有自己围绕膝下，是不是会快乐？可惜，他们蒙冤俱不在世了，而自己为了王爷侧妃之位换了姓氏，实在是对不起父母，然而又能够如何呢？

来不及细想，内室传出话来："有请萧夫人。"

翠屏扶着苏浅月："夫人，我们进去吧。"

苏浅月点点头，和翠屏一起走进去。内室很宽敞，装饰豪华，一个须发皆白的老人仰靠在卧榻之上，苏浅月忙对他跪下："给父王请安，愿父王千岁。"

苏浅月一面给他请安，一面偷眼打量着他。只见老王爷神情委顿、双目无神，又脸颊赤红。在他身旁坐着的一位老夫人忙起身双手搀扶起苏浅月："何必行此大礼，快起来。"

苏浅月料想这位老夫人就是侧太妃了，便又对她行礼，却被她制止，只好作罢。

侧太妃一双闪闪有光的眼睛笑意暖暖地打量苏浅月："老身知道你就是瑾儿说的萧天玥，果然是绝色佳人，老身看了都十分喜欢。"她又扭头凑近老王爷面前，大声说道："王爷，此乃瑾儿新娶的侧妃，给您请安来了。"

苏浅月这才知道老王爷是耳朵也有些不好，只见他张大了嘴，呵呵笑道："啊？赏，快赏。"他的声音有些混浊，却极大，混浊的目光里里闪出亮色，显然看到苏浅月亦是欢喜，"瑾儿……的侧……侧妃？"话语伴着咳嗽，声音断断续续，侧太妃忙帮他轻轻拍着胸口顺气。

"是，妾身拜见父王。"苏浅月再次行礼。

少顷，有一大丫鬟捧着一个描金绣凤的朱红盒子送过来，苏浅月忙双手接了，跪下谢赏："谢父王。"

老王爷仍旧呵呵笑着，抬手示意苏浅月起身，又是侧太妃扶着她起来："是老身告诉了老王爷说你会来，老王爷重病，一时清楚一时糊涂，也不知道赏你什么，老身亦不能告诉他你喜欢什么，因此，他吩咐老身包了几锭元宝给你，你拿了去换取自个儿喜欢的东西。"

侧太妃和颜悦色，从她的那双手上，苏浅月感觉到她对自己别样的疼爱有加，心里很是感激，对她拜道："谢谢侧太妃。"

侧太妃对苏浅月摇头笑笑，走至老王爷身边，大声道："王爷歇息片刻，妾身去去就来。"她又转脸对一旁的两个大丫鬟吩咐："好生服侍老王爷。"吩咐完了才对苏浅月说道："玥儿随我来。"

苏浅月想着自己与她素不相识，她就随意亲切地唤自己"玥儿"，不知为何，苏浅月心中诧异。知道她是要到外边和自己说话，苏浅月忙辞别老王爷跟在她身后走出内室。离开时，老王爷再次轻咳，侧太妃回头看到有丫鬟已经近身服侍，这才放心。

来至稍远的中堂，侧太妃停下了脚步，在一张黄花梨木八仙桌旁停下来，笑道："玥儿……"

苏浅月趋前一步，不知道她用意何在，只是回道："侧太妃。"

她看见侧太妃从八仙桌上的一个抽屉里取出一只小巧的雕有游龙戏凤的杏黄色檀香木首饰盒，而后侧太妃的目光就停留在盒子上，很仔细地看着。从侧太妃的目光中，苏浅月看出了这只盒子的名贵和侧太妃对这只盒子的看重。

片刻，侧太妃又抬起眼睛："玥儿，这只盒子是当初老王爷送给老身的，老身本来想把它送给瑾儿的王妃，却没送，现在送给你，它更合适你。"说着话，侧太妃打开了盒子，从里面拿出一件首饰，一道瑞霞闪耀着华贵，流光溢彩，整个厅堂仿佛都一下子明亮起来。

苏浅月抬眼看去，那是一支碧玉七宝玲珑簪，精雕细琢，巧夺天工，那玉更是不可多得的珍稀之上好品种。整个首饰看上去没有逼人的雍容华贵，而是深沉悠远、意味深长地带着灵性，竟然有这样的首饰？苏浅月有些怔住，看着眼前的七宝玲珑簪，感觉唯有懂的人才更知道它的价值，更配拥有它。

今天早上苏浅月已经收了太妃赏的价值不菲的宫廷紫玉玛瑙镯子，此时又有老王爷的赤金元宝，还要侧太妃的这件珍宝吗？侧太妃的这支七宝玲珑簪更是价值非凡，苏浅月很是喜欢，只是自惭配不上这样上好的饰物，更有侧太妃的这片情……太厚重，实在消受不起。

苏浅月忙跪下："侧太妃盛情妾身铭感于内，只是这首饰太贵重，妾身消受不起，请侧太妃收回。"

侧太妃直言相告这是老王爷送给她的，是她极其看重的东西，苏浅月不敢要，更不能要。

"说的哪里话？"侧太妃忙将苏浅月扶起，"怎可如此说话？瑾儿定要迎娶你，老身本对他的做法不屑，却没有料到你是这样绝色出尘之人。瑾儿的眼光果然不错，老身也觉和你有缘。老身年事已高，说不定哪一刻就不在人世了，这支簪子是老身喜爱的，却不能用了，留了它给谁？若是你都不配，那就没人配得上它了。"

侧太妃是真心实意，只是苏浅月知道这件首饰不单单有它本身具有的价值，还有更加深刻的感情，她怕自己承受不起，所以迟疑。还有，她已经知道自己是府内多余的夫人了，侧太妃为什么独独给自己？倘若容瑾没有遇到她，侧太妃是要自己留着这簪子，不给旁的夫人？

这里透着古怪，苏浅月难以懂得。

侧太妃却已经招手叫身后的翠屏："翠屏，好生给你家夫人收着。"

翠屏忙趋前接过，面带喜色："谢侧太妃赏赐，奴婢会为夫人慎重收好。"

侧太妃又慎重嘱咐："不必对外人多言。"

"是。"翠屏敛眉垂目，一副谨慎的模样。

苏浅月已没有了推辞的余地，她只得谢赏："恭敬不如从命，妾身明白侧太妃心意，多谢侧太妃。"

看到苏浅月接下，侧太妃松了口气，脸上渐渐露出喜色："看得出你是灵秀懂事的女子，以后瑾儿的一切关乎你的一生，该怎么对他想来你也明白。"

苏浅月忙回答："妾身明白。"

她心里却想到，侧太妃是信任自己了，要将容瑾托付给自己的意思，可侧太妃为什么要这样？

这里的一切都透着古怪，需要好好弄清楚，更需要步步小心。

"好。"侧太妃脸上的笑意更浓，"你是聪明伶俐之人，老身自不用多说。最近老王爷身体每况愈下，老身亦不能离其左右。从早上到现在你也累了，回房去吧。"

苏浅月施礼告辞："侧太妃请保重，妾身改日再来请安，告退。"

侧太妃忽而长长地叹了口气，怅然若失的样子："去吧。"

施礼告别走出内堂，原路返回，苏浅月心中沉吟，这侧太妃到底是怎么一回事？她怎么会对容瑾这般重视，还会说出那样的话来？难不成她是看到现在的老王爷一时感慨，希望多年后，倘若容瑾也同老王爷一般时，自己能真心对容瑾？

翠屏笑吟吟的，悄声说道："夫人，这侧太妃性情温良，对人是极好的。"

不用翠屏多说，苏浅月也看得出侧太妃的性情温柔和善。若不是如此，老王爷身边自有丫鬟悉心照顾，还需要她寸步不离吗？想到自己还猜想过侧太妃有别的企图，苏浅月只觉心中惭愧。

看了一眼翠屏，她佯装愠怒："就因为侧太妃性情温良，赏赐我这样贵重的礼物，我就该理所当然地收下？你都看见了，太妃已经赏了我，老王爷又赏了，我哪里能够如此贪心？你为什么不帮我推辞一下？"

翠屏不理会苏浅月的愠怒，反而笑道："夫人不要责备奴婢，奴婢替夫人收了侧太妃的赏赐是有道理的。"在苏浅月疑惑的目光中，她又笑笑说，"侧太妃是王爷的生身之母，是夫人你的真正婆母。婆母看重儿媳，喜欢儿媳，无论给儿媳多么贵重的礼物也应该收下，不能辜负侧太妃心意的。"

苏浅月错愕，原来……原来容瑾是庶出？她还以为他是太妃所生，原来侧太妃才是他的生母……

只听得翠屏又说道："太妃那时还没有子嗣，她怕自己一时无法育有儿子，就把侧太妃的儿子过继到她的名下，为的是将来继承世袭的王位。"

"侧太妃可有别的儿子？"按照常理，没有哪个亲生母亲愿意把儿子交给别人抚养的，侧太妃的牺牲够重，难道说她是贪图权势之人？可看上去侧太妃并没有得到太多利益。

"没有。"

苏浅月一惊，难道说老王爷子嗣稀薄？可老王爷贵为王爷，妻妾成群，应该不会缺少子嗣的，但因自己初来乍到也就无从知晓这些了。于是，苏浅月又问："那太妃后来可有儿子出生？"

"有啊，听说好像是王爷过继到太妃名下只过了两年，太妃就生下了二公子，不过，奴婢不太清楚事实到底如何。二公子不同于王爷，二公子没有修习武功，生得儒雅俊美，亦是风度翩翩，一表人才。"

原来这王府里还有二公子……如此说来，倘若当年容瑾没有跟了太妃的话，世袭王位之人就不是他了？如此，王府里的情形只怕会更复杂。不知道容瑾和嫡出的二公子关系如何，苏浅月想知道却不便此时立刻就问，她转而问道："二公子可曾另立王府？"

"没有。"

苏浅月暗暗思量着，和翠屏边走边轻声说话，走出端阳院不远，就听得背后有人唤道："萧夫人。"

苏浅月站住后转头，就看到了李夫人李婉容款款走来。苏浅月知她是宰相之女，忙对她行礼："拜见李夫人。"

李婉容走近，上下打量着她，脸上的表情十分奇怪："怪不得王爷不管不顾要迎你做侧妃，真是好容貌。"

她是笑着的，然而那笑容十分奇怪，一脸的皮笑肉不笑，阴阳怪气的，和在端阳院正堂上的她判若两人。

面对她的讽刺，苏浅月也只能当好话来听："李夫人过奖了，妹妹姿态庸俗，怎及得上李夫人出众。"

李婉容冷笑："刚刚太妃不是说了吗，按照王府的规矩，王爷只能有四位侧妃，王爷却费尽心机给妹妹争得侧妃之位，可见妹妹不凡，不知妹妹用了何种手段赢得了王爷的心。"

这话说得太过尖刻，苏浅月正欲分辩，却看到了走过来的张夫人张芳华。远远地，张芳华给她使着眼色，李婉容顺着她的目光看过去，也看到了是张芳华走过来，于是她甩了甩手里的帕子，说道："萧妹妹如有空，可到我明霞院做客，姐姐我向你讨教。"

苏浅月低下头："定会去打扰李夫人的，只是讨教的话不敢当。"

"好了，你就叫我李姐姐吧。"李婉容的话中带了厌恶，而苏浅月只当不知，顺从道："遵李姐姐吩咐。"

"好了，我乏了，这就告辞。"说着，李婉容带了丫鬟径自离去。

看着她离去，张芳华才慢慢走过来。

张芳华的脸上带着明净的笑，她的目光一直落在苏浅月的脸上。如她这般的女子是招人喜欢的，只是初次相见不便表示友好，苏浅月同样疏离恭敬地对她行礼："张夫人好。"

在没有熟悉之前，要对所有人一视同仁，以礼相待。

张芳华走过来："萧妹妹，都是自家姐妹，何必这样客气？"

张芳华依旧看着苏浅月，用手轻轻拂过苏浅月的额发，仿佛是嫡亲的姐姐："听说王爷决意要迎娶你的时候我就好奇，不知道妹妹是怎样一个绝色女子，如今一见果然倾城倾国，叫人喜欢。"

张芳华的话很自然地说出，没有刻意也没有恭维，只是简单的称赞，苏浅月难测她是否真心，只嫣然笑道："张姐姐明艳清丽，为人又如此亲切随和，好叫妹妹喜欢。"

"是吗？多谢妹妹称赞。萧妹妹，既然我们相遇便是有缘，有空时一起说话玩耍、做伴儿。"张芳华脸上流露出欢喜的神色。

"只要姐姐不嫌弃，我就陪姐姐解闷儿。"苏浅月亦笑道。

"如此甚好，见到你第一眼我就喜欢得很了，和你一起必定是开心的。"

"我看到姐姐就觉得亲切，不知道为什么。"

"是吗？"张芳华兴奋道。

"当然。"

说着话，又看到蓝夫人蓝彩霞和贾夫人贾胜春一前一后地走了过来。

张芳华轻拍了一下苏浅月的手背："妹妹，你才叫人喜欢。你看你美若天仙，太妃都喜欢得紧，祝贺你了。嗯，姐姐今天还有点儿事，不能陪妹妹说话了，以后我们再谈论。"

苏浅月看到她一面同自己说话，一面扭头看，大概是听到了背后走路的动静，不想多事。

"姐姐请自便。"苏浅月让了一步，张芳华笑了笑，从她旁边走过。

此时蓝彩霞和贾胜春已经走了过来。苏浅月觉得刚才和李婉容以及张芳华说过话了，此时骤然离开就好像故意和她们疏远，再者自己重新单独和她们打招呼认识一下很有必要，于是她等着她们前来。

蓝彩霞的身体看上去有些微的笨拙，而贾胜春却灵动宛然。

蓝彩霞和贾胜春之间的距离本来没有离多远，贾胜春却因为走得快渐渐把蓝彩霞落在了后面。两个人错过时，亦没有多话，贾胜春亦没有礼节性地要和蓝彩霞一起走的意思。

看到贾胜春走近，苏浅月对她笑着施礼："给贾夫人见礼。"

贾胜春用戒备的目光盯着苏浅月，许久才说："你是王爷的新宠，何必对我这种被冷落的夫人这般客气？"

看她不善，苏浅月也不好怎样，只是赔笑道："贾夫人说哪里话，王爷哪里会冷落夫人。"

"不会？按照规矩，王爷不可以再娶侧妃，你却得了一个侧妃的位置，可见你手段高明。有你这样的人在，王爷什么事做不出来？"贾胜春毫不客气地直指问题核心，明显是摆出架势要和苏浅月敌对。

王府的规矩自己又怎么知道，一切都是容瑾安排，若说错，亦不在自己身上。可事实上的确是坏了王府规矩，亦是自己理亏的地方。心中苦涩，但苏浅月还是装作毫不介意："贾夫人见笑了，王爷待我好是我的荣幸，也多谢贾夫人成全。不过我初来乍到，怎么比得过您得宠，就算我得宠想来也是和当初的您一样，您自是比我明白。如若王爷真如贾夫人所说的这般待我好，我定不让他冷落贾夫人。"

苏浅月不卑不亢，有软有硬的话语回敬过去，说完了，她依然笑着看着贾胜春。

贾胜春的脸一时红白交错，她手里揪着帕子，一不小心就把手帕边缘缀着的做装饰用的一颗珠子揪了下来，她一愣，一下子把揪下来的珠子扔在地上，狠狠用脚去踩："都是你魅惑了王爷，不然王爷怎会做出此等破坏王府规矩的事……"

"两位妹妹在谈论什么，如此热闹？"

一个婉转如流莺啼唱的声音打破了争吵的尴尬，苏浅月扭头看到是蓝彩霞走来了。方才只顾和贾胜春争论，暗中有气，都没有注意到有人走近，苏浅月忙对她施礼："蓝夫人安好。"

可能是因为方才之事，贾胜春并没有趾高气扬，她也对蓝彩霞福了一福。

蓝彩霞身体沉重，似是走得有些累了，她微微喘息着，扶着丫鬟的手臂站定："我们都是王府中的姐妹，随便些才显亲近，又没有外人在，不必这样礼来礼去的，倒是生分了。"蓝彩霞笑着转头望着贾胜春："萧妹妹初来不知道，贾妹妹是知道这点的，不是吗？"

贾胜春窘迫笑道："蓝姐姐待人仁厚，妹妹知道。"

"知道了还用对我多礼吗？"蓝彩霞笑了笑。

"嗯……亦不能太过分乱了规矩不是？"贾胜春最终还是说道。

听她们言语，暗中都带有指向的意思，苏浅月不由得惆怅。女人多的地方是非多，今后不管愿不愿意，自己都要处在是非中了。

蓝彩霞点头对贾胜春笑笑，又转过头来："萧妹妹如今也知道了，我不管别人如何，只管自己，你以后对我不必这般客气疏离，显得我们姐妹生分。原本素不相识，一起来到这王府成为姐妹，自是一种缘分，我们自当珍惜这种缘分，好好相处。行吗，萧妹妹？"

"多谢蓝姐姐包容。"苏浅月忙道。

蓝彩霞言下之意所指太多，针对贾胜春的亦有一些，苏浅月不会听不出来。只是不知道她们两人平时就有嫌隙，还是她因为听到贾胜春的话为自己出头？

贾胜春显然有些生气，却不能分辩什么，说道："蓝姐姐好性子，也不是每个人都要如你一般。"

"贾妹妹说得是，人各有志，按照自己的心意行事且不伤害到别人就好。"蓝彩霞语气平和。

贾胜春语塞，涨红了脸，还是找了台阶道："蓝姐姐明理又懂得分寸，改日要多多向你请教。今日就不奉陪了，告辞。"离开时，她又在方才揪下来的珍珠上踏了一脚。

"慢走。"蓝彩霞淡淡说道。

"贾姐姐慢走。"苏浅月忙施礼相送。

小人难缠，万不可以得罪，苏浅月不想再让贾胜春抓了把柄与自己争论。方才若不是蓝彩霞出现得及时，又为自己解围，还真不知道贾胜春要说出怎样的话来争吵。这才是入王府的第二天，就要和人产生矛盾导致嫌隙，苏浅月心里有些难过。

看着贾胜春的身影远去，蓝彩霞又笑道："萧妹妹不光姿容超群，卓尔不凡，这口齿也是伶俐，都不知道你说了什么话叫她气成这样。"

唉，她又怎么会知道自己是无辜被牵连，以至于给人践踏的，然而，自己能做何分辩？太妃是当着众位夫人的面将自己的身份挑明的，有人添堵也怨不得旁人，谁让自己成了多余的夫人？苏浅月窘迫道："妹妹哪里比得上蓝姐姐仪态万方。我也是性子不好，让姐姐见笑了，今日多谢蓝姐姐为我解围。"

蓝彩霞听苏浅月这样说，叹了口气："萧妹妹，我也有些累了，改日我们再谈。"站了这许久，她看上去是真的累了。

"累蓝姐姐这半天，真是罪过。改日一定听蓝姐姐教诲，姐姐慢走。"苏浅月口气诚挚，施礼相送。

蓝彩霞摇摇手，在丫鬟的搀扶下蹒跚而去。望着她的背影，苏浅月思绪万千，入府第一天就如此，今后的日子如何过？容瑾承诺入府后不让自己受委屈的，他的承诺竟是一句空话吗？

"夫人，我们回去吧。"翠屏拉了拉怅然若失的苏浅月。

"嗯。"苏浅月举步和翠屏一起往回走。

都不知道自己是如此身份，且当时就给人嫌弃，苏浅月心里感到不舒服，翠屏也不敢多言，只做错事的模样带路。苏浅月想知道更多，却不知如何相问。

刚刚踏进房间，素凌就焦急地迎出来："小姐，怎么去了这么久，素凌都担心死了。"

怀抱盒子的翠屏抢先道："怎么，怕我们找不到路回不来？那你怎么不去寻找我们？"

素凌不满道："你知道我不认识路的，到哪里去寻你们？"

"哈哈，这就是了，你都不认识路，怎么知道我们去的地方是不是很远，这来回地走着，是不是要好长时间？"

"也是。"素凌点头。

看她们两个已经相熟，又处得融洽，苏浅月还是欣慰的。人与人之间，只有相处和谐融洽才能开心地过下去，人生才有快乐。只是，自己能让院子里的人和睦相处，可自己又该怎么跟府里的人和睦相处？这个问题重重地压在苏浅月的心头。

现在自己已经是王府里的多余夫人了，这样的身份，自己要如何扭转这不利的局面，在王府里顺利生活下去？一夫多妻原本就有弊端，是众多女子不和的根源。倘若自己只是一个侍妾也就罢了，却偏偏做了身份敏感的侧妃，引起众女子不满。太妃当着众位夫人的面儿将事情挑明，除了告诫自己不可生事，一切以王府利益为重外，还有何含义？

自己这个多余夫人的身份，在众位夫人心里投下一块巨石，也投下了阴影，彼此的隔阂提防从自己进府的那一刻就开始了。原本她们就在意自己在王爷心中的位置，如今又添了一个毫无理由的"我来分一杯羹"，谁愿意？此事怪不得她们，要怪也是怪容瑾，苏浅月越想心情越是沉重。

素凌还不知道这一切，她只是高兴地端茶过来："小姐走了许多路，定是累了，快喝点儿茶歇息一下。"

苏浅月淡漠惯了，心思不太外露，素凌不知内情，还以为她只是走路多了累了而已。看苏浅月慢慢把茶盏中的茶饮下，素凌就忍不住问道："小姐，太妃和众位夫人如何？"

放下物品的翠屏眼神流转，见苏浅月不动声色，无丝毫情绪外露，她以为苏浅月并不想让素凌知道一切，忙做兴致勃勃的样子，转身笑道："你不是看到我手里所捧的东西了吗，都是太妃们和老王爷的见面礼，如若他们不喜欢夫人，怎么会赏赐这样贵重的礼物？"

"是吗？太好了，恭喜小姐。"素凌施礼恭贺，比她自己得了赏赐还高兴，但当她看到苏浅月并无欣喜的表情时，脸上显出茫然。

此时有翠屏在，苏浅月不想当着翠屏的面让她知道过多内情，只吩咐翠屏："素凌想要知道，你把那些赏赐之物拿出来给她瞧瞧。"

翠屏去拿东西，素凌说道："我们小姐这般容貌才情，谁看见都会喜欢。老王爷、太妃喜欢小姐是在我预料之中，想来都不会为难小姐。"

苏浅月不置可否。

翠屏把盒子都拿了出来，一一打开给素凌看，素凌脸上笑意浓厚，目光闪烁。当她看到杏黄色檀香木盒子里的碧玉七宝玲珑簪时，不由得惊呼："小姐，这个……好漂亮，正好适合我们小姐。"说着，她伸手将簪子从里面拿出来，走到苏浅月身边，"小姐，我给你戴上。"

她一边说一边已经把苏浅月头上插着的孔雀含珠簪取下，用碧玉七宝玲珑簪取代。

兴奋的翠屏极快地把菱花镜子取来拿到苏浅月面前，欢喜道："夫人请看。"

苏浅月抬头朝菱花镜里轻轻一瞥，华美而不失庄重的簪子衬着她那张美丽清秀的脸庞，简直美艳绝伦，不知是簪子衬托了人的美，还是人的美衬托了簪子，两两交汇相映，颇是光彩照人。

苏浅月淡淡笑了笑："收起来，不必招摇。"

她一面说一面把簪子从头上取下来递给素凌。

素凌惋惜道："小姐，这簪子好像是给小姐量身定做的一般，就这般收起来不戴，着实太可惜了。"

翠屏说道："这是侧太妃赏给夫人的。夫人说了不必招摇，那就暂且放回去。"她放下菱花镜，拿起装簪子的盒子打开，等素凌把簪子放进去后，她认真收好。

素凌觉得有些扫兴，只是将疑惑的目光看向苏浅月，苏浅月扯了一下素凌的手："这里的缘故我慢慢和你说。"

素凌的脸色一下变了，浓重的担忧覆盖上去。

翠屏放好盒子返了回来，苏浅月对她们吩咐："这一路走来我累了，想歇息一会儿。"

她们两个答一声"是"，然后下去了。

暖阁里只剩苏浅月一人，她静静地坐在舒适的椅子上，将头靠过去。

嫁给容瑾没有情愿不情愿，但如此现状却让自己如何心无旁骛？王府的多余夫人，如此尴尬窘迫，只怕众夫人早已在心里将自己视为敌人。李婉容言语刻薄，贾胜春公然敌对，如何轻松？

忽而，她又想起容瑾所说的入府之后他会呵护自己，不容自己受委屈。呵护，他或许能做到，但不让自己受委屈原本就是一句空话，自己现在就很委屈。不！他令自己做他的多余夫人就是委屈的开始。

苏浅月心中难过，眼里滴下泪来。为何命运如此相待？自己一点儿也做不得主。

从父母身亡的那一刻，她就再也不是以前的千金小姐了，她也曾预料到之后的人生。处处是难。如今自己就身处旋涡，只求安然无恙，一生平安。

心中难过，头脑昏昏，难以理清思绪，忽觉布帛发出轻微响动的声音，苏浅月警觉地睁大眼睛，见是素凌撩了帘子，眼神中满是担忧。苏浅月坐直身子对她招手，素凌忙快步走至她身边，忧心忡忡道："小姐，情形到底如何？"

面对素凌满脸的关切，苏浅月又想到今后在王府中唯有素凌相依为命，不觉想要流泪："素凌，你可知道我这个侧妃之位是如何来的？"

素凌诧异道："小姐何出此言？"

苏浅月轻轻摇头："我是王府中多出来的。"

素凌吓了一跳："小姐是王爷光明正大迎娶而来，名正言顺的侧妃，何言是多出来的，此话怎讲？"

"你我哪里知道缘故！"此时房内再无他人，可以放心说话，苏浅月缓缓言道，"王府对王爷的妻妾人数有限制规矩，王爷只可以迎娶一位王妃、四位侧妃，他已经有一位王妃、四位侧妃了。"

"小……小姐，这如何是好？既是如此，我们出府依旧投奔萧公子去吧。"素凌震惊片刻后，出言道。

"哪有你说的这样容易？"苏浅月苦笑。

"以小姐的容貌才情，做王爷的王妃都不为过，如今是侧妃也就罢了，还如此被压制，难不成要小姐做妾吗？"素凌气愤，不觉提高了声音，苏浅月忙摇手示意："休要胡说，给人听去还了得？"

素凌却不管，只把声音降低："我有说错？小姐哪一点比谁差了？我们只是无依无靠……"她的声音低下去，神情难过。

"不许这样说。"

素凌哪里知道，容瑾的王妃是郡主，李婉容是宰相之女，都是身份尊贵之人。

"这样的委屈小姐要受吗？我们总得想个法子。"素凌反驳。

"我已是王爷的人了，能怎样？"她想起在成婚之前容瑾的话，如今唯有后悔。

素凌一脸的伤心失望："小姐聪慧异常都如此无奈，委屈小姐了，素凌愚钝笨拙，丝毫帮不上，怎么办？要不要我出府告知萧公子，看他有什么办法？"

"你张口闭口都是萧公子，难不成他是救苦救难的神仙？"

素凌红了脸，嗫嚅道："我……我这不是没有办法了嘛，除了萧公子，我们还能依靠何人？"

素凌的话原本没错，又都是为她想，苏浅月拉了拉素凌的手："不要太难过，王爷已经处理好了，王府给了我侧妃的位分。"

"这还好。"素凌对此还算满意。

"只是……尽管如此，我还不是多出来的那一个？"她刚刚和李婉容、贾胜春已经有过较量，想到刚入府就遭到歧视和排挤，之后的日子还不知会怎样艰难，苏浅月心中一片茫然。

素凌安慰道："哦，原来王爷还算有情。既是这样，王爷都会处理好的，小姐就宽心吧。你劳累许久，定是饿了，我去厨房看看都有什么，准备的东西是不是合你胃口。你且歇息一会儿。"

苏浅月点头，看素凌转身去了，她心中依旧不是滋味，却是又困又乏，可又不想上床去，就这样用手撑了额头闭眼迷糊过去。

等苏浅月醒过来时，头脑略微清醒了一些。素凌和翠屏就在外间，发觉她醒过来，忙走进来。素凌心痛道："小姐，你怎么不上床去睡？"

翠屏也道："是呀，奴婢发觉夫人在此睡着了，想请夫人上床去睡，又怕惊了夫人瞌睡，反倒对夫人不好了。"

苏浅月淡淡道："无妨。"

"厨房已备好饭菜，夫人用一些吧。"翠屏又道。

素凌却不管苏浅月如何回答，径直出去端来饭菜。

苏浅月望着桌上清新的菜肴，想来素凌是担心她胃口不好吃不了油腻的东西特意而为，她抬眸深深望了素凌一眼。

"小姐觉得还想吃什么，我吩咐做来。"

"不用。"

苏浅月也确实是饿了，又加上饭菜适口，吃了许多，素凌和翠屏这才露出笑容。

刚刚收拾完毕，守门丫鬟进来禀报："回禀夫人，管家王良求见。"

"让他进来。"苏浅月初来，还无法分得清这王府中的各色人等，更不知王良为何事求见。

"是，夫人。"

少顷，一男子走了进来，见到苏浅月，忙恭敬地跪了下去磕头："奴才王良叩见夫人，给夫人请安。"

"不必行此大礼，起来说话。"

"多谢夫人。"王良起身，仍旧躬着身体没有抬头，说道，"奴才是王爷分派过来打理院中事务供夫人使唤的，昨日夜里奴才有家人来报说家母病重，奴才急切间没有跟夫人告假就擅自回家，耽误了院子里的事务，请夫人责罚。"

苏浅月打量着他，四十岁左右的年纪，貌似忠厚诚实。虽说在王府当差不可以擅离职守，但他是在母亲病重的情形下，才匆忙间没有告假。为母亲离去，算得上是孝子，苏浅月言道："既然是母亲病重，照顾母亲才是孝道，本夫人不会责罚于你。"又转头对素凌道："素凌，去拿一锭银子来赏他，让他回去孝敬母亲。"

素凌将银子送到王良手上，他又慌忙跪下："谢夫人赏赐，奴才今后当尽心尽力为夫人效忠。"

看他感动的样子，苏浅月叹息："起来吧，你把院子里的事务安排打理一下，然后回去伺候母亲，等你母亲身体好转再立刻回来。"

有父母要孝顺是一种福气，她已没有这种福气了，就当成全别人。

王良丝毫没有料到苏浅月会如此，他愣住一下，慌忙跪下恭敬叩头："谢夫人，奴才遵夫人之命。"

"去吧。"

王良起身，恭敬地退后，然后匆匆忙忙走了出去。

"夫人宅心仁厚，奴婢好生感动。"翠屏叹道。

"我家小姐无论何时都是善良之人。"素凌对翠屏说了一句，转而又对苏浅月言道："他既是院子里的仆人，擅离职守就该受罚，小姐不但没有责罚反而赏赐。"

苏浅月知道素凌的意思，一则怕不按照规矩责罚奴才，以后会有人效仿；二则也是把此话说给翠屏听。在这王府之中也只有素凌对自己毫无二心，她解释道："王良言说他母亲病重，急促中没有来得及告假，情有可原。我亦觉得他是孝顺之人，就成全他了。若是无故偷懒者，我不会轻饶。"

素凌叹气："小姐总是体谅包容，然别人又怎会皆如你一般？"

一整日患得患失，黄昏时分，苏浅月遣翠屏忙她的事务去了，陪在苏浅月身边的素凌言道："小姐今日都没有好好吃东西，我为小姐准备了新鲜的桂花米糕，还有炖好的瘦肉羹，小姐要不要尝尝？"

不忍拂逆她的好意，苏浅月道："好，就拿上来吧。"

她吃过后，素凌站在对面，红烛轻摇中，她的脸朦朦胧胧的，怅然若失，苏浅月安慰她道："不必为我担忧。在王府，我是孤立的，然而我还有你呀。再者，我们不争不夺安于现状就不会有事。"

"怕只怕，我们不惹旁人，旁人来惹我们。"素凌惆怅道。

素凌一语中的，苏浅月的心"咯噔"一下就坠落下去，这何尝不是自己的担忧？她却也只能强撑着："人不犯我，我不犯人；人若犯我，我必犯人。我们岂是任人宰割的羔羊？你放心好了。只是……若我不好也连累你跟我受苦，就算为了你，我也会谨慎。"

素凌不觉流下泪来："小姐若不是被我所累，怎会到那种地方受苦……"

她指的是苏浅月为了病重的她，将自己卖到落红坊的事，苏浅月忙笑道："若没有你在，谁来服侍我？"

素凌破涕为笑："素凌本就是贱命，当初若不是小姐、老夫人搭救，素凌只怕做了孤魂野鬼。只是小姐乃金贵之体，若是受苦，素凌如何舍得？"

"不会的，不会的。"苏浅月轻轻拍她的手。

虽是新婚，但遭遇如此繁杂之事，苏浅月心中已无喜气。偌大房间，豪华充盈，一片空白，茫然如置于沧海荒漠之上，唯有与素凌絮絮叨叨地说些什么才得一丝安慰。

忽闻重重的脚步声响起，苏浅月抬眼望去，只见容瑾大步匆匆而来，一副急迫的样子，她不觉起身，素凌早已拜下去："奴婢见过王爷。"

容瑾略略抬手，目光只落在苏浅月的身上，苏浅月施礼道："王爷。"

看到容瑾，苏浅月便暗暗思忖：心中诸多疑问纷至沓来，他既来之，自己又何须把一切故作不知？该问的还是要问了，只看他如何作答。

"本王公事繁忙，不得空来陪伴月儿，月儿可有怨言？"容瑾轻轻握上苏浅月的手，幽深的目光上下打量着她。

在他如此注目之下，苏浅月羞涩不已，偷眼去看素凌，不知何时素凌已经避了出去，苏浅月心下稍安。

"谢王爷挂念。"

素凌端茶进来，恭敬道："王爷请用茶。"放下茶盏后，她又退了出去。

苏浅月这才想起，忙问道："王爷可用了晚饭？"

"用过了，在王妃处用过，而后赶来看望月儿。"

容瑾并没有在意地坐了下去，但他这句云淡风轻的话却令苏浅月心中莫名不是滋味。她不禁望了望容瑾，他正好没有注意到她，她心中从未有过的异常不适便泛滥开来，堵塞心胸，让她呼吸困难。她觉得这大概就是嫉妒了，女子善妒！

他从王妃处而来……一句话就影响了她的心情，这不是嫉妒又是什么？自己与他虽只有恩没有情，但已经有过一夜夫妻之实。他是她的夫君，自己的夫君竟然在自己面前毫不忌讳地说他从另外一个女子的居所而来，是其他女子分享了自己的夫君，又如何叫她心平气和？

忽而苏浅月又想到卫金盏，她岂不是心中更为酸涩？容瑾本是她的夫君，却要做毫不在意的样子与别人分享，她把那份难言的委屈隐忍藏在心头，个中苦涩自己忍受，岂不是痛苦？

苏浅月轻轻"哦"了一声，素白纤手捧了茶盏递到容瑾面前："辛苦王爷，是妾身的不是了。"

容瑾顺势再次握住了她的手："月儿，本王这一整天身在朝廷心在凌霄，实在是迫不及待要见到月儿。"

苏浅月顿时脸颊滚烫，他竟然如此直言不讳，她羞涩道："王爷。"

"你可有想到本王？"

"那是自然。"眼见他露出欣慰之色，苏浅月心中稍感欣慰，又想，无论怎样与他周旋，今晚有关多余夫人之事定要他论个明白。

"月儿，你神色忧郁，所为何事？这一日在王府可是有人为难了你？"容瑾还是敏锐地注意到苏浅月的异样，他的一双眼睛探寻在苏浅月脸上，想要找出原因。

苏浅月吸了口气，摇头，故作一切安好的模样。

"本王公事忙碌，即便是新婚亦不能陪在你身边，若是有人让你受了委屈，你只管告诉本王。"容瑾又道。

苏浅月移了椅子，做乖巧的模样，与容瑾紧紧坐靠在一起。她仰头望了望他，容瑾一笑，抬手轻轻抚摸在苏浅月的脸上。苏浅月抚上容瑾的手，轻言细语："王爷，妾身只是有一事不明，不知王爷能否实言相告？"

仰头，苏浅月用期待的目光看他。

容瑾顿了一下："月儿，你要本王告知你什么？"

"王爷，"为了让容瑾说出实话，苏浅月做出不得真相誓不罢休的倔强，"王爷若是真心待月儿，就请言明王爷是如何给了我侧妃之位？"

容瑾错愕："你怎么知道此事？"复又叹道，"本王就知道，此事你定会知晓，不料今日你就来询问本王了。"

苏浅月心中一沉："王爷之言，必定是有许多隐情瞒了妾身。"

她的目光中不觉带了疼痛，忽而想起出嫁之前容瑾前去见她时，曾亲口言说若是自己有不满可以取消婚事，容瑾原本就在骗自己？

容瑾一叹："瞒你，是为你好，本王不想让你多想这些事。月儿，是谁多嘴说与你知晓的？"

"没有谁多嘴，即便有人多嘴，亦是说了事实，不是吗？告知妾身的是太妃，太妃掌管王府内眷的所有事物，太妃当着众夫人的面儿把话挑明，只怕是免了他人在背地里嚼舌根让妾身处于艰难之境罢了。"苏浅月边说边观察容瑾的脸色，"将心比心，或者换一个方位替他人考虑，太妃的做法光明磊落。"

"她光明磊落……"容瑾脸色忽然难看起来，高声呼出半句忽而又住口，苏浅月的心顿时一跌，只听容瑾接着道，"罢了，你初来乍到，本想等你熟悉府中情况时再与你说这些事，不过，如今既然事已至此，你知道了也好。"

"王爷，既要结百年之好，就该坦诚相见，为何隐瞒？你为妾身争到了原本不属于妾身的身份地位，妾身感激王爷情意。只是……若妾身对此事一无所知，行事不识深浅，给众人耻笑了，不仅仅是妾身粗鄙，也失了王爷体面。"苏浅月盈盈地望着容瑾。

"也罢，看来你是要刨根问底了。"容瑾双眉紧蹙，顿了好一会儿，他慎重地从袖中取出一物。

苏浅月疑惑间，他已张开掌心，赫然是一只紫玛瑙镯子。灯光熠熠地照着容瑾手中的镯子，即便苏浅月眼睛已经被泪水浸得有点儿模糊也看得清清楚楚，此镯子色泽尚好，只是通透性并不好，并非珍品。

"月儿，此物是老王爷的侍妾之物，本王将它给你，你切记再到端阳院时戴上，务必让太妃知晓你拥有此物。或者之后倘若她为难你，你就将此物拿出来。但平日里不要佩戴，倘若不慎别的夫人们看到问起，万不可说出是本王赠你的。"

苏浅月原本以为容瑾是恼了自己，却不料他说出这样一番话，难不成他手中之物是要给自己做护身符用？这镯子又跟太妃有什么关系？太妃？太妃难不成根本不像在端阳院中那般慈善？

苏浅月心中疑虑重重，疑惑的目光投向容瑾时，他已慎重地将镯子放到她的手上："你且收好，务必记住本王的话。"

苏浅月下意识地点点头，她慎重地接过镯子道了一声"多谢王爷"。起身将镯子收于另一个妆匣中后，又转身回来，见容瑾正将茶盏置于桌上，她言道："王爷待妾身厚情至此，自然不会隐瞒妾身什么。若要月儿安然于王府，还请王爷将一切原委告知妾身，也好让妾身从容应对一切。"

眼见容瑾深邃的眸中藏着浓郁的复杂，令他整个人都冷冽起来，苏浅月心中不觉震了一下，脑海里顿时更为清明：侯门似海，晦涩阴暗，要容瑾来揭开诸多不便于人知晓的内幕，他定然痛苦，只是，倘若今晚给他含混过去，不弄清楚事实原委，自己仍然一无所知，说不得哪一刻就触了谁的忌讳，恐怕到时候就要死无葬身之地了。苏浅月打定主意，抬起倔强的小脸儿直视容瑾。

容瑾伸手拉过她，沉痛之色渐渐浮于面上："你已知晓本王的生母不是太妃了，是不是？"

苏浅月微微点头，道："是。侧太妃慈眉善目，一见便有亲切之感油然而生。今日侧太妃赏妾身的玲珑七宝簪贵重无比，得她老人家青睐，实在是妾身之幸，此恩义妾身不会忘记。"

其实，太妃赏赐的物品亦是贵重无比的，苏浅月独说出侧太妃之物，是想看看容瑾做何反应。

容瑾于悲苦中失笑："看来是侧太妃与你有缘，才将她视为珍宝的东西送了你，你既知晓，当不要负她。"

想到侧太妃的意有所指，苏浅月心中复杂，只好硬撑着说道："不会。"

"可见侧太妃对老王爷的照顾了？"容瑾又问。

苏浅月眼中露出敬佩之色："侧太妃对老王爷情深意重，着实叫人感动。"

她又想到侧太妃将玲珑七宝簪赏于自己的目的，不觉抬眸深深凝视容瑾。多年之后，自己与容瑾之间会是怎样一副模样？忽而想到今晚的目的，她转而言道："还请王爷告知有关妾身侧妃身份的实情吧。"

容瑾垂下眼眸，声音低沉下去："太妃此言不假，你是本王破了王府规矩，强行迎娶的侧妃。"

纵然早已经有了心理准备，可从容瑾嘴里得到证实，苏浅月还是被震撼了一下，她不觉睁大眼睛盯着容瑾的额头，听到容瑾继续说下去："王府家规森严，本王是没有资格再娶侧妃的，可是本王自那日见过你之后，就再难相忘。本王试过让自己忙于政务，试过大醉一场，试过接触后院的那些夫人，试过终日习武，可还是忘不了。我之前还从来没有这样过，连我自己也没有办法了。"容瑾低头笑了一声，"以前从未想过此生还会遇见这样一个让自己再难相忘的女子，也从不知道原来相思竟是这样的。"他又缓缓抬起头，看着苏浅月，"可是，月儿，本王是真心喜欢你的，纵然有些事情做得不妥当，或许也让你受了委屈，可本王没有办法。"

"容瑾……"被容瑾的一番话惊得不知该如何是好，苏浅月只叫了一声他的名字，就再也说不出话来。

"本王想过让你做侍妾，可是本王不愿委屈你。更何况以你的性子，若是拒绝了本王，本王就再没有机会了，所以本王宁愿打破家规也定要让你做本王的侧妃。"容瑾一脸倔强地说，忽而理直气壮起来，"本王就是不想过分委屈了喜欢的女子，旁人能奈我何？"

苏浅月耳畔轰响，倘若容瑾要自己做侍妾，自己是从也不从？

片刻之后，苏浅月才恢复了知觉："王爷，打破王府规矩，岂是那样容易？老王爷病体沉重，或许不与你争执，亦无法干涉你行事，可是太妃如何会让你任意而为？再者还有府中姐妹。"

容瑾一叹："自然不容易，旁人倒还罢了，纵使心中不愿，也不敢多说什么。只是太妃岂能轻易容我，她本是一个自私毒辣的女子，这些年来巴不得寻到我的错处，好将这王位给她自己的亲生儿子。"

苏浅月吓了一跳，太妃一副宁静平和的模样，容瑾如何要如此评价她？更何况，倘若不是太妃善待，他一庶出之子如何能成为世袭王爷，莫不是容瑾恩将仇报了？否则又如何说出这一番话呢？

容瑾忽而又惨笑道："月儿，本王虽与你只有一夜夫妻，可不知为何突然想将当初之事说与你听，亦是关于太妃如何同意你成为本王侧妃的隐情，那是一个无人知晓的秘密，你可愿意为本王守口如瓶？"

苏浅月正色道："倘若妾身浅薄，只怕王爷不会动用心机将妾身迎为侧妃了。"

容瑾稍稍收了收情绪："这许多年来，那件事成了本王心头的一根刺，本王妻妾成群，却没有一个真正能够说得上话的。"

看容瑾眼里闪过痛苦，苏浅月轻轻抓住他的手："王爷，你肯为妾身做这么多，妾身岂能辜负王爷信任？"

容瑾低头犹豫了一下，缓缓抬起眼眸，说："罢了，既然你想知道，本王就告诉你。这么多年来，一直压在本王心头，也累了，告诉你也好……"

容瑾丝毫不顾及苏浅月的情绪，只顾说下去："此事还要从头说起。当初老王爷迎娶太妃为正室，本王的母亲和妹妹的母亲是太妃带过去的丫鬟。太妃是亲王的女儿，表面温良贤淑，实则凶狠阴险。老王爷不知有何把柄被她握在手中，对她很是忌惮，加之她狭隘善妒，老王爷身边唯有她一位夫人。婚后两年，太妃未孕，她害怕老王爷会迎娶旁的女子进府，一时急了，就将本王的母亲和妹妹的母亲许给老王爷做侍妾。不久后，我母亲怀孕生下本王，妹妹小本王一岁出生。本王三岁时太妃还是未曾有孕，她欲将本王从母亲身边掠夺过去，用许诺本王做世袭王爷的手段诱骗母亲，母亲柔顺良善，又为了本王前途，加之忌惮太妃，不得不应允。就这样，本王成了太妃名下嫡长子。"

容瑾说了许多话，必然口渴，苏浅月握了握他的手，起身给他添了茶，言道："王爷，往事痛苦，过去了就让它过去，妾身只想在王府过得平安，并不想知道那么多。太妃许诺给王爷的，都给了王爷，就释怀吧。"

"她给了本王？"容瑾将喝尽的茶盏用力置在桌上，眼里涌出怒意，"难不成还要本王对她感恩？本王过继到她名下之后过了两年，她就生了儿子。为了让她的儿子继承王位，她竟然要设计害死本王。倘若不是妹妹意外替了本王赴死，焉能有现在的本王！"

苏浅月惊愕地看着容瑾脸上的痛苦和滔滔怒意，而容瑾已经深陷痛苦之中，往昔历历在目，让他怎么忘记？

六岁的容瑾，端直身体坐在书房桌案前，双手捧书摇晃着身体，稚嫩的声音回荡在书房的每一个角落："呦呦鹿鸣，食野之苹。我有嘉宾，鼓瑟吹笙。吹笙鼓簧，承筐是将。人之好我，示我周行。呦呦鹿鸣，食野之蒿。我有嘉宾，德音孔昭。视民不恌，君子是则是效。我有旨酒，嘉宾式燕以敖……"

"小王爷，小王爷。"一个清亮愉悦的声音自外边响起，随着书房门被打开，探进一个小脑袋。容瑾抬头一看，是书童荣桓。荣桓伸出手指对容瑾勾着："小王爷，华儿小郡主在外头等着小王爷。"

荣桓的话极具诱惑力，容瑾原本要把师父留下的书背熟，但师父有事不在，令他的胆子大了许多。他想着今日白天师父是回不来的，既然华儿妹妹等着他一起玩耍，不如先去，晚上把书背熟不误明日师父考试就成。

"真的吗？"容瑾的心里涌起喜悦。

自从搬离娘亲居住的院子，他就极少见到娘亲了。王妃成了他母妃，只是他和做了母妃的嫡母实在无法亲近。尤其是嫡母生了小弟弟以后，对他日益冷漠疏离，他都怕了。平日里只有妹妹容华和他最亲近。容华是另外一个庶母的女儿，和他居住的院子距离很远，但是妹妹总是寻机来找他。

"小王爷，奴才怎敢骗你。"荣桓低眉顺眼地道。

容瑾放下书随着荣桓走出去，一面走一面四处寻找："华儿在哪里？"

"这儿，嘿嘿……哥哥。"突然一个小小软软的身体扑到他身上，容瑾忙扭头："华儿，你怎么在我后边？"

"嘻嘻，华儿想藏起来吓哥哥一跳。"五岁的容华头上梳着两个鬟髻，各插着一朵淡粉珠花，在春日上午的暖阳里展露着稚嫩的可爱。她仰起甜甜的笑脸，脸上左右各有一个深深的酒窝，此时因见到哥哥笑容更为甜蜜："哥哥，今日师父不在，哥哥可不可以与华儿一起玩耍？"

容瑾细细抚摩着妹妹的额头："谁告诉妹妹我师父今日不在的？"

"袁姨。"容华依旧仰脸笑着，"华儿看见了袁姨，袁姨说哥哥的老师不在，华儿能来找哥哥玩了。哥哥每天在书房读书，是不是很累，华儿陪你玩吧。"

喜悦一点点漫上容瑾的心头："好，哥哥和你一起玩。告诉哥哥，你想玩什么，到哪儿玩？"他牵了容华的手往前走去。

"哥哥，华儿那天和娘亲到花园看花儿去了，花儿很漂亮，华儿喜欢，哥哥想不想去看？"容华一脸的向往，"我们一起去看吧？"

"小王爷，花园离这里太远了，还是不要去了，免得王爷知道，奴才又要挨罚，小王爷亦要被罚。"荣桓急忙制止。上次容华小郡主来找小王爷玩，耽误了背书，王爷就狠狠打了小王爷一顿，这些他都还没忘了呢。

容瑾停了脚步，但看到一脸期待的妹妹，被罚的担忧还是被他弃在一旁："无妨，我们悄悄去，别给人见到。"言毕，他牵了容华的手向花园方向走去，却碰到容华胳膊上一圈硬硬的东西，"华儿，你戴了镯子？"

"是娘亲的。娘亲说华儿还小，等长大了再戴，亦不许我拿来玩，说会丢的。可是华儿好喜欢娘亲的这个镯子，颜色漂亮好看，就偷偷拿来玩。"容华压低了声音，踮起脚尖努力地想要将嘴巴凑到容瑾耳边，"哥哥不可以告诉我娘亲哦。"

容瑾矮下身子将嘴巴凑到妹妹耳边，悄悄道："不告诉。若是你娘亲知道了要打你，你就说是我给你拿来戴的，你娘亲就不打你了。"

"嘿嘿，哥哥真好。"容华跳了跳，又道，"之前袁姨告诉华儿，说哥哥的师父不在时，华儿就能来找哥哥玩。今日华儿又见到袁姨了，她说哥哥的师父今日不在，华儿就来找哥哥了。"容华稚嫩的声音悦耳动听，她又低头用另一只手摘下镯子，"哥哥你看我的镯子，好漂亮。"

容瑾接过妹妹从手腕上褪下来的镯子，镯子是紫色的，十分好看，难怪容华喜欢。他又把镯子戴在妹妹的手腕上："戴好，别丢了。"

容华挣脱了容瑾的手，举起手腕给他看。细细的手腕上，镯子一下滑到了几近腋下。镯子总归太大了，若不是她用手握着，只怕早丢了。

容瑾忙从妹妹手腕上褪下了镯子："你太小了，手腕这么细，镯子会丢了的。哥哥给你拿着，一会儿回去时，哥哥再给你拿回去，可好？"

容华蹦跳着说："好，哥哥收着不怕丢。"

春阳明艳，姹紫嫣红，院子里鸟语花香，彩蝶颤动着薄薄的翅膀于一朵花上还没有停稳又翩然而去。

"这只蝴蝶好漂亮，翅膀上有黄色圆圈圈，哥哥能不能给我抓来玩？"

容瑾正在一旁和荣桓奔跑追逐，忽听妹妹唤他，他就看到一只淡黄的蝴蝶正从一朵花上翩翩飞去，他答应一声便跑过去追赶。容华在一旁拍手笑着，一面唤着："哥哥，这里，这里……"

蝴蝶飞得有些高了，容瑾总是抓不到，就想蝴蝶总会落下来，于是他努力地仰头望着蝴蝶，期待它快点儿飞得低些，也好抓住给妹妹玩。因为全神贯注于在高处飞舞的蝴蝶，一不小心，他就一下扑在一个人的身上，只听"哎呀"一声，容瑾连忙停住。

"小王爷。"

容瑾看到袁姨笑吟吟地退后对他施礼，手里举了一只硕大的蝴蝶纸鸢，他还没有开口，容华已经跑过来："哥哥，蝴蝶纸鸢。"

"是呀。春天是放纸鸢的时候，很好玩。"袁姨一脸笑容，又对容华福了一福，"小郡主好。"

"袁姨，你也来放纸鸢吗？"容华一脸的羡慕。

袁姨是王妃的奶娘，和王妃一起从亲王府陪嫁进入容王府，是王妃身边的威风人物，自然比别的奴婢自由随意。

"是啊，奴婢在院子里待得太闷了，就想到花园里放纸鸢透透气来。"袁姨转而对容瑾道："小王爷，你要不要也玩？"

"乘骑一线随风去"的美妙终是吸引了容瑾，他点点头。袁姨忙将手里的纸鸢交到容瑾手上，欢喜道："小王爷喜欢，就紧着小王爷玩了。"她又四顾一番，"这里太过逼仄，我们到一处宽敞地再放，可好？"

容瑾知晓放纸鸢要提着线轴跑动，是需要宽敞的地方，便答道："袁姨愿意带我们去？"

"愿意，奴婢愿意。"袁姨眉开眼笑，喜悦令她脸上蒙上一层明亮的光泽。

如此，他们在袁姨的带领下，寻了一个长满青草又平整的开阔地。容瑾在袁姨的帮助下将纸鸢平稳放到空中，并随着袁姨的指引朝有花坛的地方走去。

容华仰头望着，脸上笑得无比灿烂："哥哥，哥哥，纸鸢真漂亮！"她还是没有忍住，将羡慕的目光投到容瑾身上，"哥哥，能不能给华儿玩玩？"

袁姨忙挽住容华的手："小郡主，这个万万不可，你太小了不会玩，等你长大了，再将小王爷的纸鸢给你玩。"

"不不，我要玩。"容华甩开了袁姨的手，小嘴嘟着。容瑾不想让妹妹受委屈，弯腰把手里的线轴交到妹妹手里："华儿好生拿着，哥哥帮你。"

眼见容瑾将纸鸢交到容华手上，袁姨的脸变了变，容华却道："不要哥哥帮，华儿自己放纸鸢。"她一边扯着线，一边仰头笑着，"哥哥，你看飞得高不高，华儿是不是放得很好？"

容瑾原本还担心容华抻不住线，但见她那样喜欢，一时便放下帮她的念头，只是随着她笑："高，很高！华儿，你好厉害！"

容华举着线跑，袁姨媚笑着道："小郡主，你跑累了是不是，快给哥哥吧。"

"不累，一会儿再给哥哥。哥哥，你看，华儿放的纸鸢飞高了……"她笑着，只顾举着线往前跑。

容瑾站定，看着空中的纸鸢，也笑着。

只是片刻，忽听"扑通"一声响，随着空中纸鸢忽地一下降低，容瑾忙低头向发声处看去，便见不到容华的身影了，唯有一根细线从深深的地方飘出来……

"华儿！妹妹！"预感到不好，容瑾飞身向妹妹不见了的方向跑去，到了近前才看到原来那里是一口井，他顿时明白：妹妹掉到井里去了！

他失声狂呼："妹妹！来人，救人……"

"快来人！"荣桓一下子蹦起老高，也是吓得面无血色。

容瑾早已经失去知觉，残留的意识里只剩了狂呼："来人，妹妹……"

"快点儿救妹妹……"

春风把他们的呼救哀号声送到远处，容瑾眼前一片黑暗："华儿……"

容华被打捞上来时，再也没有动弹一下。府里的大夫用尽了力气，也没有再让容华开口说话，容华的娘亲哭得死去活来。就这样，容华消失在容瑾的视线里。

知道再也没有了妹妹，容瑾病倒了，三天后，容瑾才能下床。荣桓扶着他，流着眼泪道："小王爷，你梦中不停地呼唤着华儿小郡主，奴才听了一直在哭。"

容瑾有气无力道："荣桓，我寻不到华儿妹妹了，是不是？"

荣桓不敢回答，只是低了头。

又过了两天，容瑾身上才有了力气。

那天夜晚，他被荣桓扶着去了院子，他手里紧紧攥着妹妹的那只紫玛瑙镯子，望向花园的方向，希望妹妹能从那里走回来，然而，他最终失望了。

　　静夜寂寥，他觉得寒意袭来，转身正欲回房，忽听风中传来父王的怒喝，似乎还有啜泣之声。容瑾好奇，扶着荣桓拖着身子向发声处走去，那里是父王和嫡母居住的地方，他想看看父王和嫡母如何吵起来了。

　　容瑾赶去时，正好听到父王怒吼："贱人，往昔以为你贤良，不料你蛇蝎心肠！瑾儿是本王长子，你竟然要害死瑾儿！"

　　容瑾一时被吓住了，呆呆的，不知如何是好。这时，他又听王妃道："没有，不是我的错，王爷何出此言？为何冤枉我？"

　　"本王敬你是皇室郡主，对你礼遇有加，你竟然做出此等叫本王寒心的事来。你，你……"

　　"原本就是一个意外，华儿原本就是一个意外，你待怎样？"

　　"你还知晓华儿是个意外？你加害的是瑾儿，华儿死了当然是意外！你没料到华儿硬要放那纸鸢，结果是华儿掉进井里淹死了。倘若是瑾儿去放纸鸢，掉到井里淹死的不是瑾儿又是哪个？你……你太让本王失望了。"

　　听闻父王说出此话，容瑾的冷汗涔涔地流下来，嫡母要害死他？

　　"你冤枉我了。"王妃的声音已经低了下去，失去了凌厉的气势。

　　"要不要把袁姨带过来与你对质？难不成不是你安排好的？事到如今，你还不承认，要不要本王到皇宫觐见皇上，请皇上将你召回皇宫？"

　　"王爷。"突然"咚"一声响，吓了容瑾一跳，少顷他就明白那是双膝跪地的声音，接着是呜咽的声音。"妾身为了维护王爷，与父王周旋，连母亲都嫌弃妾身了，王爷不知？妾身为了王爷，牺牲的还少吗？瑾儿本是庶出，妾身的儿子熙儿才是嫡子，为何要将世袭之位传于瑾儿？王爷，即便是妾身有错，亦是王爷逼的！"

"你……你还要强词夺理。"父王怒极的声音突然拔高，"当初不是你争着要瑾儿做你的儿子吗？不是你把瑾儿从他娘亲身边强抢过来的吗？本王今日就告诉你，瑾儿即便不是嫡子，亦是容王府世袭之位的继承人，不容任何人阻拦。倘若瑾儿在未成年时有任何闪失，本王绝不会轻饶你！"

"王爷，你……"

"哼，你做的事禽兽不如，还敢狡辩！若不是顾及你王家颜面，本王一定将你逐出府去！你可以留在王府，但从今日起本王不再与你有情意，倘若你有不满，自可到宫中觐见皇上告状。"

"王爷，你太绝情……"

"你不绝情，何以去害人性命？毒妇！"

紧接着，是物体倒地的沉闷声响，在外面偷听的容瑾顿时被吓了一跳，他想应是王妃去拉扯父王，被父王推倒在地。他正不知所措时，听到有脚步声传出，他慌忙向外逃去……

容瑾跌跌撞撞地逃回房间，原本就因失去妹妹而伤心欲绝，此时他已面无人色，呼吸困难，双唇发白。年幼的他恍然明白了妹妹的死因，他是亲眼看见妹妹一眨眼就掉进井里的。如此说来，妹妹本不该死？对呀，倘若不是放纸鸢，妹妹何至于死？眼前又浮现出妹妹被人从井里打捞出来的惨状，他几乎心痛得晕过去。

"小王爷，奴才该死！"荣桓双膝跪下的同时扶住了摇摇欲坠的容瑾，"小王爷，都是奴才的错，是奴才害死了华儿小郡主。"他说着涕泪俱下，"若不是奴才告诉小王爷和华儿小郡主一同去玩耍，小郡主也不会丧命。"

心神俱碎的容瑾恍惚中低头看着大他一半年纪的荣桓，荣桓的一张脸扭曲到吓人，闪着泪光的骇人目光正紧紧地盯着他。容瑾顿时跌坐在地上，荣桓不顾一切地摇晃着他："小王爷，小王爷你怎么了？"

眼前昏黑、头脑轰鸣的容瑾被荣桓的嘶哑哭喊声几乎吓死："怎么了？"

荣桓惊惧地哭道："小王爷，你没事？倘若小王爷有个好歹，奴才死无葬身之地。"他压抑的声音再次令容瑾害怕得颤抖起来，荣桓又慌忙道，"不，不，小王爷，你没事的，没事的……小王爷，今晚之事就当什么都不知晓，好吗，小王爷？"

容瑾这才顿悟过来，双眼直勾勾地看着荣桓："华儿妹妹是被嫡母害死的，是吗？方才我们听到父王说了，嫡母是要害死我的，却害死了华儿，是吗？"

"不是的，不是的，小王爷！不能这样说，我们什么都不知道，你千万别这样说。"荣桓缓了口气，声音中满是惊恐，"小王爷，我们什么话都不要说，不然，不然……"他忽地起身走向墙角，"小王爷若是将今晚之事说出去，奴才就会被王爷、王妃打死了。与其被打死，不如奴才现在就撞死！小王爷，你要让奴才死吗？"

容瑾吓坏了，他扑上去死命抱住荣桓："不，不，我不让你死，我都没有妹妹了，你若死了，谁还陪我玩？"

他还想要荣桓和他一起爬树掏鸟窝，还想一起偷偷去厨房偷东西吃，还想让荣桓趴在地上给他当大马骑，那是他最大的乐趣。失去了妹妹，他再不能没有荣桓了，他哭着摇晃着荣桓："我不说，什么都不说。今晚我们哪儿都没去，我什么都没有听到！行吗，荣桓？我怕，你不要吓我！"

十二岁的荣桓，父母皆在王府为奴，他被挑选出来服侍小王爷，自有他的一番机灵聪明。做小王爷的书童是他家莫大的荣耀，平日里父母教他如何服侍主子，如何听而不闻、视而不见，他隐隐知晓今晚之事万万不能给人知晓，不然他会死无葬身之地。

"小王爷，你记住了，今晚……奴才一直陪小王爷待在房中。"

荣桓的目光没有一丝生气，反倒像一个历尽艰险的大人，对世俗了无兴趣的平淡。

完全被吓住的容瑾小鸡啄米般点头："嗯嗯，我今晚没有出去，我听话就在屋里睡觉了。"

第二天，容瑾突然被父王召见，他吓得哆嗦着两条腿，一颗心几乎要跳出胸口：难不成昨夜偷听的事被父王发觉了？不，就算父王发觉，他也要咬定昨晚没有出过房门，荣桓教过他了。他不要荣桓被父王打死，他也怕自己被打死。

书房内，容瑾看到父王的脸上已经有了皱纹，人也一下子瘦了许多。犹记得几天前他还曾见过父王，那时父王还是面色红润、神采飞扬，短短几日怎就这般颓唐模样了？原来妹妹的死同样让父王深受打击。容瑾惊恐万状："孩儿给父王请安。"

只是他还没有跪下去，父王已迅速出手拉住了他，父王长长一叹："瑾儿，你长大了，父王已请了武师来教你习武。"

容家乃习武世家，当年祖上就是凭着盖世武功跟随卫高宗皇帝平定天下，被封为外姓王爷，且子孙可世袭王位。容家亦不负圣望，辈辈皆有武功高强者在朝廷被委以重任。容家的男丁是要习武的，容瑾听到父王要他习武并不意外，只是为什么这么早？他才六岁，容家男丁习武是在八岁。

"父王，孩儿才六岁，不是八岁才习武吗？"容瑾虽战战兢兢，但依然把疑问说了出来。习武是很难很苦的事情，他不想习武。

父王一怔，片刻后道："没有一成不变的事物，本王要你提前两岁习武自是为了你好，今后你要以习武作为最重要的功课，不可以太贪玩，更不能倦怠，父王的话你听明白了吗？"

容瑾不敢违抗父王命令，只得连声称是。虽然不懂父王为什么要他打破容府男丁八岁习武的规矩，但他还是觉得父王是为他好。至于父王要他六岁习武，亦是和华儿妹妹的死有关。

转身离开时，他听到父王深深地叹息。之后，他的身边多了保护他的奴才，武师开始教他习武，出入亦受到制约。

他习武后没几天，父王就升华儿的娘亲做了侧妃，意味着百年之后牌位可以进容家祠堂享受香火供奉。

他还和原来一样按时到王妃房中请安，却绝少在王妃的房内见到父王了。只是这些事情与他无关，他只是一个孩子，还有繁重的功课。

半年后的一天，华儿的娘亲突然去世。小小的容瑾对死亡已经有了深深的恐惧，他担心有一天生母也会突然死去，于是在王府忙乱的时候偷偷去见了生母。

那时容瑾的生母还是侍妾，她见到儿子，心痛如割："你，你怎么偷跑出来了……"

"瑾儿想念娘亲了，为什么瑾儿不能见娘亲？"容瑾有些哽咽，他还是不明白为什么认了王妃为母妃，他就不能再随便见自己的娘亲了。

"瑾儿，不可以乱说话。"她忙用手捂住儿子的嘴巴。

一个作为丫鬟的侍妾却先于王妃生下儿子，王妃不对她恨之入骨是假的，一切她都知晓，但是为了儿子前程，她只能忍，她也唯有忍。眼下，王爷对她情意越发深重，或许王妃不敢动她，但聪明如她，怎么不懂越是这样越是危险重重？王妃已经生下了儿子，又如何容得下自己的儿子？眼下，儿子的命运掌握在王妃手里，她唯一能做的是忍耐顺从，希望以此来保住儿子的平安。

她不要儿子有意外，她慌张地说："瑾儿，你要乖，不能乱说话，不能……"

"不……"容瑾挣扎着逃开娘亲的手，气喘吁吁地道，"娘亲，儿子今日和你说一件事，说完了儿子就走，不让嫡母知道儿子来过。"

"嗯嗯,你说,你说。"她泪如雨下,战战兢兢地听儿子诉说着。

"娘亲,华儿妹妹是给嫡母害死的。那天袁姨拿的纸鸢是要给孩儿放的,她要引孩儿掉进井里去。我们都不知道,华儿拿了纸鸢放,她就掉进了井里……"

听儿子说出此话,她慌忙用力捂住儿子的嘴巴,浑身抖成一团:"不不不,不是,瑾儿不可以胡说。记住了,这件事一个字都不能说出去……"

容瑾的脸上带着惊恐与难过,似乎被娘亲捂住嘴巴的窒息和恐惧依然存在。苏浅月望着他感同身受,也不觉用恐惧的眼神望着他,她冰冷的手紧紧地抓着他同样冰冷的手。

"……本王惊吓到了母亲,亦遭到了母亲的绝情。她那样惊恐地告诫本王很多,告诫本王用心习武,告诫本王对嫡母顺从,告诫本王听话,之后本王见母亲的机会就更少了,她回避跟本王见面。母亲是害怕本王被害死,她宁可牺牲了自己也要本王活着。"

苏浅月用力点着头,她懂。

"月儿,这一切都是太妃所为,本王凭什么要为她的行为隐瞒一辈子?关键时候,本王还是都拿了出来和她理论,要她为当年害死小妹的事情给个交代,看她如何阻止本王娶你!本王不过是娶一个心爱的女子罢了,比起她害死人的行径,就算破了王府规矩又算什么?"容瑾咬牙切齿地说。

苏浅月看得出来,容瑾对幼年的妹妹依旧没有忘记。不能为死去的妹妹报仇,而是将此作为要挟太妃的筹码,换取了迎娶她的条件。她不能想象太妃在被容瑾逼迫时是怎样一副惊慌失措的样子,更不知晓容瑾有没有羞辱到太妃,只知晓太妃唯有屈从的痛苦。

她看了一眼容瑾,想到他曾屡次被告诫不可将此事说出去,今日他却将此事原原本本讲述给她听,难道他不怕她将王府这种隐秘多年的惨案说出去吗？看来容瑾是真心实意对待自己的，苏浅月颇是感动。

望着他沉浸在悲伤之中的面容，苏浅月发觉自己也早已泪流满面，她紧紧握住他冰冷的手，颤声道："王爷，此事乃王府隐秘之事，于王府关系重大，不是有侧太妃告诫你万万不可以说出去的吗，你又何必告知于我？"

容瑾反握住她的手，叹道："说与不说，亦能自己做主？到了一定时候，还是要说。再者，本王信你，月儿。"

"你，你……"苏浅月一时不知道该怎么说。

"本王生母得知华儿死亡的真相后，越发恪守本分，如履薄冰，生怕她给本王带来闪失，过得很辛苦，本王却什么都不能为她做，你知道本王的心情吗？父王在妹妹死后于女子身上再无兴趣，对王妃也更为冷漠，唯与本王生母亲近，这是本王得以慰藉的地方。本王的生母受了太多委屈，她的侧妃之位还是本王受封王爷时才有的。唉……"容瑾长长一叹，"王府的规矩，岂是本王打破的？本王六岁时就被父王打破了。"

苏浅月知晓他对老王爷令他六岁练武的事情一直耿耿于怀，便劝说道："王爷，妾身觉得父王是为你好。"

容瑾点头："本王明白。他为了阻止二弟与本王争夺世袭王爷的位置，还不准二弟习武……亦是为此，本王的生母对父王多年如一日地服侍，算是回报他的恩情。月儿，王府过去的种种，本王无须一一对你赘言，你只需知晓，不管何人对你的侧妃之位有微词，你只当不屑。至于太妃，你对她不得不多一份提防，我将紫玛瑙镯子送与你借机让她看到，就是在警告她当年之事本王记得，倘若她对本王心爱的女子动了手脚，本王不会再饶过她。本王的话，你可明白？"

苏浅月深深地望着容瑾，看到他眼眸深处的自己那样清晰，心中不禁酸楚："王爷，你不必如此紧张，妾身想太妃因前车之鉴不会再为难妾身的，你放心。"

"不管怎样，本王只要你好好地守在本王身边。月儿，答应本王，你不离开。"容瑾突然抱紧了苏浅月。

"王爷。"苏浅月柔声道，她感觉到他在轻微地战栗着，难道他害怕她会成了当年的华儿？

"王爷，妾身在，不离开。"她软语回答，"你不要怕，妾身会陪着你。"

容瑾整整说了两个时辰，从小时候看着二弟出生，知道生母是侧太妃，看着华儿香消玉殒，到如今与太妃之间的微妙关系，只是隐去了与容熙之前的争执。苏浅月听得很是震惊，却不知该说什么话来安慰容瑾，只是紧紧地攥着他的手。说完这些陈年往事，容瑾再也无力多说什么，只叫素凌和翠屏打了水，与苏浅月洗漱更衣完毕，上床睡了，一夜无话……

窗透初晓，晨光透过淡青色的窗纱，照在袅袅的香炉上，显得格外温柔。

容瑾早在天刚刚发亮的时候就一个人悄悄地回前院准备上朝了。

此时苏浅月一身紫色软烟罗，半坐在软榻上，斜斜倚在攒金丝的连云枕上。她又想起了蓝彩霞，从蓝彩霞的言行举止中可以看出这是个内敛的女子，内心善良。昨日自己和贾胜春的唇舌之战，如果不是恰好碰到她来解围，还不知道要闹成什么样。贾胜春那样尖刻的言语，瞬间成了苏浅月心中的一根刺，却让她没有任何反驳的余地。

看来，自己成为众矢之的已经是不争的事实，那么以后会发生什么事？苏浅月不得而知，只是忧虑。

苏浅月坐起来，对外唤了一声："翠屏。"

"来了，"翠屏很快走到她的身边，施礼问道，"夫人有何吩咐？"

苏浅月看着她，轻轻说道："翠屏，昨日在端阳院外你是看到了，如若不是蓝夫人相帮，还不知要闹到什么地步。这王府我初来乍到，并不知道这里的规矩，不知该怎样感谢蓝夫人，你帮我想个主意。"

"这个……"翠屏眨着眼睛，迟疑了一下，"这王府的每位夫人都有月例银子，平时碰到节日之类亦对夫人们有赏赐，每位夫人都不拮据，要说感谢蓝夫人，钱财却显得不好了。奴婢觉得夫人如若有很稀罕的物件赠送于她，或是自己亲手绣的绣帕之类的也可，这样不显眼又很合适。不过这是奴婢的看法，请夫人斟酌做主。"

苏浅月看着翠屏微笑颔首，这也是她心中的想法，此时不宜刻意去取悦某一个人，也不宜刻意和某个人为敌。这蓝夫人相助，虽要感谢她，亦不能做得太过招摇，只赠送一个合适的物件再好不过了。

"好，就依你说的，你在这王府时日已久，觉得怎样合适就怎样做。你跟蓝夫人亦熟识，把我从府外带进来的物品清理一下看看，让素凌帮你，你看看有哪个合适的，挑一件拿了，你亲自送过去。"

"是，奴婢知道该怎么做，请夫人放心。"翠屏领命退了出去。

翠屏是个聪明的姑娘，会把这件事做好，所以苏浅月吩咐下去后也不再管，自顾歇息。折腾这许久，费心劳神，加之昨夜没有好好休息，让她觉得颇是困乏，她就这样在软榻上靠着睡了过去。

朦胧中，她仿佛来到一个富丽堂皇的厅堂中，细细一看，她才认出这是御史府，堂上就是自己的父母，苏浅月高兴之余忙走上前去给父母请安问好，母亲笑吟吟拉着她的手："月儿，你可回来了。"

苏浅月答道："是，母亲，月儿回来了，再不离开，就在父亲母亲面前尽孝。"

母亲看着苏浅月，一脸的欢颜："月儿，为娘好想你。"

苏浅月亲昵地偎依在母亲怀里："母亲，月儿也想念母亲。"

父亲没有说话，只是用欢喜的眼神看着妻子和女儿。

突然间堂中起火，苏浅月眼看着父亲、母亲身上扑满火焰，她惊惧到不能开口也不能动。父亲大喊："月儿……"母亲也唤着自己："月儿救我们……"

苏浅月在惊惧中突然大喊，还没有完全喊出来，她忽然就惊醒了。

"母亲……"她这才看到自己依旧靠在软榻上，方恍然大悟，原来是在做梦。

眼泪顺着脸颊流淌而下，苏浅月知道父母死得冤枉，他们这样出现在梦中，是要自己为他们伸冤吗？可她只是一个弱女子，且身不由己，如今就这样被困在王府之中，她还有机会为父母伸冤吗？更何况，她连害死父亲、母亲的凶手都不知道究竟是谁。

隐隐听到外边有脚步声，渐渐走近，苏浅月忙敛神，做平静状。

素凌已经走了进来，说道："小姐早上什么也没有吃，我为小姐准备了新鲜的桂花米糕，小姐要不要尝尝？"

被她这样一说，苏浅月倒真觉得饿了："好，拿上来尝尝吧。"

素凌把桂花米糕摆上桌时，翠屏走了进来："回夫人，奴婢回来了。"她仰头对苏浅月笑着，显然事情办得十分周全。

"辛苦你了，你准备了什么东西？蓝夫人可喜欢？可有话说？"

"蓝夫人见到夫人送的佛珠手链，大为高兴，连连夸赞，说夫人真是有心之人，让奴婢带话回来说谢谢夫人，有空请夫人过去和她闲坐。"翠屏说得十分高兴，"蓝夫人有孕在身，凡事都图个吉祥如意，夫人所送的东西乃是佛家之物，她自是喜欢了。"

那串檀香木佛珠手链是去年苏浅月与落红坊的姐妹柳依依和翠云一起到城外观音庵里上香，惠静师太送与她的。惠静师太年龄不大，却深谙禅学，苏浅月从她那里得益不少，两人很是投缘，有空时苏浅月经常去看她。直到现在，苏浅月还记得去年惠静师太送给自己佛珠手链时的肃静面容："姑娘是富贵之命，后福无穷，贫尼就送这串佛珠给姑娘做个纪念，一来它能保佑姑娘平安，二来说不定能够派得上一点儿用处。日后姑娘说不定会很忙，没空来看贫尼了。"

惠静师太的音容笑貌还历历在目，想到她，苏浅月只觉得感伤。她所料不错，从那次分手之后自己就一直是忙碌的，到现在为止，一次都没有再去看望于她。今日素凌不知为何竟把那串佛珠手链拿了出来，却恰好最为合适。

苏浅月把目光落在素凌脸上时，素凌说道："我看来看去没有什么是合适的。小姐既然吩咐找个特别一点儿的，我想金银珠宝亦都是普通之物，只有这个有很特殊的含义，就和翠屏商量把这个送了出去。那时看到小姐很是疲倦，就没有请小姐示下，素凌径自做了主。"

苏浅月忙说道："你做得很好。我并不知道蓝夫人身怀有孕，这一个物件对她而言也极有意义。如此甚好。"

难怪蓝彩霞的腰身看上去显得臃肿些，却不知是何故，她还暗暗揣度了好久，若不是翠屏说出来，她还真不会想到是怀孕的缘故。

素凌把那串佛珠手链拿出来送给蓝夫人，确实是歪打正着了，就算是自己亲自去为她挑选，都不知道哪一件才是合适的。想来也是应了惠静师太的话，派得上用场了。

她们正说话间，听得外边响起一个声音："张夫人到……"

苏浅月本想在这王府中保持一个中立的身份，不刻意亲近某一个人，也不刻意得罪某一个人，让翠屏给蓝彩霞送去礼物无非也是表达谢意。但她没料到张芳华会来访，很明显是对自己有亲近之意。苏浅月知道怠慢不得，忙起身带着翠屏和素凌到外边的正堂——玉轩堂去迎接。

张芳华带着丫鬟已经走了进来，还没有等苏浅月开口，她已经笑逐颜开地说："萧妹妹，姐姐闲来无事，来打搅妹妹了。"

苏浅月忙对她施礼："张姐姐到来，让小妹欢喜不尽，怎说是打搅呢？姐姐快请坐。"

苏浅月心里明白这王府中人事复杂，自己又初来乍到，生怕惹出是非来。

张芳华这个时候来访，确实出乎苏浅月的预料。自己不能怠慢，更不能在和她第一次交往中就表示过分的亲近，以免以后出现不能预料的事情，是以让她在玉轩堂落座。玉轩堂是灵霄院的正堂，是接待宾朋的地方。内阁中也可以接待客人，只不过在内阁接待的客人是自己亲近的人。

张芳华亲热地执起苏浅月的手："妹妹，你生得好漂亮，看到你就觉得你好生讨人喜欢。姐姐只想再次一睹妹妹风采，好把你记住，竟这样迫不及待地跑来了，妹妹不嫌弃姐姐的唐突吧？"

张芳华快人快语，苏浅月喜欢她的率真、坦荡，笑道："小妹刚刚到来，还没有来得及去院子里拜见姐姐们，倒是烦劳姐姐先来看妹妹了。难得张姐姐这般亲近妹妹，妹妹感激不尽。"

张芳华看着苏浅月："妹妹真是客气了，姐姐是直肠子，喜欢就说出来，不喜欢的也说出来，只要妹妹今后不要嫌弃姐姐就好。"

苏浅月忙对她笑道："小妹很是欣赏姐姐的个性，喜欢姐姐都还来不及呢。小妹初来乍到，诸多规矩都不懂，以后是要向姐姐讨教的，姐姐切莫嫌麻烦才好。"

人的内心俱在表象下遮掩，有时候语言只是一种装饰，不代表就有真实的意义，无论张芳华到她院子里来是什么意思，她都要恭敬客气。

"妹妹……"张芳华看着苏浅月，似在叹息，"姐姐不过是比你先到而已，又懂得什么？岁月若此，流年空度，闲看赤乌朝升暮落而已。"

苏浅月没有料到张芳华会说出这样的话，她似乎是在伤感。苏浅月不知道她是不是因为看到自己昨日的情形，所以想到她初到王府时的情景。想来，那时的容瑾对她如同对自己一般地看重，如今却一再把爱分给别人。

苏浅月劝慰道："姐姐何出此言，姐姐明丽耀眼，这等姿容谁见了都觉耳目留香，心旌摇曳。"

张芳华浅笑："想不到妹妹还有一张巧嘴，这般会说话。"

苏浅月亦看着她笑，又对素凌吩咐道："把你刚才做的桂花米糕拿出来，请张姐姐一起品尝。"

素凌答应一声，转进内阁，片刻，她把那碟桂花米糕端出来放在了桌上，说道："请张夫人品尝。"

"呀！"张芳华的目光落在那碟精致乳白的桂花米糕上时，惊讶道，"妹妹的人竟有这般手艺，做出的东西这般漂亮，不用品尝，看着就让人食欲大增。"

苏浅月笑着说："是吗？那姐姐多吃点儿。"说着话，她用手指捏起一块递到张芳的手上，"是素凌做的，亦是我在府外的时候喜欢吃的，姐姐看味道是不是合口。"

张芳华接过桂花米糕，两根手指轻轻捏着，仔细观瞧，其余手指翘起做兰花状，她点头微笑："看着就赏心悦目，想来滋味一定是上乘的。"说完，她轻轻咬了一小口。

"果然清香可口，又带淡淡的清甜，细腻香糯，真是好吃。妹妹的人真是心灵手巧，技艺精湛，比我的红妆巧多了。"张芳华一面吃着一面转头看她身后的丫鬟，但眼神中并没有批评之意。

那叫红妆的丫鬟听到主子这样说话，忙惭愧地低头："奴婢心拙手笨。"

红妆羞窘，苏浅月忙为她解围，对张芳华说道："姐姐这般灵秀的人，身边的人自是心灵手巧的，只是每个人都有每个人的长处。姐姐若是喜欢吃，又要方便，我让素凌教给红妆做法也就是了。"苏浅月转而对素凌和翠屏说道："我和张夫人叙话，你们带红妆随便玩耍，有事再唤你们。"

"是，奴婢告退。"三个人齐齐答道。

翠屏和红妆本就是这王府里的丫鬟，又是一般年纪，自是情投意合，只是各自在不同的院里给主子当差而已。听了苏浅月的话，翠屏喜滋滋地一手牵了红妆一手牵了素凌离开。

看着她们离去，苏浅月和张芳华一面吃着一面闲聊，倒也觉得融洽。有她陪着，苏浅月初来乍到的生疏和寂寞就这样慢慢地被打散了，她心中不由得生出感激。

张芳华离去时，已经是黄昏时分。苏浅月倚窗独望落日，那漫天火焰般的嫣红，熠熠生辉的霞光，生动鲜明，窗下的竹子迎风奏响了一曲清韵，丽影衬着流霞瑰丽似锦。这样的美景总是让人感怀，但夕阳无限好，只是近黄昏，岂是长久？

一轮夕照万缕金，漫天娇艳气势宏。

殷殷霞瑞丽似锦，翩翩丰姿醉人魂。

只惜灿烂转瞬间，渐逝光彩不复还。

漫长光阴渐轻减，欢颜褪尽不再还。

欲要平淡走一生，哪知风雨赴几番？

咏罢，苏浅月看到红霞渐渐减退几分，有昏暗慢慢地浸入，瑰丽且让人心驰神往的景象终归消失了，取而代之的是黑暗。不管多么璀璨繁华，终有消逝的一天……

素凌轻轻走至苏浅月身边，说道："小姐，刚刚不是在和张夫人谈笑风生的吗，怎么又伤怀上了？"

苏浅月转身，叹道："素凌，这人生之路太过漫长，期间浮沉难料，就如这夕阳……刚刚还无限美好，转瞬就被黑暗吞噬了，又有什么是长久？若说斗转星移，只是那明天的风景是今天的吗？"

"王爷乃一人之下万人之上，却对小姐这般地有情，素凌相信小姐日日霞光普照，年年风景明媚。"

看素凌这样，苏浅月不忍拂了她一片好意，笑道："我只是一时触景伤怀而已，没什么的。"

素凌舒了一口气："小姐不要介意其他，一切都是好的，小姐的前路是光明的，素凌相信。"

素凌这般信誓旦旦，仿佛一切都在她的掌握之中，苏浅月知道她的好意，只得点头。

因为昨日和贾胜春的争论，苏浅月心中着实不快，隐隐约约的，她总感觉有什么事要发生。想到整个容王府，让她觉得这王府的豪华也许仅仅次于皇宫，就像素凌说的，容瑾是一人之下，万人之上。只是在这里生活绝对不是什么太平逍遥的日子，而是有太多的争斗，不是吗？

众多女子来此只为一个男子，且一生也只能钟情这一个男子，为他等待，为他守候，为他付出，从红粉朱颜到白发苍苍，从进来的这一日直到最后的一刻，不能有丝毫改变。这里的每个女子，又怎么能把王爷的万千宠爱集于一生？每个女子自有每个女子的姿容长处，如同各种奇花一样，怎样的美妙绝伦也都只是一种姿色，亦是无法把众多美好集于一身的。如此这般，哪一个女子就都是一样的，纵然一时得到宠爱，也无法保证他日不失去宠爱。

苏浅月并不愿意和任何人争斗，只想静静守在这院子里，清心度日。

落红坊的夜晚灯红酒绿，每到黄昏的时候便会开始，苏浅月习惯了那时的喧嚣，亦厌倦了那样的萎靡，是容瑾带她脱离了那种地方。之后，随着萧天逸到他的宅中过了数月轻松自在、清静安乐的日子，那是她喜欢的时光，安闲自在。她后来渐渐迷恋上了那种与世无争的生活，却又来了这里……

素凌轻轻地问："小姐晚上想要吃点儿什么，我去准备。"

"中午的时候你做的桂花米糕很是好吃，我和张夫人一起吃的，吃了很多，现在感觉不太饿。你吩咐厨房，就做几样清淡小菜就好。"

素凌领命下去，苏浅月看着她的身影离开，心里仍旧感慨万千。她又想起了萧天逸，有些想念哥哥了，他还好吗？

诸多心绪让苏浅月心思不宁，她慢慢走往墙边的案几旁边，案上是一架古色古香的七弦琴，她用手轻轻弹了一下琴弦，声音清灵悦耳。她坐了下去，调试一曲，一面抚琴一面吟唱："独倚轩窗思悄然，霞飞霞落燃中天。同来观景是何人，青竹声声无回音。"

袅袅琴音，更觉得无根无底，浮萍一般无依无靠，不知归宿。

忽听外面有人鼓掌，苏浅月忙扭头，原来是容瑾。容瑾到来，却不曾有人来禀，想来是被他阻止了。苏浅月忙起身行礼："妾身不知王爷到来……"

不容苏浅月再说下去，容瑾已经快步走至她身边扶起了她："月儿，你既说了我是你的夫君，我们就是一样的身份，以后不必如此行礼，也不可以称什么妾身，就直呼自己'月儿'就好，本王喜欢你自然随意。"

苏浅月知道，自己和他虽是夫妻，然而自己并不是他的正室夫人，是不能与他平起平坐的，只是不愿意拂了他的意，她点头回答："王爷喜欢月儿是什么样子，月儿就做什么样子来给王爷看。"

容瑾拥住了苏浅月，双目含情："月儿，本王很明白你，随便你是什么样子，本王都喜欢。只要是你愿意的，本王就都喜欢，你明白吗？本王只要你做我的月儿。"

苏浅月亦看着容瑾，不明白他何出此言，自己有这么好吗？值得他这样用情吗？她说道："谢王爷厚情，月儿记下了。"

容瑾忽地叹了口气："月儿，听你的琴声，虽然本王并不深谙此道，却听得出琴声里的感伤，月儿在这王府里过得不快乐吗？月儿心里有什么事都要跟本王说才好。今后，你的风景本王陪你一起观赏，不许你再有孤单凄凉之感慨。"

原来方才的琴声都被他听去了，苏浅月有一些羞涩："王爷，月儿只是感怀而已，并没有什么。"

"如此甚好。"容瑾说着拥着她走到榻上坐下，"本王一整天都没有见到你了，让本王好好看看你……"

苏浅月立刻感到脸上似是燃起了火焰，她想自己的脸一定红得可比拟刚才天上的云霞了："王爷……"苏浅月轻轻低了头，不敢抬起来。

容瑾却用手轻轻捧起了她的头："让本王好好看看你。"

苏浅月被迫抬起头来，眼睛却是紧紧闭合不敢睁开。她就这样被容瑾审视着，她头脑里一片混乱，只听到他含混地说道："月儿，你知道你有多么让人喜欢吗？"

苏浅月正待张口，却不料容瑾竟然深深地吻住了她。

苏浅月窘迫至极，不觉中睁开了眼睛。虽然天色已经暗下来，可是翠屏早已经在房中点燃了蜡烛，是以房间里十分明亮，两个人的身影就这样被烛光印在了墙上，看上去生动鲜明，又自然平和，仿佛本该如此。

稍微一愣神，苏浅月突然看到外边有个人影晃了一下，仔细一看，才看清是素凌，想来她是请自己和王爷去用饭的，苏浅月忙用力推开容瑾："王爷，月儿都有些饿了。"

听她如此说，容瑾才渐渐放开了她："是吗，都怪本王……"说罢，他起身往外走去。

素凌趁此机会闪身走进来，慌忙对容瑾行礼："奴婢见过王爷。"

容瑾挥了挥手，淡淡说声："罢了。"随即又问道，"夫人饿了，怎么这般时候还没有安排？"

素凌斜了下眼睛偷看容瑾，嘴角还带了特别的笑意。苏浅月想她大概是在笑他刚才和自己在一起的情景，也是他这般的耽搁才造成到现在还没有开晚饭的吧。

素凌随即恢复恭敬的态度："奴婢有请王爷和小姐用饭。"

"哦。"容瑾长长舒了一口气，不再理会素凌，反而是转身拉住苏浅月："走了，月儿，我们一起用饭。"

到了饭桌上苏浅月才知道，这一餐饭并不只是有自己早前吩咐下去的清淡小菜，而是十分丰盛，想来是自己方才刚刚吩咐下去容瑾就到了。

这是两个人第一次在一起用饭，容瑾对苏浅月体贴照顾，不时为她夹菜，仿佛她不敢举箸似的。苏浅月暗中留心容瑾，发现他亦是细心之人。在一旁伺候的翠屏和素凌不时挤眉弄眼，苏浅月并不明白她们是什么意思，又不好询问，就这样在热烈又有些别扭的氛围中用完了晚饭。

容瑾和苏浅月刚刚走入东暖阁，外边就有人传话："禀报王爷，丞相府有人来下书。"

容瑾怔了许久才吩咐："命下书人外面等候。"又对苏浅月说："月儿且歇息片刻，本王去去就来。"说完他便出去了。

苏浅月望着容瑾的背影有些发呆。这是京城，是大卫国的都城，这丞相和王爷一起上朝，有什么事情不能在朝堂上说明也就罢了，下朝以后亦是有机会当面说的，怎么还会这般慎重直接着人来下书，难不成是什么机密之事或不轨之谋吗？苏浅月也说不清何来的担忧。

苏浅月怔怔出神时，素凌悄悄走了进来："小姐。"她脸上还带着笑意。

苏浅月看着她，心里有些难过。想到之前自己和她情同姐妹，大多的时候都是同坐而食，其乐融融，如今却因为这等级之差只能站在一旁侍奉。

"素凌，有时候我是照顾不到你的，你要照顾好你自己，别让我担心。"

"小姐不要为我担心，我会好好地照顾我自己。只要小姐一切都好，素凌也就完全放心了。"素凌的目光有些神秘，亦有释然，"那时我们为不知王爷是何人而忧虑重重，如今心中的一块巨石总算落地，一切总算明朗了，"她又合掌说道，"谢天谢地。"

看她虔诚合掌的样子，苏浅月不禁"扑哧"一笑，说："你怎么也这个样子，什么时候这样信佛了？"

素凌转而一本正经地说："素凌的忧虑不比小姐少，当初王爷只是悉心周到地安排，我们并不知道王爷的真面目，我……怕啊。"

"怕王爷是坏人，是吗？"

素凌的脸上微微变色，有些许的不好意思，却坦率承认："是，小姐的一生要交到一个好人手里我才放心。如今见到王爷这般宠爱小姐，我总算松了口气，我为小姐感到高兴。想当初王爷那般为小姐煞费苦心，算是一份至真的情意，如今看来王爷又是这般的好……小姐也算终身无忧了吧。"

苏浅月看着素凌却说不出话来，当初那些夫人嫁进来时都以为自个儿终身无忧了呢，时至今日，她们有无忧之感吗？

"我若得宠，你们跟着我不用受苦；但若我难过，就连累你们了。我亦很想给你安排一个好去处，才不辜负你对我的好。"

素凌忙摇手："小姐，素凌跟着小姐就是好，素凌愿意一生侍奉小姐，不离开小姐。"

后路茫茫，不可预见，苏浅月不敢对她有任何承诺，只是对她笑了笑道："我亦离不开你。"

"小姐，我到外面伺候着，小姐有事就唤我进来。"素凌笑吟吟而去。

苏浅月看着素凌的背影，心里却没有素凌这般地轻松。容瑾是好人，这点她已经看得出来了，然而，要容瑾对自己一辈子都如这般地好，还是不要奢望了。都说"红颜未老恩先断"，他有众多的夫人，若要他将全部的感情都维系在自己一个人身上，那是不现实更是不可能的。如此受宠过，倘若哪天失宠了，有子怜子，无子怜己。如今自己既已被他从落红坊解救出来，不用再忍受那种萎靡腐烂，也就满足了。就这样，如果能够平平安安地在这王府了却一生，不也是一种幸福吗？

容瑾去一会儿了，苏浅月不知道丞相府的那份书信于他是喜是忧，有些担心。

她知道在朝廷为官的不易，如同在刀尖上行走一般，稍不留神就会遭到他人陷害或被皇上降罪。朝堂太大了，朝堂里的人鱼龙混杂，没有左右逢源、机智应变的才能总是不成。忠心耿直会有人嫉恨，奸逆逢迎又于良心不安，亦有伴君如伴虎之说，头颅在自己的脖子上，命却不在自己手上。容瑾又不是皇家嫡室的王爷，想必只会更加艰难，再加上容王府这些年来战功赫赫，威名远播，恐怕早就已经遭君王猜忌。君王之畔，岂容他人安睡？

想当初自己的父亲乃御史大人，一贯刚直不阿，不知道自己父母的亡故是不是就因为父亲的秉性而遭到奸佞小人的陷害。父母含冤地下，不能出来分辩，而自己又因为女子之身无力为他们做些什么。

烛影摇动，房内十分安静，苏浅月隐隐听到了外边有脚步声响起，想必是容瑾回来了，她忙收敛心思转而笑迎他。容瑾亦是笑着走向她："月儿，本王去了这许久，是不是让你等急了？"

苏浅月摇摇头："王爷，月儿并没有因为王爷的晚归而着急，只是担忧王爷，王爷可还好？"

容瑾趋前一步搂住了苏浅月的肩膀，用清冽的眼神含笑望着她："月儿说说担忧本王什么？"

"王爷的身份，一人之下，万人之上，只是正所谓高处不胜寒……"苏浅月突然意识到自己说得不对，那些是男子们的事情，自己一介女流怎可乱说，慌乱中她忙掩嘴住口。

容瑾一直是静静地凝神听她说话，见她突然住口呆了一呆，他道："本王果然没有走眼，月儿不但貌美惊人，才学出众，这朝堂上的事情也有这般精妙的见解，倒叫本王刮目相看了。月儿，说下去，你的话对本王意义深重，本王会引以为鉴，谨慎从事的。"

苏浅月忙道："王爷见笑了，月儿乃一农家之女，或许琴棋书画懂得一点点皮毛，那些朝堂之事又懂得什么，不过是因为担忧王爷于急切中的狂言而已，王爷如此称赞月儿，倒让月儿惭愧。"

容瑾叹道："你冰骨玉肌，暗含傲烈，怎是一个农家之女可以相比的？这又怎是一个农家之女的见识？你可知道你的话给了本王多少启发？月儿……"他突然紧紧地拥住苏浅月，"得到月儿，本王总有一种如获至宝的感觉。"

"王爷……"苏浅月抬眸。

接下来一连几天，容瑾下朝归来就住在苏浅月的凌霄院，让她有微微的不安，怕他这般的相待会让别的夫人不满，又不忍拂逆了他的意思，只能委婉地劝说他到别的夫人的院子里去看望看望她们。但他不听，她亦无法。

凌霄院夜夜欢声笑语，耳鬓厮磨，温柔缠绵。苏浅月不知道这样的温存里是不是有爱慕，至少她不知道自己是不是已爱上了容瑾，或许是动心了吧，不然怎会有这般的恩爱缠绵，又是这般的不舍不弃？

偌大的王府，人多嘴杂，王爷独宠苏浅月的事已在这个王府盛传，他人见王爷这样，自是有怒亦不敢露的。

苏浅月纠缠于和容瑾的夜夜柔情、白天的惶惑。他的炽热融化了她的惶惑，却不能阻止她的憔悴。容瑾只当苏浅月是因长夜与他消磨，耗尽精力、体力，有些愧疚，准许她好好在凌霄院休养。

苏浅月终于松了一口气，只要容瑾不是夜夜宿于凌霄院，旁的一切就都可以另作计较。

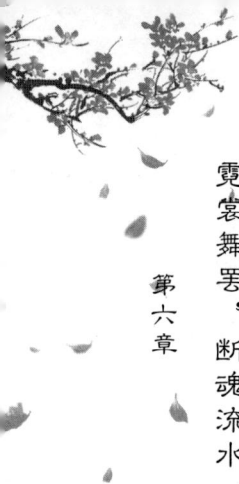

霓裳舞罢，断魂流水

第六章

　　容瑾不在，凌霄院恢复平静，苏浅月有一种做回自我的轻松，她想趁此时间好好编几支舞曲。

　　这一晚上，容瑾不在，素凌和翠屏陪着苏浅月。《羽衣》和《霓裳》，这是上下相连的两阕，关于《霓裳》，苏浅月还没有想好要写些什么。此时她于不觉中又想起了萧大逸，如果有他在，他的清箫配自己的舞蹈，不知又是如何的景致情调？

　　苏浅月坐在琴前调试曲子，一边弹琴一边轻唱："朱粉琼装，透碧纱；珠钗步摇，随鬓斜；衣袂飘飘，丰姿摇；春风拂栏，百花绽；靓影翩翩，醉人眼；万里河山，齐秀颜；若非玉楼，抬头见，疑是仙子，下九天……"

　　一曲弹完，翠屏的脸上露出别样的迟疑，似是还陶醉在刚才的意境里，不知身在何处。而素凌却叹道："小姐的技艺越来越好了，素凌听了这么多年，只是感觉到美妙，却说不出什么来。"

　　苏浅月淡淡一笑："你该知道这本是我消遣之用，若整日里无所事事，不郁闷得紧吗？这人生于我们，总是太多不得意，不去寻找些自个儿喜欢的，还能做什么？我不过是自娱自乐，连带你们也开心了，就是我意外的收获了。"

翠屏张大了嘴巴，终于说出口来："奴婢真是没有听到过这样美妙的曲子，夫人竟然有这样的才艺。奴婢是粗人，不识这些风雅的东西，可奴婢是听得出好歹的，夫人的琴音歌喉在这王府无人能及。能够听到夫人的妙音，得遇侍奉夫人，奴婢真是三生有幸。"

苏浅月看得出翠屏不是完全的曲意逢迎，乃是真诚的赞赏，她正待说话，素凌已经抢在了前头："你没有见过我们小姐的舞蹈，那才是让人折服的。"

看到翠屏如此，素凌又如此说，苏浅月笑道："总是你们帮我操劳费心，今日我就把这刚刚调试的曲子舞一遍给你们看，你们若是看出哪里有破绽，说与我改正，我们力求完善。"

听苏浅月如此说，翠屏好似见到了奇异的事情一样张大了嘴巴："夫人还……还有绝技？奴婢得以欣赏，实乃三生有幸。"说着，她递给苏浅月一盏桂花茶，"夫人先请饮茶歇息片刻，待奴婢给夫人换一件衣衫。"说完就去帮苏浅月寻找衣裳。

"小姐，若是累了，就明天再试。"素凌知道舞蹈是一件耗费体力的事情，担心苏浅月会累。

苏浅月看着她笑："不累啊，之前我们每天都是这样生活，现在……我都感觉到生疏了呢，若不练习，只怕我都成了废人。"

"好好，说得好。"忽听有人拊掌，苏浅月忙扭头去看，原来是容瑾。他来得有时就是这般出其不意，苏浅月不知道他是为了给自己惊喜还是有什么别的原因。

只见他踏进来，一脸的喜色："月儿是真正的智慧之人，懂得好多。技艺是日益精进的，才学都是日积月累的，只有不懈努力用功才能够炉火纯青。"

"王爷……"苏浅月有些窘迫，低了头向容瑾行礼，素凌早已经跪了下去："给王爷请安。"

容瑾伸手扶住苏浅月，又对素凌说道："免了。"

翠屏手里捧了衣裳出来，想让苏浅月看看衣裳是不是喜欢，却看到容瑾在，也忙跪下："奴婢给王爷请安。"

容瑾挥手："带夫人去暖阁更衣。"

"是。"两个人齐齐答道，素凌扶了苏浅月，翠屏捧了衣裳一起去了后堂。

等三人出来，容瑾深邃的目光落到苏浅月脸上的时候就露出特别的神情，笑意盈盈中带有几分陌生，更有几分惊奇："月儿，你知道你在本王心中是什么样的吗？"

苏浅月一身纯白的纱织衫裙，紫燕双飞髻上斜插一支简单的绿玉簪。因为是舞蹈，鬓边亦插了一支金步摇。

苏浅月轻笑摇头："我就是我，我本来的样子而已。"

"不是，你每每变换服饰都给本王不一样的感觉，仿佛你的人也在变。你是一种服饰一个姿态，就这样，你是将千百种美丽集于一身的女子，却永远是那样飘逸出尘，翩若仙子，带给本王的是不一样的震撼。"容瑾的目光中渐渐带了痴迷，"月儿，你说这样的你，本王会不喜欢吗？"

容瑾的话让苏浅月顿时脸飞红霞——素凌和翠屏还在的呀，怎么可以说出这种露骨的话来。

"王爷，妾身哪儿有王爷说的那样好……"苏浅月忙偷眼去看素凌和翠屏，只见两人在听到容瑾这样的话时，互看一眼后就都下去了。

容瑾却不理会，走到苏浅月身边拥住她，很固执地反驳："你有你有，你没有的话就不会有人再有，你有你独到的风格，有你特殊的美妙。"

苏浅月不好再和他分辩，何况他是赞誉之词，自己虽没有他说的那般好，却也并不是一般的女子，她笑道："王爷，月儿自来到这王府，很少再练习一下舞蹈，感觉都有些生疏了呢。今儿月儿给王爷舞一曲，王爷缓解一下烦闷后再回去。"

苏浅月并不愿意让容瑾留在凌霄院。

容瑾欣然应允："好好，且让本王观赏月儿的舞姿。"

苏浅月对容瑾福了一福，然后走到中央，没有人抚琴，独她一人起舞。轻舒水袖，慢和节拍，一个起落如同飘举的白荷，婷婷袅袅，意韵深远。

"朱粉琼装，透碧纱；珠钗步摇，随鬓斜；衣袂飘飘，丰姿摇；春风拂栏，百花绽……"苏浅月边唱边舞蹈，玉臂舒展似春风拂园，琼花坠雪，蝴蝶纷飞，歌喉婉转似明月抱怀，流水叮咚，珠圆玉润。

"靓影翩翩，醉人眼；万里河山，齐秀颜；若非玉楼，抬头见，疑是仙子，下九天……"

轻软衫裙，珠钗摇曳，身姿袅娜，楚楚韵致。

苏浅月舞蹈完毕，停止旋转的身姿，看向容瑾。他的目光似乎已经直了，神情如痴如醉，恍然若梦，苏浅月轻唤他一声："王爷。"

容瑾如梦初醒，目光已经变得柔和："月儿，刚刚本王是在观赏你的舞蹈，还是在看一仙子临凡？那般的超然……你……那是本王的月儿吗？"

他似乎还沉浸在舞蹈中，脸上还有迷醉。

苏浅月悄然一笑："王爷，是你愚笨的月儿在此，哪里来的仙子啊。"

"月儿，真的是你，你……你就是凌波仙子，名副其实的凌波仙子。"容瑾突然走至她的身边，用力搂住她的腰身，"月儿，本王要一辈子观赏你的舞蹈，聆听你的歌喉。月儿，本王要你完完整整地属于本王，你就是本王的，不属于别人。"

他如同着魔一般，神情迷恋，连言语都有些颠倒。

"王爷，月儿本来就是王爷的呀。"

"月儿，本王要你这一生中心里不能再有别人，本王要你的一切。"

苏浅月看着容瑾，心中一凛，只得点头。自己没有旁的选择，若是离开，那也是灵魂而不是身体，身体在自己踏进王府的时候就已经不属于自己了。哪怕自己是一个想要自由的人，想要精神的人，亦是要被禁锢在此，除非是不可预料的变故，但是那样的变故……苏浅月突然打了一个寒噤，似有不祥的预感。

"月儿会在的，会陪伴王爷。"苏浅月本想说陪伴王爷一生，但最后那两个字终究没有说出来。一生太漫长、太沉重，没有人可以预料到一生中会发生些什么，更不能把一生轻易抛出。

容瑾点头："本王是不会让月儿离开本王的，本王愿意舍弃一切都不舍弃月儿。"

容瑾说出这样的话未免太过于沉重。

烛影摇动，烛头那一团黄黄的火焰燃烧着，如同一朵怒放的月季，只有月季才是四季轮回不灭不败的娇艳。苏浅月喜爱美的东西永远长留，是以不愿意过多地付出或迷恋，怕失去后的枯寂，还不如浅浅淡淡地活着，哪怕无声无息。

容瑾拥着苏浅月，苏浅月依偎在他怀里。窗外有明月清照，清浅摇晃的竹影，房内有红烛莹莹，暖暖摇曳的灯光。

容瑾在她耳边低语："月儿，本王真想把你藏起来，不让任何人知道，让你只属于本王一个人。本王与你，一辈子就在姹紫嫣红的故事中沉醉。"

苏浅月在心中微微叹息，容瑾向来是有两种气息的：一种是凛然霸道的王者风范，那是在众人面前；一种是温柔纤巧的小儿女态，这是在自己面前。他还要去面对朝堂上的皇帝和官员，那时的他是什么模样，自己不得而知。

容瑾的话让苏浅月暂时理不出头绪，无法说出自己的心在何处。她感动于容瑾此时的专情和痴情，却知道他的话不一定可信，不是自己多疑，而是……事实如此。属于他的女子太多了，入了家谱的夫人就已有六位，自己还是本不该有的多出来的那个。还有那些姬妾呢，到底有多少，苏浅月不知道，也不想知道。如今自己是多出来的，以后还会多出来几个，自己只想在这王府里有一份平静的日子。

　　苏浅月抬头温柔地浅笑："王爷，月儿已经为你歌舞完毕，王爷请回。"

　　容瑾用不可置信的目光久久地盯着苏浅月，然后叹气："月儿，你不愿意让本王在此？"

　　苏浅月不想让他有过多的猜忌："月儿愿意日日和王爷在一起，只是月儿知道王爷不是月儿一个人的王爷。月儿爱王爷，别人也爱王爷，若王爷成了月儿一个人的，会引起纷争，这样于王爷不好，对月儿更不好。王爷，你若真心对待月儿，你愿意让月儿成为众人眼中的箭靶子吗？"

　　听到"箭靶子"几个字，容瑾忍不住笑了："好，本王知道了，不会让月儿做了箭靶子的。"说完，他又为苏浅月拢了拢衣裳，"月儿的话不无道理，本王明白你的意思，只是本王今晚来了，不想再离开。月儿，就让本王留下吧，可好？"

　　苏浅月心中忐忑，言道："月儿也愿意和王爷在一起的呀，只是怕别的姐姐们对王爷有怨言，王爷对姐姐们要公平。"

　　"本王明白了。"容瑾说着抱起苏浅月，径直朝暖阁走去，他低语道，"本王会如你所愿，让你平平静静地生活。"他让苏浅月躺在他的臂弯中，又道，"你可知道，刚才本王观赏你舞蹈的时候想到了什么？"

　　苏浅月不觉问道："什么？"

　　他轻轻吻了她一下："本王想让你进宫觐见皇上。"

"不，妾身的身份不配觐见皇上，王爷万不可做这样的安排。"苏浅月连忙反驳。

无论容瑾是出于什么原因，她都不愿意去觐见。万人敬仰的九五之尊于她来说见了又有什么用？当年父亲日日见到皇上，可父亲蒙冤致死时，皇上又过问过什么？

容瑾笑道："如果可以，本王愿意把你藏起来不给任何人欣赏，不过你是一个心底高傲又才情横溢的女子，本王怎么能锁得住你？那样只怕你会埋怨本王。今年的元旦庆典本王想带你进宫。元旦庆典时，诸位王公大臣可以带夫人进宫和皇妃们共庆，各人可以表演拿手的才艺。往年都是王妃和本王一同进宫，今年就让她以皇家女子的身份进宫，你作为本王的侧妃陪同本王一起进宫。"

"妾身难以从命。"苏浅月连忙再次反驳。她一来不想觐见皇上，二来不愿意让容瑾又去费心思周旋。她的侧妃之位都是多出来的，还去出什么风头？

"不劳你费心，本王自会安排，把你的绝艺展示给那些皇妃夫人，也好平复一下她们对本王多娶一个侧妃的微词，让她们知道你比她们更配得上本王。"容瑾口气有些霸道。

"可是，王爷……"苏浅月还是不想进宫。

"本王已经决定了！"

苏浅月不敢再说别的，连赶容瑾走都不能，因为太晚了。她只知道接下来的日子只能暗暗为去皇宫做准备了。

又是一夜的良宵帐暖。

苏浅月早上醒来，容瑾已去早朝了。无论他们夜间如何缠绵缱绻，他亦不会在上朝的时间里留恋。对于政事，他是勤勉的，他是一个为国为民的好王爷，对这点，苏浅月感到欣慰。

浅金色的早霞映现窗纸，苏浅月慢慢披衣起身。临着窗台，凛洌凉风透过窗纸侵入身体，带着丝丝寒意，她这才想到已是初冬了。她又想起昨晚本来是要给素凌和翠屏跳舞的，尤其是翠屏，结果容瑾的到来打乱了一切计划，也扫了翠屏的兴致。

"夫人早安，如此冷峭的天气，怎么不多睡一会儿，这样早早就起来？"翠屏从外边轻轻走来，浅笑着施礼问安。

说曹操曹操到，苏浅月亦浅笑着道："若说早起的原因，还是为昨日的舞曲。我倒是演练了一遍，只是你还没有看到，今日里找个时间再舞给你看。"

其实她也想到了容瑾要她进宫的话，不管是否去得成，总要做一些准备。就把这支舞蹈练习好了，如果真的进宫届时拿来助兴也可以。

翠屏面露喜色："多谢夫人，只是夫人要多注意身体。都入冬了，这样的时间里站在窗下会着凉的，待奴婢给夫人更衣。"

翠屏扶了苏浅月去更衣时，素凌匆匆进来："对不起小姐，我今日晚了。"

苏浅月其实知道素凌是想让她多休息，笑道："晚了是要受罚的，你说要我罚你什么？"

素凌忙施礼赔罪："小姐看在奴婢一贯勤勉的分儿上，就饶了奴婢这一次吧。"

"罚你扫地。"翠屏抢过话头道。

看她们两个玩笑，苏浅月浅浅地笑了，这样的日子有时也很好。

王府的日子很是清闲，只是在固定的时间里到端阳院请安而已，平日里没有特殊事由，苏浅月绝少出门，担心有不必要的是非。此时天气冷，更是不大出去。吃完早饭，她独自坐在琴架前弹琴，调试舞曲中不和谐的地方，素凌来报："小姐，明霞院的红莲来说蓝夫人想请小姐过去叙话。"

"好，你告诉她，我收拾一下就过去。"苏浅月言道。

蓝彩霞身怀有孕，行动不便，她着人来请，苏浅月不能不去。

自送手链之后，她们两个人时有来往。蓝彩霞看起来是外表平和、内心谦和的人，苏浅月喜欢她的这种性格。还有兰亭院的张芳华，也是性格明朗、活泼爽直，两个人在一起时口无遮拦，十分开心快乐。

携着翠屏到了明霞院，苏浅月还没有走近暖阁，就听见房内传出张芳华的笑声，翠屏笑着道："这就是常说的'未见其人先闻其声'了，张夫人这样的爽直性子，真好。"

苏浅月点头，相比蓝彩霞，她和张芳华在一起时更加开心一些。

苏浅月刚刚进门，张芳华就已经听到脚步声，转身过来道："我们正说到萧妹妹什么时候过来呢，谁知道说曹操曹操就到了。萧妹妹快过来看，蓝姐姐的手艺。"

苏浅月早看到她手里拿着的绣品了，笑着走过去："蓝姐姐又有精细绣品了，快给我看看。"

蓝彩霞却素净地笑着道："萧妹妹莫要听张妹妹的大惊小怪，姐姐手拙，能有什么好手艺。"

"蓝姐姐总是谦虚。"苏浅月回眸一笑。

苏浅月走往张芳华身边，看她手里捧着的丝绢，原来是一个婴儿用的肚兜，想来是蓝彩霞给她未出生的婴儿准备的。

"萧妹妹快看，蓝姐姐的手太巧了。"张芳华把兜肚捧到苏浅月面前。

这兜肚的绣工确实精巧，桃红的底色上绣一池碧水，水中荷叶田田，菡萏吐蕊，有活泼灵动的鱼儿嬉戏和憨直的青蛙跳跃，池边有一孩童执钓竿钓鱼。小小的婴儿兜肚，比大人的手掌大不了多少，蓝彩霞却能在上边绣出如此丰富多彩的图画，栩栩如生，简直叫人爱不释手。

"蓝姐姐的手艺确实越来越精，比得过天上的织女了，怪不得张姐姐这番惊讶，妹妹都惊愕了。"苏浅月笑着称赞道。

张芳华眉飞色舞道："我来蓝姐姐处闲聊，看到蓝姐姐这样精致的活计，就想要萧妹妹一起过来欣赏。萧妹妹快说说，这是不是极好的？萧妹妹可有应景的曲子？"

苏浅月这才想到原来红莲风风火火地请自己过来是张芳华的主意，怪不得呢！蓝彩霞之前没有这样急过的，她过来的时候一路走还一路寻思。

看着张芳华，苏浅月笑道："一时之间，妹妹也没有灵感能衬得起蓝姐姐的绣品，等我想好了，一定谱写一首曲子，等蓝姐姐的孩子出生后满月时作为庆贺。"

张芳华拍手道："好好，如此更好。现下天气冷，我院子里的秋千也不能荡了，正好有萧妹妹的歌舞欣赏，再好不过。"她转而高兴地轻轻拍了一下蓝彩霞："姐姐快些把小世子生出来，我还等着看萧妹妹的歌舞呢，都等不及了。"

蓝彩霞无奈地笑道："你真是猴儿急，这个哪里是我说了算的？"

张芳华忽而又一脸失望的样子，道："我最怕闷着了，这个时候天气又冷，没个去处，很闷的呀，就等着欣赏萧妹妹的歌舞了，可是要等多久的呀？"

王府富贵，然而没有自由的日子着实沉闷，看她们慵懒提不起精神的样子，苏浅月笑道："日常的歌舞就是拿来消遣玩耍的，张姐姐不嫌弃妹妹舞技拙劣，妹妹现在就给两位姐姐歌舞一曲提提神。"

"真的？"张芳华立刻站起来，"萧妹妹说话可是要算数的，姐姐今天一定要好好欣赏一下妹妹绝妙的舞姿。"

苏浅月笑道："只要不污染了姐姐们的眼睛，妹妹愿意给两位姐姐解闷儿。"

蓝彩霞笑盈盈地起身："既然两位妹妹有此雅兴，那我们就到正堂那边去，这暖阁太狭窄，有碍妹妹们施展。"她说着吩咐丫鬟："春兰，去把正堂那边的炉火烧旺。"

苏浅月本来只是想要随便跳上一曲，只要大家开心就好，没料到蓝彩霞这般郑重其事，也只得暗中慎重掂量该怎么跳才合适。

到了正堂，她们坐好，把正堂中偌大的空间留给苏浅月。苏浅月站在中央，冲两位夫人笑了笑，轻展水袖，如水衣袖轻轻扬起，如玉的素手婉转流连，裙裾飘飞，或急骤或缓慢，仿若开出千万妙曼花朵，身姿轻盈如彩蝶临于花蕊之上。她一边舞蹈，一边慢舒歌喉："春深雨过西湖好，百卉争妍。蝶乱蜂喧，晴日催花暖欲然。兰桡画舸悠悠去，疑是神仙。返照波间，水阔风高扬管弦……"

没有丝竹管弦，只有她一个人且歌且舞。四周瞬间一片寂静，所有的目光都注视在她的身上，如痴如醉。

苏浅月舞完站住，抬眼向众人看去的时候，她们依旧一脸迷醉地看向她。须臾，爆发的欢呼似乎要掀翻整座房子。

"这是神仙姐姐下凡呀。"张芳华惊讶的声音响起，"袅娜身姿，绝尘人儿，轻盈绝妙，无与伦比，萧妹妹是怎么练就的这一身本领，太叫人惊异了！"

苏浅月笑了笑，转头又看到了翠屏惊愕中带着崇拜的目光。苏浅月对着翠屏一笑，昨天晚上她就该看到自己的舞蹈的，却拖到了今天，这下总算是如愿以偿了。

"红莲，还不把刚才泡的养身茶端来。"蓝彩霞挥着手，一改往昔的稳重，急切地招呼红莲，又忙过来扶着苏浅月，"萧妹妹累坏了吧，快坐下歇息，姐姐都快被你的歌舞给迷醉了，都不知道什么时候才能够苏醒过来。"

张芳华跟着说："古人云'余音绕梁'。萧妹妹的歌舞也是绕梁，这绵绵的余韵不知道什么时候才能够消散。这是给蓝姐姐的华堂添彩了呢，今儿个我不走了，就留在这里回味萧妹妹的歌舞。"

苏浅月当然知晓她的舞蹈迷人，不然自己不会在落红坊成为头牌，亦不会被容瑾赞赏和痴迷，她笑道："没有污了姐姐们的耳目就好，姐姐们高兴就好。"

"娇媚似弱柳扶风，妙曼似彩蝶翩跹，如天上云卷云舒，似波中碎银摇金。妹妹的舞蹈炉火纯青，真不知道妹妹的舞蹈竟有这般境界，快些喝茶歇息一下吧。"蓝彩霞说着，拖着愈发笨拙的身子把红莲端过来的茶盏亲手递给苏浅月。

苏浅月忙接住，对她笑道："只要姐姐觉得好，能开心，妹妹也就高兴了。"

蓝彩霞笑道："只要妹妹们高兴陪我，我自是求之不得，中午妹妹们都不许回去，就在我这里吃顿便饭，算是妹妹们赏脸。"

蓝彩霞身体不方便，苏浅月不愿意过多打扰，本要推辞，张芳华却孩子似的高兴道："好呀，好呀，只是我没有什么技艺可以让蓝姐姐也高兴一下，这样打扰蓝姐姐有些不好意思，不如我也弹奏一曲供姐妹们高兴。"说着转身吩咐她的丫鬟红妆："你回去把我的琵琶取来。"

红妆答应一声离开了。

苏浅月看到张芳华如此天真爽直，不好再说什么。大家都没什么可忙的，一起玩乐一下也好，她所担心的是还有另外两位侧妃以及王妃，若被她们知道，会不会觉得自己在拉帮结派？

只听蓝彩霞言道："张妹妹有此雅兴，甚好。"

情形如此，苏浅月只得顺从。

没多久，红妆便将琵琶取了来，张芳华怀抱琵琶端坐，冲众人嫣然一笑，言道："芳华献丑了，蓝姐姐和萧妹妹都不要嫌弃，都说了我们是玩耍的。"

"张妹妹快别谦虚了，我们等着欣赏你的妙音呢。"蓝彩霞笑着道。

苏浅月看过去，从张芳华怀抱琵琶的姿势就能看得出她的琵琶造诣不浅。想来在这王府中许多寂寞的日子里，每个女子都把自己喜欢做的事情作为消遣和排遣的方式了。

张芳华的手指娴熟地轻拢慢捻，顷刻是空灵婉转的妙音。大弦嘈嘈悠扬，小弦切切婉转，嘈嘈切切似急雨轰轰烈烈漫过山峦，缠缠绵绵似私语呢呢喃喃柔于枕畔。莺歌燕语，花开花笑，泉鸣山涧，珠落玉盘。

待到一曲终了，众人还伸颈凝望于她，苏浅月没有开口，蓝彩霞亦没有开口，红妆傲然笑道："怎么样，我家夫人的琵琶是不是十分好听？奴婢听了好多年，只知晓好听，旁的都不懂，想来蓝夫人和萧夫人是懂得的。"

"多嘴！"张芳华佯作恼怒地斥责红妆，"夫人们面前，焉有你多嘴的？"

苏浅月忙为红妆解围："这就是你的不是了，红妆所说的哪里错了？你的人楚楚动人，你的琵琶更是绝妙之音，你让我们都醉了呢，醉得醒不过来了。"

"是啊，是啊。"蓝彩霞接口道，"张妹妹来王府的时间亦是不短了，姐姐却从来都不知道你还有此绝技，你看上去活泼泼的，爽直明快，却暗藏心机呢，连有绝技都不让姐姐知道，是怕姐姐知道以后缠着你给演奏了？"

苏浅月笑道："是我抛砖引玉，才把张姐姐给引出来。"

张芳华急道："哪里，哪里，是你们取笑了，我是看萧妹妹的舞蹈太过于慑人心魄，才拿出来凑数的，都被你们给取笑了。"她急着辩解，一张脸都飞满了红云。

蓝彩霞笑道："都是自家姐妹，我们都是玩耍而已，又不是在正式的场合。"

张芳华笑道："我自知我的琵琶弹得拙劣，是以从来都不敢在旁人面前献丑，只是在烦闷时一个人解闷儿而已。既然今天蓝姐姐和萧妹妹有兴致，那我就奉陪到底。只是，我只能够弹得几曲，是不会唱的。不如，我来弹奏，请萧妹妹一起歌唱舞蹈？"

苏浅月不想拂了蓝彩霞的兴致，遂点头答应："就依张姐姐。"

蓝彩霞扭头对一脸痴样的红莲笑道："怎么，看傻了吗？去取我的画具来，我要把两位妹妹的芳姿画下来，作为日后我们姐妹一起玩耍的纪念。"

红莲连忙答应一声，生怕她一走就耽误了好景致，匆匆忙忙下去准备了。

苏浅月和张芳华商量该唱哪种曲子，苏浅月暗暗示意了一下蓝彩霞的身子，张芳华马上意会，笑道："我只是简单会一点儿曲子，如此还是请萧妹妹填词赋曲，然后我们再演练了。"

红莲取来纸笔，苏浅月略略思索一下，在纸上泼墨：

明湖意暖，柳丝长，飞花满园迎艳阳。

游舟画舫，女儿笑，闪波碧水流暗香。

志在凌云，腾紫鹏，归看五湖烟霞春。

苏浅月展腕挥毫，一气呵成，随后交给张芳华："请张姐姐赐教，哪里不合拍我们再改动。"

张芳华双手接过，赞道："萧妹妹的字竟这般行云流水，如春风铺展，明月盈怀，更有这清丽的字句，姐姐是万万比不上的了。"接着，又细细读了一遍，"你是写给蓝姐姐的，我唯有好好地配上曲子才能够不枉了你的妙句，只是怕我弹奏不好，玷污了你的词曲。"

苏浅月羞红了脸，亦是难为情："张姐姐取笑了，我才疏学浅，何况我们是玩的，我才敢这样大胆地在姐姐们面前卖弄，不怕出丑。张姐姐若是认真，妹妹可就要惭愧了。"

张芳华冲着苏浅月吐了一下舌头："我也是惭愧、胆怯呀！"

蓝彩霞走至张芳华的身侧观看，张芳华言道："蓝姐姐，你看萧妹妹的字，不说词句如何、意境如何，但看这字体，行云流水，清秀妙曼，就算怀有锦绣妙章的才子亦是不及的呀。"

蓝彩霞双手接过，认真地瞧着，轻轻地摇头叹道："萧妹妹在这王府实在是委屈了，扮作男子在朝堂上和那些男子平起平坐亦是绰绰有余的。"她又喟叹，"不说妹妹才学如何，单就这字，灵动飘逸间藏有豪迈，不单是女儿家的婉转清秀，更有男儿的坦荡宽宏。虚怀若谷，纳天之高远，容地之广博，实在让人叹服。"

蓝彩霞那句"扮作男子在朝堂上和那些男子平起平坐"的话让苏浅月有些微的伤感，她一直都为自己是个女儿身难过，并非为了去和男儿一争高下，而是为了另外的事由——若她是男儿，是不是就能够出人头地，想出办法堂而皇之地为父母洗冤昭雪？父母含冤地下，她由苏浅月成为萧天玥在王府苟且偷生，无时不觉得郁闷，但她依旧不敢有丝毫情绪外露，苏浅月含羞道："姐姐们谬赞，妹妹都要无地自容了。"

蓝彩霞微笑道："萧妹妹不要谦虚了，单凭你的字，姐姐只怕再练习一辈子都不及。"她一面说话，一面细细地看那诗文内容，神色间颇为感动，"妹妹的华章姐姐记下了，多谢你，亦代我腹中的孩儿谢谢你。作为母亲，我亦希望我的孩儿将来能够有凌云之志，展翅高飞。"

苏浅月忙道："愿姐姐的麟儿将来有凌云之志，能青云直上，飞黄腾达，为蓝姐姐增添荣耀。"

蓝彩霞轻轻用手扶住微微隆起的腹部，言道："我记下妹妹们的情谊了，现在一切不必多说，就请妹妹们痛快地玩耍。张妹妹，如何，有没有做好准备，我可是急着要欣赏你们的风采了。"

张芳华扭捏笑道："我着实胆怯，怕我笨拙，配不上萧妹妹的高雅。"

蓝彩霞也笑道："张妹妹何必这般，你不也同样地高雅吗，我们有言在先是玩耍的，倘若你认真，就失了玩耍的趣味。"

"那……萧妹妹，姐姐就舍命陪君子了。"张芳华一面笑着，一面坐了回去拿起琵琶。

张芳华玉指轻轻地拨了一下，即刻有珠玉滑落之吟。苏浅月在张芳华弹奏的节拍里如同春风徐徐展开，团花轻叩，清波微漪，她一面舞蹈一面舒展歌喉："明湖意暖，柳丝长，飞花满园迎艳阳……游舟画舫，女儿笑，闪波碧水流暗香。志在凌云，腾紫鹏，归看五湖烟霞春……"

苏浅月且歌且舞，在张芳华蝶梦春光的韵律中沉入妙曼意境。她们二人之前没有过合作，却配合得天衣无缝，就好像自始至终都贴合在一起，没有一丝纰漏。

苏浅月歌舞已毕，张芳华琵琶停歇，却见蓝彩霞在案上聚精会神泼墨挥毫。苏浅月走过去，见蓝彩霞正画最后一笔，是她们刚才歌舞的场景，勾勒得活灵活现、惟妙惟肖，墨染优雅之趣，景浓鲜明之态，跃然纸上，呼之欲出。

张芳华见苏浅月专注观看，亦走过来凝神端详，口中发出赞叹："原来蓝姐姐不仅仅是刺绣的手艺超绝，画笔更为出神。"

苏浅月同样没有想到蓝彩霞的画技如此高明，看来每个人都是深藏不露的，她暗暗叹服。

蓝彩霞专注画完最后一笔，苏浅月正待开口，张芳华已经言道：

"蓝姐姐的画完全得了神韵，不光画出了表象，还画出了精神，太让人赞叹了。在绘画上，无论是春之风、夏之花、秋之丰、冬之韵，每一季都有骨骼，都有精髓，画者若是仅仅得其景色不得其神韵，仿佛人只有皮囊没有灵魂，是苍白僵硬的。蓝姐姐的画骨骼、神韵都有了，叫人叹服。"

蓝彩霞笑道："这恐怕是我自入了王府后第一件开心的事，亦是我院子里的第一场盛事，得到两位如此高雅不俗的妹妹，我一定要记录下来，以备以后寂寥的日子里想象。"

苏浅月笑道："只怕我和张姐姐的演绎比不过蓝姐姐的丹青之美，我们就给蓝姐姐的绝画填料也好。"

大家心情愉悦，谈笑风生，一时都忘了时间，待到感觉腹中饥饿，已经过了午时，还是蓝彩霞突然想起的，她笑道："两位妹妹知道什么时刻了吗？我都饿了呢。"

张芳华顿了顿，大笑："只顾开心，都忘了时间，亦忘了饥饿。酒逢知己千杯少，话不投机半句多。和蓝姐姐、萧妹妹在一起，什么都忘记了呢。"

红莲笑着走过来："午饭早已经备好，看到夫人们如此好兴致，害怕打搅才没有告诉。"

蓝彩霞笑道："好了，妹妹们填饱肚子再玩，来姐姐这里陪姐姐开心却还让妹妹们饿肚子，都是姐姐的不是了。"

因为张芳华和苏浅月都在，丫鬟准备的午饭很是丰盛。

饭毕，稍坐，苏浅月担心蓝彩霞太累，随即起身告辞："今天叨扰蓝姐姐多时，就到此结束吧。蓝姐姐也该休息一下了，好好保重身体，妹妹们改日再来陪姐姐。"

张芳华也起身道："就是，今日大大地叨扰了蓝姐姐，很是开心。"她笑着，仿佛是因为烦扰了别人而开心的小孩子，"该适可而止的，我和萧妹妹就先告辞，等到再有兴致了，依旧来蓝姐姐这里玩耍。"

蓝彩霞身体比较沉重，这大半日的热闹想来也是累了，她起身笑道："妹妹们在，是姐姐最感开心的时候，妹妹们要走，姐姐也不挽留了，各自回去好好歇息一番，养精蓄锐，等下一次我们再一起玩耍。"

苏浅月和张芳华相携出来后，因为院子不在同一个方向，便分手回了各自的院子。

素凌见到苏浅月回来，一直提着的一颗心才放下，口气中既有担心又有埋怨："小姐去了这么久，我一直提心吊胆的，生怕有什么事。"

苏浅月笑："我这不是回来了吗？玩得很开心，只是有些累。"

素凌道："小姐先歇歇，旁的不要再说了，要说亦得等歇过来。"说着和翠屏一起服侍苏浅月躺在暖阁的躺椅上。

神思悠悠中，苏浅月不知道在什么地方突然看见了萧天逸。他一袭青衫，一头乌发用普通发带束着散在身后，飘逸落拓，身姿清雅，似隔岸一株亭亭玉立的碧树。

面对他，苏浅月悲伤道："哥哥，你这么潇洒自在，可知道妹妹很想念你吗？"

萧天逸的面容有了一丝悲戚："月儿，为兄却不敢想念你，你已是王爷的人了，不属于我。"

苏浅月反驳道："不是，是哥哥心里没有我，才不想念月儿的，何必用诸多理由来搪塞？我是王爷的人，可我不还是想念你吗？跳舞的时候，我就想，若是哥哥在一旁，定会给我更好的建议。"

她说着难过起来，不由得掉下泪来。

萧天逸急了，忙俯身拉住苏浅月的手："月儿，你不要嫁给王爷了，哥哥带你远走天涯，我们一起过逍遥自在、与世无争的日子，好吗？"

苏浅月破涕而笑："好，我愿意。"

萧天逸突然打横抱起了她。

苏浅月只觉得一个怀抱托着她，腾云驾雾般如飞而去。初始没觉得有什么，稍微一愣神儿，才想起她已经是容瑾的侧妃，她怎么能被别的男子抱走？情急之中她连忙挣扎："不。"

一个挣扎，苏浅月突然醒了，恍惚了一下，她才知道那是梦。小憩一下，如何就梦到萧兄？是太想念他了吗？自己是很久没有见到他了，和他在一起的回忆也越来越淡，只剩下那些支离破碎的片段，关于他的某段剪影、音容笑貌，还有伴她歌舞的银箫。

哪怕如今已经是容瑾的侧妃，苏浅月亦不曾忘记过萧天逸，只是暂时让他去了心里的一个角落而已，某一个不经意的碰触，他就会出现。

苏浅月想着，方才他进入她的梦境，一定是因张芳华为她的舞蹈所伴之音，那时她曾想过为她伴奏的人若是萧义兄，她又会用怎样的心情歌舞？

辛苦最是心头痕，一昔成伤，昔昔都成病。
若是隐痕去无踪，不惜冷暖为君卿。
无端尘缘不易绝，才下心头，又上眉梢凝。
醒来恓惶泪成林，默默孤影谁相应。

苏浅月不觉垂泪，又默想一回。

素凌和翠屏以为她还在歇息不敢走近，苏浅月百无聊赖又万分郁闷，复又躺下蒙眬睡去。

等她再次醒转已经是华灯初上，素凌轻轻走来，关切道："小姐，睡醒了吗？今日如何累成这般？最近你总是劳神，都消瘦了许多，该保重身体。"

苏浅月淡淡一笑，素凌又悄悄道："如今小姐歌舞只是消遣取乐就好，何必劳累自己取悦别人？一旦累坏了你，旁人说不得就看笑话了。"

一定是翠屏把自己在明霞院歌舞的事情告诉了素凌。

苏浅月笑道："我没事的，你不要担心。这里的日子太过清闲，仿佛看不见尽头的漫长，不找些什么事来做，这日子怎么打发？"她用戏谑的口气言道。

素凌长长叹了口气："天气寒冷，外出游玩也不方便，是没个去处。小姐喜欢做些什么就做些什么，只是不要太费精神，要保重身体才好。素凌看到小姐消瘦，很是担心的。"

苏浅月低头看了看自己的身体，笑道："没事的呀，我不是还和之前一样的吗？"

"哪里一样了呢？"素凌说着用手轻轻捏了捏苏浅月的肩膀，"小姐在萧公子宅中时，那样欢颜、那样无忧，纵然是日日琴棋书画不得闲，亦是日日丰润，可来这王府以后虽是锦衣玉食，小姐反倒更清瘦了……"

又是萧天逸，苏浅月心头徒然一跳。倘若被素凌知道方才萧义兄就在她梦中，还要和她一起远走高飞，素凌会怎么想？

苏浅月承认在萧天逸那里的日子是最舒心的，亦是她最向往的日子，可惜短促如一阵风。素凌突然说出来，亦是向往那时的舒适自在、无忧无虑。

苏浅月不觉幽幽叹气道："素凌，你也怀念我们和萧义兄待在一起的日子吗？我是想念那里了，很想回到那里去看看。"

"小姐，入了这王府，就没有那般自由了，不是我们说了想去哪里就能去哪里的。"素凌又道，"小姐不要想其他的了，你不最是豁达的人吗？无论哪里都能随遇而安的吗？我炖好了燕窝粥，小姐先喝一点儿，一会儿再正式吃晚饭好吗？"

素凌不愿意在萧天逸的问题上再多说什么，就转移了话题，她很明白多说只能徒增悲伤罢了。

苏浅月慵懒地起身："刚刚睡醒，还不想吃，一会儿连同晚饭一并吃吧。"说着，她移步窗前，外边太冷，站在窗前向外边看看亦是好的，至少可以让混乱的头脑清晰一些。

"那我去一并准备好。"

素凌走了，苏浅月把目光移到窗外。窗外已是昏暗，透过薄透的窗纸，她看到远处的天有些阴沉，是万籁俱寂的阴沉，似乎要下雪了。

这个冬季还没有下过雪，她很期待那种银装素裹的景象，将一切都包容，连同罪恶和阴险，所有的棱角和尖锐亦被抹上柔软和素淡。渐渐地，天空还是云做了主宰，掩盖了声音，萧萧的风匿了身影，窗前的弱竹纤细的身子静立不动，一切都笼上了寂静和萧瑟。

苏浅月注目凝望，不知道以后的日子，是沉浸在萧萧的冷清之中，还是有明艳灿烂的时刻？在王府中，哪怕容瑾对她十分宠爱，她却没有快乐，总是想念在萧宅中那种简单朴实的单纯快乐。

一贯以来，她都喜欢素净的日子，却不知道为什么在王府里，素净的时刻有了淡淡的悲伤，是……为了萧义兄吗？刚才的那个梦，梦里的他那样真切，他说要带她去过云淡风轻的日子……

苏浅月不能否认，自己的心是牵系在萧天逸身上的。从萧天逸为她解围的那一刻起，她就将他视为心中的英雄。隐隐约约地，苏浅月总以为她的一生会和萧天逸牵绊，不料，造化弄人，却是这种结局。

她不知道萧天逸是不是喜欢过她，她是不是亦喜欢过他？那个青衫落拓、眼眸深邃、豪气如云的男子，总是出现在她的思绪中。

在王府中这么久了，也没有他的消息，苏浅月亦不敢带给他消息。可是，她是真的想念他了，很想见一见他。

她亦想过，萧天逸是她的义兄，若她和容瑾说想出府去看看萧义兄，容瑾也许会允许，可她始终不敢提起。萧天逸毕竟不是她的亲哥哥，如此身份的义兄妹，只怕容瑾会多心。还有在这王府，多一事不如少一事，苏浅月不想引起任何的不平静。

第二天晨起后，苏浅月站在窗前，果然是下过雪了。

雪大概是黎明的时候才开始落下，薄薄的一层，均匀地泼洒在了整个院落，绝没有厚此薄彼。除了隐蔽的角落因为上边有物遮掩而没有雪落下，其他处皆匀称地铺展，成为一片银白。放眼看去，只见树木虬结苍劲的枝干上，覆盖着的那一层亮色让千万根枝干更显肃穆萧条。

听到萧萧之声由远而近，想必是起风了，树木上的雪花瑟瑟落下，飘起一道稀疏的银幕。窗下的竹子摇动着羸弱的腰身，似乎有些不堪重负，那银条似的雪花俱被抖落下来。

雪花依旧在飘着，在风过之后又恢复了悠然的姿态，不骄不躁，不急不缓，飘飘洒洒，翩跹着优美轻盈的身姿，把沉静的美丽带到大地上。

苏浅月很想伸手去接一把这精灵般的雪花，从小她就喜欢雪，喜欢它的洁净、优雅，喜欢它无声无息地用纯洁装扮世界。这般的粉妆玉琢、冰清玉洁，是能让人的心灵得到洗涤、得到净化的。她想：倘若雪能永远地把那些污垢静静地掩埋，洁白世界里的罪恶和淫邪是不是会减少？那么美丽的雪，谁会愿意破坏它纯洁的意境呢？

静静地看着雪花没有丝毫做作的姿态，那样的优雅，撩人心醉，苏浅月沉醉着，完全被折服了。

"小姐，下雪天冷，你都站许久了，小心着凉。"素凌拿了一件浅淡橘红的披风为苏浅月披上。

苏浅月转身道："素凌，这雪天不是很美的吗？你看银装素裹的大地，妖娆迷人，我不忍离开。"

素凌点头道："我知道小姐一直都喜欢雪，亦是小姐心性高洁，才忘了严寒只顾欣赏雪的美好，很多人看到下雪只怕都要缩回去围着围炉去取暖呢。我知道小姐有外出赏雪的心思，只是今天不可，小姐忘了今天是去端阳院请安的日子了吗？小姐要赶快吃饭收拾了，好去端阳院。"

苏浅月早忘了今天是请安的日子。看来，无论怎样重要的日子、怎样重要的人和事，都比不过她自己的重要，苏浅月轻笑："我只顾欣赏这雪景了，都忘了其他。"

翠屏走进来给炉火添上银炭，银炭碰撞地燃烧，发出"哔哔剥剥"的声音，房间里骤然暖和了许多。素凌扭头看了一眼才说："小姐哪里是忘了，只是暂时没有想起来而已。"

素凌越来越会说话了，苏浅月看着素凌，想到素凌是怕翠屏听到她的话又生意外才圆场的，她给了素凌一个意味深长的笑容，言道："是的，我收拾了赶早去。"

翠屏收拾好炉火也笑吟吟地走过来，关切道："夫人就这般地站在窗前，不冷吗，只怕要着凉的。"

苏浅月回给她一个笑容："没什么要紧的，你不是已经弄好炉火了吗，这房间里很暖和了。"

素凌接口道："窗户底下有风，小姐别在这里站着了，梳洗用饭吧。"

苏浅月言道："好。"

去端阳院时，苏浅月带了素凌。

自从有素凌相伴以后，以前每年的雪落之日苏浅月都会带着素凌外出赏雪，哪怕时过境迁。今日带着素凌出来，也算是赏雪了吧。

"小姐，你冷吗？"素凌扶着苏浅月的手臂，问道。

"有一点点冷，不过有你在身边，就觉得心里是暖的。"苏浅月低笑一声。

"我不管哪样，只要小姐好就行。"素凌亦笑。

薄薄的雪踩上去，发出"咯吱咯吱"的响，亦有纯白的雪花沾在靴子上，素凌一边扶着苏浅月一边提醒道："小姐，小心脚下。"

风拂过，树枝上的雪花瑟瑟落下，突然有清幽的冷香徐徐扑来。

"小姐，我闻到梅花的香气了，一定是琼苔园子里的梅树开花了。"素凌言道。

苏浅月一片神往之色："是啊，我也闻到了，等我们有空闲了就过去赏梅。雪天的梅更清冽惹眼，最是好看。"她一面向往地说着，一面不觉吟出，"凌寒犹自俏花枝，嫩蕊尽绽香冷时。谁道遥遥不得见，素风吹送路人知……"

"哟，好一个'凌寒犹自俏花枝'，妹妹好雅兴，也好才情，连到端阳院请安都觉得不如吟诗赋词重要。"

苏浅月的话还没有说完，忽听身后略带尖锐的声音传来，她忙回头去看，李婉容一副盛气凌人的样子走了过来。

苏浅月和她第一次见面就有了嫌隙，之后自然心中提防。亦是因此，每次相见，苏浅月都按照礼节尊重于她，不想和她有任何过节。看她走近，苏浅月只按照王府规矩恭敬行礼道："李姐姐早安。"

李婉容方才嘴上刻薄了，此时并没有继续苛刻，反倒貌似十分亲昵地言道："萧妹妹早啊，我一早起来就收拾好赶了过来，都没及得上萧妹妹的早。天气寒冷，我都不愿意动弹，萧妹妹却还有这样的雅兴吟诗作赋，姐姐我真是佩服啊。"

苏浅月脸色微红，言道："这样的天气，怕冷亦是正常的，我不也同样地怕冷，所以这般时候才出来的吗？"

李婉容固执道："还是你早，我是害怕冷走得快了些才赶上你，还是萧妹妹你来得早。"

李婉容并没有过分责难，苏浅月亦顺其自然地与她相随着一路走去。

到了上房，其他夫人俱已到齐。

"太妃早安。"

苏浅月忙给太妃施礼问安，之后又按照排行给众位夫人问好后才坐下。

太妃慈目地扫过大家，微笑道："今日的天气冷了些，大家就都在自己房里待着罢了，却还是不忘老身，倒是叫老身高兴。"

王妃忙道："再冷的天气，亦是不能缺了礼数，再说了不来见一见母妃，我等怎么安心待在房中？"

众人附和道："是啊，不知道母妃身体如何，我等又怎么安心？"

苏浅月看到侧太妃不在，想着一定又是老王爷身体不大好了。平日里若是老王爷身体无碍，侧太妃总会过来和大家一起坐坐的。至于老王爷那里，他常年卧病在床，不愿意被人打扰，没有特殊事由就免去了众人的请安问候，苏浅月亦不常去问安。

想到侧太妃是容瑾的生母，还有她送自己的碧玉七宝玲珑簪，苏浅月不觉惦念起侧太妃：这样的天气她会不会怕冷？还有侧太妃尽心尽力伺候老王爷，让苏浅月在心里对侧太妃生出了敬意。

众人坐着说笑着，却没有一个人提到侧太妃，苏浅月心中有些不安。

从太妃处走出来，苏浅月极想去看望一下侧太妃。她握了握素凌的手，道："天气这般寒冷，不知道侧太妃怎么样了，我想去看看她。"

素凌站住，望了一眼依旧不时飘雪的天空道："小姐想去我们就去吧，不然回去以后你也要惦记，万一又要跑出来去一趟，反倒费了周折。"

苏浅月微笑了一下，便和素凌一起朝后堂走去。

到了后堂，进入暖阁，苏浅月一眼看到侧太妃正扶着咳嗽不止的老王爷，轻轻地给他捶背。侧太妃身边站了几个丫鬟等着侍奉，她却亲自做这些，这才叫相濡以沫的夫妻。

苏浅月恭敬地跪下请安："给父王请安，父王福寿宁康。"

素凌亦跟着跪了下去。

"起来，起来……"

床榻上的老王爷声音含糊，苏浅月不知道他是否听得清楚别人说话，心中有些难过，又对侧太妃道："给侧太妃请安。"

面对侧太妃，苏浅月总有一种感动，为她对老王爷这份真挚的感情。苏浅月又想起容瑾虽对自己很好，可是自己却在心中保留着一份自私，不容纳任何人。

"玥儿快起来。"侧太妃用一只手虚做了一个搀扶的姿势，苏浅月起身立在她的身边。

"父王的身体可好转一些了？"苏浅月不过是客气地问一句，她早看出老王爷的身体并没有好转，她只期盼老王爷的身体能好些，侧太妃也就少些劳累担忧。

"这几日里天气越发寒冷，老王爷畏寒，是以反倒有沉重之势。玥儿，难得你有这片孝心，这般冷的天气里依旧惦念着我们。"侧太妃叹了一口气，用别样的眼神看着苏浅月，"玥儿，你没有让我看走眼。"

苏浅月心中难过，今日除了她之外，再没有旁的夫人来看望老王爷和侧太妃了。这样冷的天气，大家都怕冷，更何况王府中的人一贯爬高踩低、趋炎附势，老王爷如此又能给谁带来好处？侧太妃亦不过是服侍老王爷，不管事的，冒了寒风来给不能带给自己好处的人请安，若反倒让自己受了风寒就不值得了。

　　苏浅月很想叫她一声"母亲"，因为她是容瑾的生母，可是这样的称呼是不合礼数的。她摇摇头又点点头，不知道该做怎样的回答。

　　此时丫鬟端着一只银碗过来："老王爷的人参汤熬好了。"

　　"端过来。"侧太妃吩咐道。

　　那丫鬟走上前来，恭敬地托着银碗，侧太妃用银勺舀起一点儿放在嘴边试了试温度，才把人参汤喂给老王爷。苏浅月在一边看着，心里百般滋味。这些事情丫鬟们完全可以做的，侧太妃亲自做，是担心丫鬟们笨手笨脚做不好吗？

　　老王爷脸色赤红，应该是虚火太旺的原因。苏浅月看着老王爷，想到人参汤虽是大补，但老王爷如此虚弱的体质能承受多少？人参太过于猛烈，老王爷用合适吗？她虽然不懂医理，却总觉得这种情形下给老王爷用人参进补不会有好的效果。

　　侧太妃终于把那小半碗参汤给老王爷喝下，这才下榻，吩咐丫鬟好好照顾老王爷，随后牵着苏浅月的手来到中堂："老身并没有事情，你不用担心，只是老王爷碰到这种天气，身体会受影响罢了。天气寒冷，你也要注意保重身体，别受寒了。"

　　"照顾父王重要，您的身体也很重要，别太累着自己了。"

　　侧太妃眼里似乎有泪，她一面摸着苏浅月的手，一面垂下了眼皮："玥儿，老身知道你的意思。我……我也是没有办法了，只能尽心尽力照顾老王爷，才能报答他对老身母子的恩情……"

　　"侧太妃，您对老王爷的情意，大家都心知肚明，您也尽心竭力了，不要太苛责自己。"除了安慰，苏浅月实在找不到旁的话来说。此情此景太让她心酸，苏浅月不知道太妃有没有想过来看看老王爷。

太妃和老王爷之间的过节，皆因容瑾而起，他们之间的夫妻关系只是维持着表面的体面罢了，彼此心里是恨着对方的，不知道他们是不是就要这样一辈子互不原谅？侯门王府的种种，真不是普通人能了解的。

"老王爷的身子，你是看到了，老身没有办法，只能尽力照顾他才能心安。"

苏浅月无话可说，只是静静地陪着侧太妃。

侧太妃又慢慢言道："玥儿，看得出你是懂事聪明的女子，老身把不该说出的话都说了出来。以后……等老身不在了，你可要用心对待瑾儿，只希望你能看着他、提醒他、帮着他，不要让他犯太多的错，他走到今天实在是不容易。"

苏浅月心里一沉，这样的交代太过沉重，她能做到吗？最终还是不愿意让侧太妃不放心，她只得言道："侧太妃不必担心，凡是月儿能够做到的，自会尽心尽力去做，王爷亦是月儿的夫君啊。"

侧太妃释然道："那就好，瑾儿不惜一切代价也要将你留在身边，老身相信他的眼光。有你在瑾儿身边，老身也觉得欣慰，哪一日老身不在了，你还在，老身也会安心的……"

苏浅月忙道："侧太妃言重了，您身体康健，一定能帮到王爷更多。至于月儿，本就是王爷的女人，自然一切从王爷的利益出发，站在王爷的立场帮着王爷。为自己的夫君着想，这本是一个女人的职责，姐姐们都会为王爷着想的，您不必多虑。"

可怜天下慈母心，侧太妃为了自己的儿子，甘受和儿子分离的痛苦，如今儿子根本不用她的庇护，她却依然这么护着。

侧太妃点头，叹道："你是聪慧的女子，明得是非，识得大体。

我们身为王府里的女人，一切都要依附于男人，唯有男人飞黄腾达，我们才能跟着夫荣妻贵，这也是没办法的事情。老身……不管老王爷会怎么样，有他一日老身就觉得有依有靠，不觉得孤单寂寞。"

侧太妃的话让苏浅月有些心酸，像她们这样的女子一生都要维系在男子身上，几乎所有的女子都已经习惯了，嫁了就不敢有丝毫更改，一生唯夫命是从。

又坐了一会儿，陪着侧太妃说了很多话，苏浅月觉得时间不早了，这才起身告辞回了凌霄院。

一路上雪花纷纷坠落，苏浅月的身上沾满了雪，一进屋，翠屏忙走过来掸掉她身上的雪，又帮她把貂裘大衣脱下："夫人走的时间比往常长了许多，奴婢知道天气冷，怕夫人冻着了，正担心着呢，夫人快到暖阁缓和一下。"

刚刚走至暖阁，一股带着檀香的热气扑面而来，苏浅月顿觉绷紧的神经为之一松。

银炉里的炭火烧得正旺，银炭燃烧出一片明艳亮丽，给人满心的欢愉和温暖；炉火上铜壶里的开水"咕嘟咕嘟"地冒着热气，给人朴实的温馨。苏浅月刚刚坐下，素凌已经把准备好的香茶奉上："小姐，快喝一口热茶暖暖身子。"

苏浅月一笑："你不冷吗，你也快快暖和一下吧。"

翠屏掸着素凌的衣裳，关切地道："是啊，都去了那么久，我从窗前看到外边不停落地的雪花就感觉冷呢，何况你们是从那雪地里走回来。"

素凌听着翠屏的絮叨，对翠屏亲昵一笑，苏浅月心里也扬起暖意，不由得跟着一笑。

素凌言道："外边是冷了一点儿，不过没有想象那样冷，不然我们小姐不会在雪地里走这样久呢，是不是，小姐？"她俏皮地冲苏浅月笑笑，又对翠屏道："我们一路是嗅着琼苔园里的梅花香气回来的，那香气直叫人陶醉，小姐告诉我，'不经一番寒彻骨，怎得梅花扑鼻香'，只有在风雪逆境中经过锤炼，才更得芬芳。梅花那么香，亦是经过寒冷才有的。"

翠屏笑道："夫人说得自然极是了，我说你怎么这般香，原来是冻出来的，那你再去外边冻一冻，让你整个人都变成香的，我们这院子里都不用点香了。"

翠屏的话一落地，素凌就忙着追打她："要你小蹄子这般胡说。"

苏浅月含在嘴里的一口茶险些喷出来，就这样看着她们追打嬉闹，暖阁里顿时扬起快乐的气氛。她喜欢看她们快乐，唯有这种时候她才会不去想别的，没有忧郁也没有烦恼。

午后，雪花依旧在飘飘荡荡，一朵朵轻盈的雪花，漫不经心地挥洒着，温柔妙曼、细碎、轻巧，似正在舞蹈的小精灵。

苏浅月不晓得还在下雪，歇息起来后，因惦记着要外出赏梅，临窗向外一看，才见到了飘着的雪花。"有梅无雪不精神，有雪无诗俗了人"，临雪赏梅，这是浪漫美妙的意境，苏浅月想着便是一笑。

"夫人，还是远离窗户吧，外边雪罩着，窗户边上会冷，小心着凉。"

还没有动作，一个声音自身后传来，苏浅月缓缓回头，看见翠屏手里抱了一个银色刻花的小暖手炉过来了。

看到她回头，翠屏忙把暖炉递给她："夫人，天冷，小心冻着了。"

苏浅月伸手把暖炉接过来。

"夫人喝杯热茶暖暖身子。"翠屏又殷勤道。

"好。"苏浅月抱了暖炉离开窗户，走到案几旁坐下。

正在整理衣物的素凌将手里的最后一件衣裳放回柜子里，转身来到苏浅月身边，笑着道："小姐，外边的雪不大，但下得时间久了，均匀地铺满了地面，很是洁白漂亮。"

"你出去看了？"

"是呀，小姐熟睡的时候，我到门外看过了，雪花轻轻柔柔落在掌心，片刻就化了，好美。"

"你倒是开心了。"

"小姐嫉妒了。"素凌掩口笑着。

"那么冷，你偏偏出去看，怪人一个。"翠屏插言道。

苏浅月心说，幸好她没有说要出去的话，不然是不是也要被看成怪人？素凌不失时机地反驳："没见过你这样怕冷的。"

"你不怕，把棉衣裳脱了去。"

苏浅月没有理会她们两个人的争执，放下茶盏起身走往琴案，外出赏梅是不可能了，不如趁这个时间谱写《羽衣》和《霓裳》的曲子。

《羽衣》的词句已经写好，但曲子还没有谱好，她总是觉得曲子艰涩凝滞，却想不出是哪里不够顺畅。

虽然歌舞是作为消遣娱乐之用，然而太过于粗糙的话，苏浅月自己都不能接受。直到将整个曲子都调试完毕，她才长长地舒了口气，抬头想要动一动，才感觉到颈部都酸了。

"小姐，又不是赶着做什么，有的是时间做修改，何必这般劳神？"素凌心疼道，忙不迭地给苏浅月揉着脖子。

苏浅月用力地仰着头，转动着如玉的颈项，言道："又不是做针线，随时拿起来就能做的。弹歌作曲需要心思到了才行，有一丁点儿的走神儿都分辨不出错处来的，自己不用心，如何让别人感知到其中妙处？"

"小姐与我说等于对牛弹琴，我丝毫帮不上小姐。"素凌惋惜道，"方才见你全身心投入，就想着一会儿你又要累坏了。"

"不用你帮忙，有你陪着我就好了。"苏浅月抬手将素凌的手牵引到她感觉不舒服的部位。

翠屏捧着一只银碗轻轻走来："夫人，看你专心，刚才不敢打扰你，这是奴婢做的提神汤，夫人喝了解解乏。"

苏浅月端了碗对翠屏浅笑道："不碍事，没有那般仔细。"

"甜中带一点儿微辣，香气纯正，入口清淡爽滑，落在胃里暖融融地舒服。翠屏，你用心了。"苏浅月把碗递给翠屏，赞道，"你做的汤越来越精致了，这般好喝。"

"这汤奴婢以前做过，来到这里怕夫人觉得不好喝才没有再做。据说这汤有驱寒提神的功效，今儿天气寒冷，奴婢就做了一点儿给夫人尝尝。若夫人觉得好，今后奴婢就常做给夫人吃。"

苏浅月展颜一笑："有劳你了。"

晚上，素凌把莲花烛台上的红烛挑亮时，道："小姐今日忙了好多事，是不是想早点儿歇息？"

突然，烛火猛然一跳，爆出一声清脆的响声，苏浅月抬头向烛火看去，那艳艳的红已经在平稳地摇曳了，静静地给房间添了几许温馨和祥和。

看着烛火，苏浅月突然想起了容瑾的生母——侧太妃，她就是这般，夜夜在烛光下陪着生病的老王爷吗？老王爷对她的好究竟有多少，对她的情究竟有多深，值得她这样虔诚地陪伴？作为一个局外人，苏浅月除了猜测无法想象。

"不着急。"她无心地回应一声素凌，心思完全放在了侧太妃身上。

眼前闪过侧太妃的身影，鬓边的几缕银丝恍然在烛光下闪亮的样子，苏浅月想象不出她那沧桑的痕迹，有过多少坎坷的晕染。她又想起了老王爷，听容瑾说他和太妃决裂之后，一直和侧太妃相伴，不知道他对侧太妃的感情有多深？或者就是因为无奈的不得已？

卧床的日子里侧太妃那般地殷勤侍奉，老王爷定然心知肚明，又有多少宽慰、多少感动？

和太妃在一起的时候，从来没有听太妃提过她和老王爷如何，亦没有提起过老王爷和侧太妃如何，她对老王爷有过恨吗？对侧太妃有过恨吗？

心里纠结缠绕了那么多思绪，苏浅月只是定定地看着那烛火。

素凌看她又发呆，忍不住出声："小姐，这一日你都没有清闲，又在动哪一个脑筋了，别总是这么伤神。"

苏浅月浅笑道："我想起了侧太妃和老王爷，寒暑往来不离不弃地相守，也算得上是执子之手，与子偕老了，让人感动。素凌，你看侧太妃对老王爷的照料，那般用心、那般殷勤，倘若无情，能做到吗？"

"小姐，好像……好像我们和太妃在一起的时候，从来没有听太妃说起过他们之间的事。"

苏浅月低下头若有所思，忽而抬头道："素凌，你不觉得老王爷和侧太妃是幸福的吗？"

素凌的目光落在苏浅月的脸上："不知道，他们是幸福的吧？只是还有太妃，太妃应该是他们中的一个，他们三个人都觉得幸福才是真正的幸福，可为什么独独侧太妃与老王爷在一起？"

苏浅月一惊，她还没有想到这一点，他们……他们不是两个人而是三个人，他们的幸福还要包含别人。她刹那间明白了一个人的复杂，无论谁都不是孤立的个体，亦没办法和孤立的另外一个个体成为绝对的配偶，如此，原本纯粹的私密感情被东边扯一下西边拉一把，散乱到不成体统，又怎么会有幸福？

"素凌，你对世情的看法越来越深刻，越来越透彻了。"

苏浅月不由得想到了她和容瑾，其实哪里是她和他，容瑾还有其他的夫人，还有众多的姬妾，她们没有哪一个可以得到单纯的夫妻幸福。

素凌笑道："若是我有点儿悟性，也是受小姐的熏陶。跟了小姐这么多年，小姐这般教诲于我，我再笨也有灵性了。"

她倒是会说话，把那些好都推给了苏浅月。

许久，苏浅月道："素凌，侧太妃那样辛苦地照顾老王爷，太劳累了。你看到老王爷的情形了吗？他双颊赤红，应该是虚火旺盛，侧太妃却用人参汤给他进补。人参虽大补，然而性烈，不适宜老王爷那种虚弱的身体，我突然想到用温和一点儿的汤给他进补最好。"

素凌点头："小姐所言很有道理。小姐，你是想？"

面对素凌充满疑问的目光，苏浅月有些微的羞涩和惭愧，她不知道自己这样多事是对是错，不过是因为侧太妃是容瑾的生母罢了。容瑾对她宠爱，侧太妃也是如此偏爱于她，她总要做点儿什么才觉安心。

"侧太妃太辛苦了，我是想减轻一点儿她的负担。"

"小姐的意思我明白。你总是这样为别人着想，我只是担心其他人又要多嘴了，不过小姐的心是善良的，走得正行得端。"

苏浅月点头道："侧太妃是王爷的生母，又对我这般看重，我本来也不想多事，可实在是可怜侧太妃太辛苦。以前我看祖父调养时，有一味百合固金汤甚好，用银耳、大枣、枸杞子、百合、莲子，再加一些冰糖细细熬煮。做法我教给你，你每日做了遣红梅或是雪梅送过去，只盼望老王爷能好起来，侧太妃也算能解脱了。"

素凌应道："明日开始我就依照小姐吩咐为老王爷熬制补汤。"

二人又说了一些细节，素凌看了窗户一眼道："小姐，还说要你早点儿歇息，都什么时候了，有话我们明天再说吧。"

苏浅月点头道："好。"

素凌服侍苏浅月躺下才出去。

苏浅月静静地躺在床榻上，轻软的鹅绒锦被柔软温暖，她在黑暗中思虑了很久也没有睡意。

　　窗外起风了，迅疾时带着尖细的哨音，有树上的雪花被吹落时的簌簌声响。寂静中，苏浅月想雪花是不是还在飘落，又落了多少……

　　房内很是温暖，素凌又在香炉里点了檀香，温暖弥漫，清香袅袅。

再相见，物是人非事未休

第八章

翌日，素凌轻轻走至房中的时候，苏浅月才醒过来。此时天色大亮，霞光映照在窗纸上格外耀眼，又一缕缕地在地上、床上交错，苏浅月眯了眯眼睛。

见她睁开眼睛，素凌走过来帮她穿戴："小姐，昨夜睡得好吗？昨日你颇是劳累又那般晚睡，我还担心夜里冷，怕你睡不好。"她的关切溢于言表。

苏浅月一笑："有你这般照顾着，我能睡不好吗？"她把目光落在素凌身上，忽而叹气道，"只是，你不能一辈子在我身边照顾我啊。"

素凌停了手上的动作："小姐，你是不是嫌弃素凌哪里做得不好了？"

苏浅月忙否认："没有，没有。"此时难以和素凌说清楚她的意思。

素凌仿佛全不在意，只正色道："小姐是不是没有睡好？"

苏浅月心中感动，素凌是真正为她好的人，倘若真有一日素凌嫁人走了，她还不知道会怎么样，但她却不敢说出来，只得答道："有你的照顾，还有你的心在，我不会睡不好的。倒是你……我总是想着我忽略了你，你也睡得好吗？"

素凌抿嘴笑道："小姐睡得好，我自然就睡得好了，我也有小姐的疼爱和小姐的问候关切着。"

翠屏手里端了一盏热姜茶走进来:"夫人,外边的天气冷得很,先喝一杯茶暖暖身子。"

苏浅月接过来,抬头道:"你是不是特别怕冷?"

翠屏不好意思地笑道:"是,冬天的时候奴婢总是觉得冷,哪怕房子里很暖也觉得冷似的,总是不由自主就感觉冷。"

素凌接口笑道:"那你就冬眠了吧,和青蛙一样,待到来年春暖花开时再出来。"

"让你总是取笑我。"翠屏说着转身用手去搔素凌的痒,素凌忙去躲闪,她们两个嬉笑着相互追赶。苏浅月手里捧了茶盏,一面慢慢喝着一面看她们嬉闹。

用了早饭,苏浅月倚在窗前向外边望,望到了一个银色的美丽世界。

想起了昨日去端阳院时路上闻到的梅香,苏浅月扭头看了素凌一眼。素凌正在往炉子里加炭,抬首看到她的目光,笑笑道:"小姐,有什么事?"

素凌的笑意味深长,苏浅月不知道她想到了什么,有些不好意思道:"还记得昨日闻到的梅花香气吗?"

素凌站直身体,笑道:"我就知道小姐惦记着要去赏梅的。今天天气已经晴朗,没有那般冷了,我陪小姐出去。"

被素凌看破心思,苏浅月笑道:"我是想要出去走走的,若你怕冷就不要出去了,我自己去。"

素凌故意撇嘴道:"往年我不都是陪小姐出去赏梅的吗?怎么今年就怕冷了呢?"

扶了素凌走出去,苏浅月就像被圈在笼子里的小鸟被放了出来一般欢喜。她身上狐裘大衣的颜色和雪色一模一样,穿上它站在雪地里,远远看去便和雪融为一体，是耀人眼目的惊艳。

素凌望了一眼被白色映衬得愈发肌肤如玉的苏浅月，笑道："小姐，你越发像玉人一般了，倘若王爷见到你，肯定不会去上朝了。"

"又胡说了。"苏浅月斥道。

"没有，素凌说的是真的。"素凌笑道。

一路走来，那些甬道上的积雪已被仆人们打扫干净，湿润洁净的青色砖块颇是亮眼。因为阳光的照射，雪地一片耀眼，纯白中反射出庄严的金色。树木的虬枝上积累着亮亮的白色"银条"，风吹过时瑟瑟落下，弥漫起一阵阵柔媚而冷冽的雪雾。

走过一道道门，梅花的清香隐隐约约传来，愈发带了诱惑的味道。

苏浅月的脚步急切起来，那冰洁玉骨的精神是她向往的。每一年梅开的季节，她都不会错过。

"众芳摇落独暄妍，占尽风情向小园。"即使没有看到梅花，她亦能想象得出那铁杆儿虬枝上的娇艳，如今它擎了雪，又是怎样的绝色？

"小姐，你看那边，那一树梅花是白的！白梅！"素凌突然用手指着远处几乎和雪融为一体的一树白梅喊道。

苏浅月抬起头，她看到了：铁树银琼，清香冷冽，不染尘埃。她的唇角不觉带上了欣喜的笑意："是啊，那样的白……不染一丝尘埃，高雅，远离世俗污秽，那样的神圣令人叹为观止。"

沁人心脾的清香在风中越发清新，让人从内到外有被洗过的感觉，苏浅月深深吸了口气。

"真好看。"素凌叹道。

苏浅月扶着素凌的手走进去。

这里是梅园，不止有那一树白梅，还有红梅，红白交映，艳丽无比，如同仙境一般。

素凌不仅再次赞叹道："小姐，每次和你一同出来赏梅，就感觉整个人都通透了呢。这梅花在百花凋谢、最寒冷最凛冽的时候才开放，这要多大的勇气呢！"

苏浅月用力地点头。

梅花，唯一的不畏严寒、敢于和严寒做争斗的花。她爱极了它的傲骨，看着它们傲然的姿态，她轻轻吟道："谁道严寒阻娇颜，无边风雪托傲岸。只为倾心一意牵，芳魂风流性独洁。"

"扶梅翠竹映雪原，靓影芳姿谁为先。觅我前缘几度恋，琼瑶艳色复得见。"

忽听身后一男声和她的咏梅诗词，惊得苏浅月一个趔趄，便是脚下一滑，若不是素凌扶着她，她定会跌倒在地。

苏浅月转身回望，却见一丰神俊逸的白衣男子立于雪中，飘散的长发被一根金色缎带束着，倾泻如墨。他就那样亭亭玉立在不远处。

"打扰到萧夫人了。"他含笑施礼。

他是谁，怎么会知道她？苏浅月从来没有见过他，更不晓得他是谁。王府中的男子，除了容瑾还有谁是这般风姿？细看他，身材、相貌和容瑾恍惚有几分相似，只是少了容瑾的威严而多了几分疏淡柔和。他腰横玉笛，翩然飘逸。苏浅月突然想起他是王府的二公子，容瑾的弟弟，一定是他！

男子的话让苏浅月一惊，顿觉脸上灼热，她忙对他一笑，还礼道："不敢当。"

苏浅月偷眼看到他在细细打量自己，目光中有熟悉的炽热，亦有说不出的某种东西，仿佛她是他某位长久不见的朋友。苏浅月内心疑惑：自己和他从来没有交集，他既知自己是容瑾的侧妃，何以用这种目光看自己？

百思不得其解，又很想逃去，却又觉得不妥，就那样窘迫着，苏浅月最后只得问道："你是……"

他慢慢开口道："嫂夫人。"

果然是容瑾的弟弟。

既然他道出身份，苏浅月碍于身份，只得再次对他施礼："二公子好。"

容熙的目光中突然带上了说不出的特别，口吻中似乎也满是幽怨："应该是容熙拜见嫂夫人。"说着，他深深施了一礼。

苏浅月不知道该怎么回应他，僵立在原地，素凌看到二公子仿佛有话要和小姐说的样子，担心有人看到不好，忙道："小姐，我先去那边折几枝梅花。"

"去吧。"苏浅月道。

她是容瑾的侧妃，却和别的男子在此逗留，若是被那些多事之人看到，不定会生出多少事来。也是素凌警觉，想到去把风，苏浅月才略略放心。

容熙看着素凌远去，一双冷艳的眸子定在苏浅月的脸上："嫂夫人，哥哥对你可好？"

苏浅月一愣，这岂是他可以问的话吗？他也太唐突了，容瑾对她好与不好，也不是他这个当弟弟的人该问的。于是，她口气冷冷道："二公子欲要跟我说的，就是这个吗？"

容熙没有丝毫尴尬，更没有因为苏浅月不屑地反诘而恼怒，他依然是那种冷冽淡然的姿态："不是。"

苏浅月暗自又是一惊，他倒是够镇静的，不觉中她羞涩得面若红霞："那，多谢二公子关怀，妾身告辞。"说完就要离开。

容熙没有理会她的话，反倒拦了她的路，言道："我要和你说的是，我也是这王府里的主子，容姓的主子……你懂吗？"

苏浅月没有料到他会这样说，更不明白他是什么意思，她直言道：

"不懂。"

他看着苏浅月，轻轻地笑了："你懂的，你那般冰雪聪明，没有你不懂的。"

初见他时，苏浅月对他没有恶感，又知晓了他是容瑾的弟弟，她便一直客气应对，谁承想他竟拿出这种暧昧不明的话来，苏浅月心中不悦，正待反驳，又听他说道："这般美妙的景致，得遇嫂夫人这般才情的绝色佳人，真是人生一大幸事。缘分使然，机会难得，我们联句如何？"

他竟然如此唐突！苏浅月心中鄙薄："小女子才疏学浅，怎敢在二公子面前卖弄？公子雅兴，小女子怕破坏了，这就告辞。"

"慢着。"怕苏浅月离开，容熙疾呼，"你不是来赏梅的吗，怎么梅花还没有欣赏就这般急着回去，岂不是辜负了初衷？"

苏浅月不再多说，这样轻佻无礼之人令她不齿，于是匆匆转身从另一处逃开。

"苏浅月！"

脚步刚刚迈出，苏浅月骤然听到容熙唤出了她的名字，一下子就愣了。

他……他怎么会知道自己是苏浅月？瞬间震惊，苏浅月停步，转而望着他。

容熙正用深邃的眸子凝望着她，里面似有无限伤痛，更有说不出的悲哀。

苏浅月心中浪潮滚滚又胆战心惊，他从何处知晓自己叫苏浅月的？她本是秦淮街落红坊的舞姬，若她的真实身份在王府里传开，她无法待得下去还罢了，容瑾呢？他的颜面何存？更有朝廷法度在，只怕皇上都不会饶过他。苏浅月这般一想，便被吓住了。

容熙这般恶毒！苏浅月的目光中已经有了敌意："你呼唤何人？"

"本公子在唤苏浅月。"容熙一副不卑不亢的模样。

"苏浅月在哪里？"苏浅月暗中心惊，却希望搪塞过去。

"这里何尝有另外的人在？"容熙反问。

苏浅月心中一跌，原来容熙真的知晓她的底细。既已如此，分辩毫无用处，苏浅月昂然问道："唤我还有何事？"

容熙看着苏浅月，眸子里若有若无的痛楚加深，他深深叹了口气："苏浅月，你可知道，最先认识你的人是我，不是睿靖王容瑾！你知道吗？明明先遇见你的人是我。"

苏浅月不觉变了脸色，她什么都不知道，更不知道他们兄弟之间又有何事。

容熙不理会苏浅月，只顾言道："是我在落红坊看到的你，见到你的第一眼，我就喜欢上了你，我发誓要娶你回府做侧夫人。只因你的身份……我没有办法，只得回到王府向哥哥求主意。为了你，我费尽心思，只希望哥哥能帮我想到主意顺利迎娶到你。本公子只有两位夫人，娶你没有任何障碍。哥哥看我这般不管不顾爱上一个烟花女子，好奇心顿起，他乔装改扮偷偷到落红坊看你。我没有料到他竟然也看上了你，甚至完全忘记了他的身份，更抛弃了王府训诫的兄弟之义，从我手里霸占了你……"

容熙的话让苏浅月脑海里一片嗡嗡作响：容熙在说什么？他怎么会先于容瑾认识自己？这到底是怎么一回事？

苏浅月并不知晓容熙所言是真是假，她完全被震惊了！怎么会这样……

她的一双眼睛只是注视着容熙，无知无觉。

容熙浑然忘我，完全沉浸在自己的感情中，他径直说了下去："他完全忘记了给我的承诺，只是秘密地安排着你的一切。他已经有了一位王妃和四位侧妃，按照王府规矩是不能再迎娶侧妃的，但他不在乎更不管。他……太自私了，那么无耻霸道，行事标准是他的喜恶，什么国法家规、情义道理，在他眼里都恍若无物。父王年迈多病，对他无奈，母妃一介女流更是奈何他不得。苏浅月，你不知道他是坏了祖上的规矩迎娶你的吧？更不知晓他是从我手里夺走你的吧？我一介文弱书生，拿什么与他争夺？更因我顾全大局，更懂得礼义廉耻，就无法和疯狂的他一较高下。"

苏浅月张口结舌，这一切令她陷入混乱之中，不知道该如何开口。

容熙难过地笑着："不知礼义廉耻，不顾信义道德，才是制胜法宝，我饱读诗书，反倒成了束缚胆气的桎梏。"说着，他又是一叹，"我也鄙视我的懦弱，懦弱到连自己心爱的女人都要拱手相让，看到心爱的女人落在了别人手里，都……都无能为力……"

苏浅月脸上顿时失色，除了震惊还是震惊！容熙话里的每一个字都如同一把锤子重重地击打在她的心中。他说的她不知道，从来都不知道！怎么会如此？她觉得容瑾不会那么做的，她不是容瑾从弟弟手里强行霸占过来的女子，不是……

可容熙的话如果是真的，她该怎么去接受？

容熙说完后沉默了，整个人仿佛都没有了力气一般，只有眼眸里的伤痛和悲哀没有沉默，反而是越来越浓。

"苏浅月，你本来是我的。"

苏浅月无言以对，再不敢看他，目光转到了别处。

天气晴好，阳光明丽，落在雪地上金光万丈，让人不敢直视。树上的梅花却风姿绰约，浓郁清冽的香气缕缕不绝。苏浅月再次有被震撼到的感觉，此时她分不清是被容熙的话震撼还是被这眼前美景震撼。她本是为美景而来却遇到了意外，如果可以选择，她不想遇见容熙，更不想听到他的话，今天她就不该出来的。

许多事、许多真相，一旦知晓就会被其左右，反倒不好。苏浅月又恨自己失了稳重，为什么迫不及待来琼苔园？若不是来琼苔园，又怎么会和容熙相遇？若遇不到容熙，容熙口中的话她就不会听到了。

积雪原本不厚，阳光强烈的地方已有积雪在融化，雪地在阳光下开始变得残缺不全。树枝上的积雪也在融化，滴落的雪水把地面雕铸成一个个大大小小的洞。

苏浅月凝神地看着那残缺不全的雪景，忽而想到自己的人生。她的人生在她成为一名舞姬的时候就已受人操控了，哪怕她嫁进王府亦是身不由己。

容熙在说完心中郁结的话语之后就一直沉默着，脸上反倒没有了表情。

苏浅月又偷偷看他一眼，不知道他心中荡漾着什么样的波涛。他或许和她一样是被压迫者，但他终究是王府的二公子，他的身份和地位终究是高高在上的，许多时候他都可以掌握自己的命运。而她，不过是一个舞姬，哪怕成了容瑾的侧妃，命运依旧没有属于她自己。

"二公子，妾身告辞。"苏浅月突然道。方才容熙的话，她会当作没有听到过。他的事和她无关，她和他亦无关。

苏浅月举步，远远地看到素凌怀里抱了好些梅花正走过来，于是她迎了过去。感觉到身后容熙的目光追了过来，苏浅月没有回头。以后，她会当作和他没有见过，他和她无关。

一无所知的素凌只是高兴着，笑道："小姐，这些梅花可好？我知道小姐喜欢饮用梅花茶，现在正好有了梅花。我折了这些梅枝，摘了梅花来给小姐煮茶。"

苏浅月笑："用来插瓶。"

用梅花插瓶，用梅花煮茶，她爱这芳洁的气息，优雅的香气。

"插花瓶只用一两枝就够了，其他的就摘下花瓣煮茶。这花枝此时娇艳，然而不能长久地娇艳。我知道小姐喜欢梅花，梅花盛开的季节，每天我都会让人来琼苔园为小姐折一枝新鲜梅花插瓶的。"

"我知道，素凌总是有心之人。"苏浅月莞尔一笑，"只是是不是太奢侈了？"

话音刚落，苏浅月忽听身后响起玉笛的声音，婉转悠扬，又如泣如诉，她不觉浑身一震。原来容熙会吹奏笛子，且听着就知晓容熙的笛子吹得非常好，丝毫不比萧天逸差。

笛声中渐渐带了幽怨，苏浅月的心随之动荡。她知道，容熙是怨恨容瑾的，恨容瑾强占了她，或许他也恨她，因为她没有遂了他的心愿。苏浅月内心悲怆，她只是一个身不由己的弱女子，身落何处她都没有选择，被谁争夺了去，亦只是一个牺牲品罢了。

"小姐，二公子的笛子……"素凌眼中带了疑惑。

"素凌，有点儿冷，我们回去吧。"容熙的笛子吹奏得极好，和萧天逸不分伯仲，苏浅月却极力排斥，她不要听。

"小姐，二公子的笛子吹奏得如此好，和萧公子的箫声一样动听。只是他的笛子吹奏得过于惆怅，叫人听了难过。"素凌自小跟随苏浅月，耳濡目染，自得分得清楚好坏。

"是。"苏浅月简单答了一句，匆匆迈开了脚步。

素凌抱着梅枝忙跟了上去，转头对她道："小姐，这梅花是刚刚开放的，娇嫩艳丽，泡的茶一定十分可口。"

她以为是二公子的曲子让苏浅月伤感，才极力想岔开话题让苏浅月开心起来。

苏浅月扭头看到素凌映在梅花后的娇艳的脸上全是媚笑，显然是讨好她要她开心，她不忍拂了素凌的心意，亦笑道："听你这样说，我倒是急着想要尝一尝梅花茶了。"

素凌看到她开颜，这才放下心来。

一路走出琼苔园，苏浅月满腹心事，容熙所言完全搅乱了她的心思。难不成她真是容熙要娶的女子，反倒被容瑾霸占了去？如此说来，容瑾的所作所为真的是过分了。于她而言，当初容瑾、容熙都是陌生人，要她嫁给谁都不是她做得了主的。只是，容瑾、容熙两兄弟之间嫌隙一定很大，日后相处起来是不是更难？万一再有争执呢？如此想着，苏浅月更是忐忑不安，满腹惆怅了。

"咦，咦，小姐，你看……"素凌突然惊讶地叫道。

"怎么了？"苏浅月沉浸在伤感中，素凌的惊呼吓了她一跳。

"小姐你看，前面，前面……"素凌焦急地用目光示意着不远处，而她两只手抱着花很不得方便，着急得满脸通红，努力地仰着下巴，"前面那个人……"

苏浅月忙顺着素凌的目光看过去，只见不远处一个身披黑色斗篷的人脚步极快地走过去，又正好在一个拐角处，片刻他就转过了拐角。苏浅月疑惑地看着素凌："不就是王府一个仆人吗，大惊小怪什么？"

素凌竭力摇着头道："不，不，他不是王府的仆人，他是萧公子府上的仆人。我见过他几次，肯定没有看错，他怎么在此？"

苏浅月不以为意道："样貌相似的人多了。"

她的言下之意是素凌看错了。想来是素凌想念在萧义兄那里自由随意的日子了，而她又何尝不是？只是掩藏着一切情感不能外露罢了。

"小姐！"素凌突然将怀里的梅花丢在地上，不顾一切地向方才那人消失的方向跑去。

苏浅月茫然地看着素凌跑去的方向，越发疑惑，难道素凌所言是真？既然是萧义兄的仆人，应该是萧义兄有书信给她，但那人为什么见了她反倒逃开？是没有看到她吗？

素凌急匆匆跑去，她确定那人是她在萧宅中见过的仆人，他来这儿无非是寻找小姐传递书信罢了，既然他没有看到她们，她就要寻过去。可待她急急忙忙地跑过去，早已不见了那人的身影，素凌茫然四顾，最后只得怏怏而回。

一看素凌垂头丧气的样子，苏浅月失笑道："是认错人了吧？"

素凌倔强道："小姐，我怎么会认错人，他就是萧公子府中的仆人，只是为什么见了我们就跑了？"

"不对呀，没这个道理。你何以肯定他就是萧义兄的仆人？"

"他长着一个大鼻子，下颌处有一颗大大的黑痣，所以我记得他。他方才向我们看过来的时候，我看到了他的大鼻子和黑痣，绝对没有认错。小姐，你不觉得奇怪吗？"素凌疑惑着捡起地上的梅枝。

"许是他没有认出我们，倘若是萧义兄处来人，会找到我们的。"苏浅月道，"我们回去等着就是了。"

回到凌霄院，苏浅月再提不起精神，容熙的话终究是搅乱了她的心神，难道她真的是容瑾从容熙手里抢夺过来的？容瑾怎会如此不堪？她更惦记着从萧义兄那边过来的仆人要传给她的消息，所以她始终神思恍惚。

素凌也惦记着她见到的那个仆人，一直惴惴不安。可到了黄昏，那仆人也没有按照她的揣测到来，素凌一脸的茫然失望："小姐，那仆人竟然没有来，是何缘故？"

"你确定他是萧义兄的仆人？"

"小姐，素凌的眼神再差，大白天的也不至于认错人吧？"素凌睁大了眼睛。

苏浅月不置可否，她相信不是素凌看错了人，但是……为什么？

就这样熬到了晚上，苏浅月心神不宁地坐在暖阁里看书，希望能借此平静下来。

容瑾悄无声息地走进来，看到她低头凝思，还以为她又是全身心地在诗词上，就走过去悄悄伸手蒙住了她的双眼。

"素凌，又闹什么？"苏浅月有些恼怒地拉扯蒙住她眼睛的手，谁知道却是容瑾，顿时就慌了，"王爷，月儿还以为是素凌在胡闹。"说着她起身施礼赔罪。

容瑾的心情极好，温言道："不知者不怪，你慌什么。"

苏浅月一颗心怦怦地跳着，她心不在焉，完全没有想到会是容瑾，强自笑道："多谢王爷不怪。"

容瑾的目光落在花瓶中的那一枝梅花上："月儿，去赏梅了？"

苏浅月骤然想到容熙，她心虚地点头，轻笑道："是，我喜爱梅花。"

容瑾似乎特别高兴，完全没有在意她的神情，只顾看着梅花道："月儿，皇后娘娘也喜欢梅花，你和她的喜好倒是相同。明年本王就让人在你的院子里植下梅树，你就不必再走那么远的路去琼苔园赏梅了。本王今夜来，是有一个好消息要告诉你，皇后娘娘突然来了兴致，邀请宗室夫人到瑞凤宫的梅林去赏梅，本王虽不是正经的宗室亲王，但皇后娘娘还是邀请本王带一位夫人进宫陪伴。赏梅的日子就在三天之后，月儿，届时本王就带你进宫去吧。"

"什么？你是说贞德皇后？"苏浅月顿时震惊。原本容瑾说过元旦庆典时要带她入宫，可现在怎么突然这么急促要让她去陪皇后娘娘赏梅？这不是让她提前入宫吗？她不是喜欢抛头露面的人，更不愿意在那么多贵妇人面前露面，她慌忙道："王爷，月儿蒲柳之姿，又才疏学浅，实在不敢和那些贵妇一起陪伴皇后娘娘，王爷还是请别的夫人去吧。"

"这有什么，横竖都是赏玩的，你哪一点比旁人差了？有何不敢的？到时皇后娘娘也许会安排夫人们歌舞娱乐，这些是你擅长的，略略准备一下便可。本王就带你去了。"容瑾虽口气和缓却不容置疑。

"王爷，月儿只是太意外了。月儿怕给王爷丢脸，这般仓促又没有准备，怎么行呢？"

"本王亦没有料到皇后娘娘会有此一着，你觉得仓促，旁人又何尝不是？以你的才学技艺，这几日准备一首曲子足够了。呵呵，本王没有在别处言说，只偷偷告诉了你，你私下准备就好。等到去的时候本王再告知别人，她们没有准备更是不敢，所以只有你了。"容瑾说着，颇是得意的样子。

苏浅月又是一愣，容瑾那般笃定，又完全偏向了她，看来这一次她是无法逃脱了。更不用说容瑾是全心全意向着她的，这份宠爱……苏浅月定定地看着容瑾，倘若不是今日碰到容熙，不知道自己是容瑾从弟弟手里抢夺过来的，那么她对容瑾的这份宠爱肯定会多一些感激，更会对容瑾多一份爱意，然而，事实总是不尽如人意。

饶是如此，苏浅月心中还是涌起了波澜，她再不敢惹容瑾不快，只得施礼道："多谢王爷宠爱，虽然太过于仓促，但月儿会尽力不让王爷失望。"

容瑾的眼神里灌满了浓浓情意："月儿，你是让人舒心的人。"

即便心思复杂，苏浅月也还是不想冷淡了容瑾，她笑着言道："王爷，今日采了梅花，就让月儿给王爷煮一盏提神的梅花露吧。"

容瑾欣喜道："好，那就有劳月儿了。"

炉火正旺，暖阁里暖意融融，苏浅月把用雪融化得来的清水加在铜炉里，看铜炉在炉火上被火舌舔舐，发出"咝咝"的声响。

容瑾就在那边看着，苏浅月对他回眸一笑。容瑾突然言道："回眸一笑百媚生，琼苔众芳无颜色。今世修得佳人缘，荡尽生平皆不换。"

苏浅月又一惊。"荡尽生平皆不换……"虽是一句诗词，却表达了浓浓爱意，叫人感动。她的心，倘若不是四分五裂似的被牵绊着，一定会被感动。可惜了，如此爱意浓浓的滚烫诗句，只让苏浅月心中五味杂陈。

看着容瑾，苏浅月浅笑道："今昔红粉，来日苍颜，沧海亦是桑田，何须执念？江山流转，阴晴圆缺，起伏皆为自然，何必留恋？"

容瑾突然而至，环住了她的腰身："本王想要的一定要得到，想要留住的一定要留住。你，不管是现在，还是将来，永远是本王的，本王不许任何人浸染，也不许你有所改变。"说着，他脸上是森然的霸气。

苏浅月忙道："月儿已经是王爷的了。"她又嫣然一笑道，"月儿不过一普通女子，没有国色天香，没有富贵高门，何需王爷这般用心。"

容瑾的语气却渐渐强硬："不管这些，只管你是本王的，不容丝毫更改。"说着，他已吻上了苏浅月的面颊。

炉火上铜壶里的雪水已经煮沸，氤氲着袅袅白气，散出清新的气息，苏浅月挣扎着从他怀里起身："王爷。"

容瑾松手，脸上似有满足："今夜本王就坐等享受月儿的梅花露了。"

他又恢复了温柔儒雅，之后重新坐回去，用深邃温润的目光凝视着苏浅月。

无论怎样，苏浅月都无法否认容瑾对她的爱恋，如此又让她心里涌起柔情。

看看煮沸的雪水，苏浅月取出今日收集的用蜂蜜腌制好的梅花芳瓣，又和了少许雪花糖，调配好了放在铜壶里烹煮。少顷，清冽的梅花香气和着清淡的微甜飘溢而出，梅花露已煮好。

用银盏盛好，苏浅月端到容瑾面前："王爷。"

茶香飘逸，沁人心脾，白气袅娜，如梦如幻。容瑾深深吸气，伸手端起浅饮一口，似在品味，紧接着又饮一口，他的眼角眉梢都带上了喜悦。待盏中的梅花露饮完，他脸上的笑容更浓："月儿，没料到你的茶艺也这般好，这梅花露醇香清冽，甘美无比，本王从没有喝过如此好茶，堪称琼浆玉液。只怕喝惯了你煮的梅花茶，本王再喝不下别的茶了。"

"若是王爷喜欢，月儿愿意给王爷烹煮。"苏浅月说完又后悔了，今日对他的腹诽已经够多了，怎么这一下又暧昧起来，她顿感脸上一片灼烧。

容瑾把茶盏放下，紧紧拉她的手："月儿，你说的可是真的？"

苏浅月唯有点头，除了顺从，她还能怎样？

"良辰美景，如花佳人，月儿，本王真的很满足，很满足。"他在她耳边呢喃，不觉一双手又要拥抱住她。

"王爷，既是良辰美景，就让月儿给你弹一首曲子如何？"苏浅月忙挣脱他的怀抱，走至琴架前坐下去，玉手抚上琴弦低："多娇俏颜争入画，冷傲绝色向潇洒。馨香乘风舞翩跹，冰肌玉骨傲碧天……谁为俏，谁解意，不与众芳混粉尘，独擎乾坤醉梦魂……"

她的心太乱，又在容瑾面前，除了歌舞拿什么掩饰？一曲唱毕，容瑾紧紧地抱起她："月儿，你的风格和韵致堪比雪梅，冰肌玉骨，冷傲脱俗，不屑与人争夺。无论你争与不争，你在本王心中都是独一无二的。"

"王爷……"苏浅月轻声道。不管有过多少往事前情，不管她心在何处，眼下的一切就是定局。

他将她抱到床上，锦绣罗帐将他们两人包围，隔绝在温柔旖旎的氛围里。他轻轻地靠近她，她瞬间有些羞涩……

又一日晨起，苏浅月惦记着容瑾的交代，暗自想着觐见皇后的事宜，虽然时间仓促，在歌舞上却还是要认真准备的。她急匆匆将想到的字句填写下来，好在她平日里就看重这些，因此也无人在意。

用过早饭，苏浅月更是想专心先把唱词填好，却见翠屏走进来："禀夫人，端阳院的荷香来请，说是太妃请夫人到院子里玩耍。"

苏浅月忙问："荷香走了？"

"还没有，刚刚在中堂烤火。"

"让她进来。"

翠屏出去，不一会儿，荷香走了进来，施礼道："奴婢拜见萧夫人，萧夫人吉祥。"

"太妃这个时候怎么有兴致请我过去玩耍，天气这般冷，太妃不畏寒吗？大家都有谁过去了？"

"太妃将地方安排在了内堂中，已经烧好了火炉，不冷。太妃说整个冬天都很寂寞，就请众位夫人一起过去玩耍，图个热闹。"

苏浅月并不想过去，但听荷香之言知道推脱有些难，只得对荷香笑道："难得太妃这般有雅兴，我会过去的。只是太妃平日里喜欢安静，这次为何突然要大家一起热闹了？"

荷香忙道："上次萧夫人和张夫人在蓝夫人处玩耍很是热闹，太妃听说了，昨日又有二公子在太妃处闲聊，说起了热闹，是二公子提议的。"

苏浅月怔了怔："好，你且去吧，我一会儿就过去。"

"是，萧夫人。"荷香躬身一福，然后离开。

苏浅月却怔住了：容熙提议？容瑾、容熙的过节已经存在，容熙对她的恨亦应该存在了，他是要当着所有夫人的面，揭穿她舞姬的身份吗？

"小姐，我过去回太妃的话，就说小姐偶感不适不能过去相陪了，改日再去给太妃请罪。"素凌看出端倪，体贴道。

苏浅月心里明白，倘若容熙要做什么，她是躲得了初一躲不了十五，言道："不碍事，我过去。"

梳了一个随云髻，插了一支普通的碧玉梅花簪，又换了一件墨色百蝶穿花云缎裙，这一身打扮，朴实自然，庄重又不失典雅，内敛中露着威严，苏浅月在菱花镜前转了转身，道："好了。"

翠屏一脸痴相："夫人怎么打扮都美艳惊人，只今日是到端阳院，夫人再戴一个首饰吧。"说着，她从梳妆盒里挑选着。

苏浅月抬手制止道："不用。"

她有她的打算，过去是情非得已的应付，不是为了和众夫人争艳，相机行事，能早退就早退。她看了一眼素凌，吩咐道："素凌，你对院子里的事务不大清楚，今日就让翠屏在家打理，你陪我去。"

"是，小姐。"素凌忙去换了一件合适的衣裳，又给苏浅月寻了一件白色羽绒大衣裹在身上。

走出凌霄院，素凌不解地问："小姐，我看你并不愿意去端阳院，到底是因为什么？既然如此，小姐又何必勉强？"

"唉，素凌。"苏浅月四顾无人，才言道，"昨日和二公子相见，你道他说了什么？"

"什么？"

"二公子之前就认识我，还是在落红坊的时候。我本是他看中的人，结果是王爷迎娶了我。"

苏浅月简明扼要地把容熙的话讲给素凌听，素凌一下子愣住了。许久，她才反应过来，一脸惊慌地拉住苏浅月的胳膊："小姐，我们还是不要去了，万一二公子揭穿我们的身份，如何是好？"

"或许将我们赶出王府吧。"苏浅月茫然道，"他恨我们，不排除用手段对付我的可能，不过……我想他不会贸然在众位夫人面前揭穿我，要揭穿也早就揭穿了吧。再者王爷亦非好惹的，挑明真相对他亦没有好处。"

素凌一叹："此乃当下，以后呢？"

"谁能保证一世的好，过了此时再说吧。我们走吧，不要太耽搁了。"

苏浅月感觉容熙不是那么卑鄙的人，不然不会让她在王府平静地生活这么久。

端阳院的内堂，众位夫人早已经到了，个个花枝招展，艳丽非常。苏浅月一袭白色大衣立于她们中间，感觉自己被各种目光重重叠叠地包围着，她到底还是心虚了，觉得和她们格格不入。

大家相互见礼完毕，苏浅月很自然地与张芳华、蓝彩霞一起低语时，王妃卫金盏看着她道："萧妹妹这件大衣倒是很有风格了。"

苏浅月忙道："多谢王妃姐姐夸奖。"

一群姹紫嫣红中，她的素白太过于显眼，终究是觉得出格了。

卫金盏浅笑："萧妹妹是美人胚子，什么衣裳到你身上都好看，我真羡慕你。"

苏浅月不好意思道："王妃姐姐说笑了，姐姐雍容华贵，哪里是我及得上的。"

众人轻轻地说着话，突然一阵轻微的响动让众人都安静下来，苏浅月扭头一看，是容熙扶着太妃走了进来。容熙亦是一袭白衣，青丝用一根金色缎带束着，清雅脱俗，洒脱俊逸。苏浅月心中暗惊，他怎么也穿白色？故意与她作对吗？缤纷的色彩中，倒显得她和他商量好似的和谐相配，她心中的忐忑不由得加重。

太妃端坐在一把雕刻着花纹的紫檀木太师椅上，双鬓如雪，插一支绿玉镶金镂花簪，威仪端庄，面容慈祥。众夫人参拜施礼后，按照顺序坐了下去。

太妃环顾四周，脸上带着笑意："听闻张丫头和萧丫头一起陪着蓝丫头玩耍，十分开心。眼下蓝丫头怀有身孕，令她开心，能够顺利生产，老身亦开心。蓝丫头，今日这么多人陪你玩，开心吗？"

蓝彩霞忙道："开心，自然是开心的。母妃这般看重，妾身惶恐。"

太妃笑道："有什么惶恐的，我们横竖是一家人，今日又没有旁人在，大家就开心地好好玩吧，让老身也跟着你们开心开心。"

卫金盏笑道："母妃好兴致，我们自然是要陪着了。"说着，一双眼眸扫视众人。

"歌舞琴棋、书画丹青，姐妹们一定都有拿手的，别谦虚，施展一下让我们开开眼。"李婉容迎合了卫金盏的话，笑着道。

"如此说来，李姐姐一定有深藏不露的绝技，何不拿来给我们观赏？"贾胜春逢迎道，"李姐姐可是宰相千金，才貌双绝的。"

张芳华很开朗地言道："横竖是为了开心，谁要是拘束扭捏，还不如自己在房子里闷着，一起相处就是为了红火热闹一些的。"

太妃点头："是啊，张丫头的话老身爱听。"她又扭头对身后的两个丫鬟吩咐："去把老身那坛金贡酒取出来，大家难得高兴，先喝一点儿酒暖和暖和。"

苏浅月凝神看向太妃，在她的意识里，酒是豪爽的，酒和剑在某种意义上相关，不仅仅是平和、一较高下，亦有赌的意味，而太妃脸上却是一种平和。苏浅月心里不由得想，太妃让人拿酒过来单单是因为喝酒暖和吗？她望了一眼那边的炉火，银壶里煮的茶在沸腾，一股清淡白雾袅袅升起，顿时茶香四溢，给这宽敞的堂屋增添了温馨的意味。

金贡酒果然是好酒，丫鬟给每个人面前的雕花玉盏中倒入半盏，整个空间就弥漫了清冽的酒香。桌案上摆放着各色点心，芝麻糕、桂花糕、核桃酥等，更有各色软糖，亦有水果，很是丰富，大家随意饮酒吃食，谈笑风生，气氛倒也融洽。

苏浅月心中忐忑，一直暗暗注意着容熙。一大群女子中，他是唯一的男子，任凭女子们怎么说笑，他都置若罔闻。苏浅月实在不知道他心中怎么想的，更不知道他是何意。

蓝彩霞轻轻啜饮一口，抿着嘴低低笑道："这样清冽芬芳的酒，喝下去舒爽到四肢百骸，仿佛每一根经络都有了香气。"

张芳华赞同道："是啊，如此琼浆甘露就这样悄没声息地喝下去，都可惜了。"

李婉容突然笑道："对，不能辜负母妃心意，谁想献才艺给我们观赏？我等拭目以待。"

太妃面露笑容："也不必太过拘泥，丫头们爱歌的歌，爱舞的舞，爱画的画，都拿出一点儿自己喜欢的让咱们看看。"

苏浅月又偷偷看了一眼容熙，他依旧旁若无人的样子，脸上露出冷冷的笑意，仿佛这一切都和他无关，或者这些都不在他眼里。她的心莫名跳了一下，容熙知晓她的舞蹈造诣，不会在此为难她吧？

此时卫金盏轻笑道："难得母妃有这般雅兴，晚辈们自当陪母妃开心。各位姐妹怎么都不领头，那我就抛砖引玉了。"她转头对身后的丫鬟吩咐道："去取笔墨素绢过来。"

"好，我们就先欣赏王妃姐姐的墨宝。"李婉容一脸的兴奋，眼睛里有期待，亦有跃跃欲试。

苏浅月不知道卫金盏是要赋词还是作画，只是静静地观看，聆听他人的低语浅笑。

少顷，丫鬟捧着一块上等的白丝薄绢上来，在案上徐徐铺开。卫金盏面露微笑轻轻起身，沉静的步态显出她胸有成竹。只见她临于案前，皓腕舒展提起素笔，轻蘸玉墨，挥笔洒脱，似春风轻拂，流云舒空，又似蝶舞花丛，波摇碎影。少许时间，已经有巍峨的宫殿轮廓跃然纸上，颇显雄浑壮丽。

苏浅月没有到过皇宫，但想象得出这就是皇家宫殿，只有卫金盏这种对皇宫熟悉的人，画起来才这般得心应手。眼见宫殿重重，庄严肃穆，让人望而生畏，翘卷的飞檐气势雄浑，直冲云霄，流金的翠瓦彩光熠熠，逼人眼目。卫金盏确实画技不凡，那么多美轮美奂的宫殿在她手底下浑然天成。

众人都凝神细看着她的画、她的动作，苏浅月确实没有料到卫金盏的画技竟这般娴熟、炉火纯青。在她暗暗叹服时，卫金盏的画已经完成了。

众人的眼睛不自觉地睁大，嘴巴张大，连一声惊叹都没有，都被震慑住了。卫金盏却神态悠然，漫不经心地将笔置于一旁。

许久，贾胜春最先出声："皇宫！王妃姐姐住的皇宫！"此时的她，一脸的惊愕和崇拜，目光中都是阿谀逢迎。

苏浅月暗中鄙夷了一下，皇宫就那么值得奴颜婢膝？她在无意中见到容熙依旧一脸冷漠不屑，不禁心中"咯噔"一声：他对什么都漫不经心，难道真是冲她而来？

"那是王妃姐姐的家！"李婉容亦是一脸的羡慕。

苏浅月知晓李婉容是当朝宰相之女，论理来说，相府的豪华壮丽亦是太多数人望尘莫及的，不过肯定是不及皇宫了。

不及旁人再出声，太妃朗声大笑道："卫丫头，你真不愧是我大卫国金枝玉叶的郡主，你的画气势如虹，把我大卫皇室天威浩荡的宫殿画得这般雄伟壮丽，实在让人惊叹。"

太妃的话把全场的气氛推到了极致，所有人都对卫金盏投去钦佩叹服和羡慕的目光，太妃又笑着对李婉容道："李丫头，你也是相府千金，你的才智亦是出众的，今天大家这么高兴地聚在一起，你也把拿手技艺拿出来给大家见识一番。"

被太妃点名，服饰华贵的李婉容眸中闪过一丝忧色，随即又是一副傲然的神情，她起身对太妃盈盈一拜："母妃，王妃姐姐的绝技着实让妾身拜倒，妾身还哪里再敢班门弄斧？无论做什么都是不行的了，只是不想拂逆了母妃的兴致，只得献丑一回。"

太妃笑道："让大家高兴才是准则，说什么献丑不献丑的。"

李婉容又对太妃福了一福，转而吩咐丫鬟："笔墨伺候。"

苏浅月暗中寻思，她不会作画与卫金盏相抗衡的，要了笔墨定是要在诗词之类上用功。苏浅月又看了一眼众人，都有暗中较量的意思，哪里还把娱乐作为本意？

李婉容缓缓走至案前，皓腕轻舒，玉指晶莹，轻盈娴熟的动作已显示出她无论丹青还是诗词都有一定造诣。

众人的目光投向李婉容。

李婉容眉峰耸动，唇角轻扬，已是有了主意。她稳点水墨，凝神往薄绢上挥洒，动作无拘无束，似行云流水，在众人的紧张期待中完成了作品。是一首诗词：

重重殿宇冲云汉，巍巍皇州紫色烂。

惶惶河山盛意浓，遥遥金阙梦中观。

得见庙堂真容颜，数寸轻绢展波澜。

试问丹青谁妙手，皇家贵主真神仙。

字迹婉转灵秀，疏落有致，飘若浮云，矫若游龙。

苏浅月心中亦是叹服，李婉容确实有才华，不辜负她相门千金的称谓。

太妃又是爽朗大笑道："李丫头，你的诗文亦叫老身赞赏了，皇家的恢宏气势被卫丫头描画了出来，又被你这般文雅地描述出来，还有你风韵天然的字，就算男儿亦不过如此。今儿个老身也算开眼了，一会儿老身会厚赏你们。"

李婉容一脸得意之色："谢谢母妃夸奖，妾身并没有母妃说的那般好。"

她话虽如此，一双眼眸却轻轻扫过众人，含着漠视。

贾胜春脸上显出红晕，高声道："两位姐姐貌美惊人也就算了，还如此才高八斗，你们占尽了风采，还让别人来做什么？"

太妃笑道："大家伙儿聚在一起是玩乐的，不是要争夺什么，更不是要谁来独占鳌头，大家开心才是目的。"

太妃说完，贾胜春指着蓝彩霞笑道："看来是轮流来了，那就请蓝姐姐一展风采吧，轮到你了。"

一时，众人的目光都聚到蓝彩霞身上。苏浅月暗自思忖，这哪里是为了开心而来？不过是暗自较量罢了。

空气中似乎有一种剑拔弩张的意味，苏浅月暗暗为蓝彩霞担心，这时太妃开口道："呵呵，蓝丫头身怀有孕，自是不便，就不要勉强她了，等她日后诞下麟儿，我们再次欢聚的时候，罚她双倍地献艺让我们高兴。今日让她欣赏你们，陪老身开心就好。"

太妃的话甚是得体，蓝彩霞欣喜道："谢谢母妃关照，下次玩耍妾身定让众人开心。"

贾胜春似乎有些失望："母妃有些偏心，就这样饶过了蓝姐姐。"

太妃又笑道："不曾饶过，若是你觉得不公平，那你代她表演些什么给我们开心也就是了，下一次玩耍的时候再让她还给你。"

"这样啊……"贾胜春完全没有料到太妃会将她一军，脸上显出别样的表情来。

张芳华这时道："蓝姐姐不方便，就请给我们捧场吧，我们姐妹可以多玩一些自己拿手的，让母妃高兴。"

蓝彩霞会意地点头："多谢张妹妹。"

苏浅月暗自向她们两个投去赞许的笑容。

"好好，张丫头说得对。你既然这样说了，那你就让我们高兴一下。"太妃说道。

张芳华大方地起身答应："妾身并没有什么技艺，平时闷了的时候就乱弹琵琶玩耍一会儿，独自取乐。今儿母妃高兴，妾身便卖弄一下，诸位不要取笑就好。"她又转身对身后的红妆道："取我的琵琶来。"

太妃呵呵笑道："好好，那些诗词画卷是好，不过还是太雅了，我们说好是玩耍，就要些热闹的。张丫头好好地弹来给我们听听，谁要敢取笑，就让她学猴子跳给我们看。"

太妃的话让大家一起笑了，气氛顿时活跃起来。

红妆把琵琶送到张芳华手上，张芳华微抬秀目扫视一遍，唇角挂起温婉的笑容，玉指轻弹，悠扬的珠玉之声顿起，没有曲调亦是情动其中。她低眉凝神，手指翻花，似在诉说，美妙的琵琶之音婉转似莺穿柳浪，鲜活似彩蝶纷飞，低沉似幽泉呜咽，高昂似金戈铁马。

苏浅月听过张芳华的琵琶，知道她弹奏得极好，今日又超常发挥，就更好了。她一边细心聆听，一边露出赞许的微笑。

正当大家完全被妙音吸引住，全身心投入的时候，突然一声弦响，之后便是寂然无声，只剩众多等着聆听的耳朵在那里张着，如同饥饿的口等着食物。

太妃"咦"了一声，不相信地问道："张丫头，怎么这么一点儿时间就弹奏完了，你没骗我们吧？"

张芳华忙把琵琶递给身后的红妆，起身给太妃请罪："禀母妃，一曲已终。只是妾身弹奏得不好，请母妃责罚。"

太妃怔了怔，随即明白过来："哈哈，老身责罚你什么，责罚你重新给我们弹奏一曲。"

张芳华脸飞红霞："母妃……"

"张姐姐的琵琶弹得真是绝妙，让人耳目一新，是以才意犹未尽。太妃还没有听够，让张姐姐再弹一曲，我们也跟着沾光。"贾胜春笑着，话语间全是恭维，不过脸上带着挑战的意味。

苏浅月看得清清楚楚，心中不觉紧张了一下。

"是啊，真没料到张妹妹还有这般绝技，就再给我们弹奏一曲何妨？"李婉容也笑着附和。

"既如此，张妹妹就再给我们弹奏一曲吧，等会儿太妃会把最好的赏赐给你。"卫金盏言道。

张芳华只得再次弹奏。

苏浅月抬眸又看见了容熙，他依旧那般坐着，稳如泰山。至此苏浅月已经确定容熙是因她而来，他到底想要怎样？难不成真的要与她作对吗？不知不觉中，她的心神已经乱了。要自己表演已成定局，只是面对容熙的专注，她的舞蹈还跳得下去吗？苏浅月忙悄悄唤身后的素凌："你赶快回去把我的七弦琴拿来。"

素凌意会，答应了一个"是"字，就匆匆忙忙走了。

苏浅月望着素凌的背影，心里生出许多感慨。素凌已跟她许多年，她的心思素凌大都能明白。可若是素凌嫁了人，她在王府里孤零零的该怎么办？倘若她当初嫁给萧天逸，情况就没有如此复杂，可惜这里是王府……

想到萧天逸，她又想起昨日曾见过他的仆人，本以为那仆人定会来见她，却空等一场，那仆人并没有给她带来萧天逸的消息。苏浅月越想心中越是惆怅。

传入耳中的声音骤然停下来，苏浅月才意识到她走神儿了，只见张芳华一脸羞涩道："母妃、各位姐妹，能够得到大家的喜欢再奏一曲……亦是高兴，只是怕污了大家的耳朵。"

太妃笑道："老身没想到你的琵琶弹得这么好，都听不够。原来我王府还是人才荟萃的地方，今天真叫老身开眼又开心。"

"贾丫头。"太妃又笑着柔声招呼贾胜春，"你这般努力地让张丫头哄我们开心，你也一定要让我们开心才行，把你的才艺展示给我们看看吧。"

贾胜春是有备而来，此时她离开座位，对太妃施礼，答了一声"是"后，站在中央："妾身不才，愿意舞蹈一曲博取大家一笑。"

原来她擅长的是舞蹈，苏浅月想及此，忙凝神看去。

贾胜春轻盈的舞步已经踏开，罗裙如同一朵盛开的莲花，接着，她旋转而起，身姿柔美，分外袅娜。苏浅月曾是舞姬，对舞蹈自然颇有研究，看得出贾胜春的舞蹈当真不错。贾胜春却突然停步，苏浅月诧异间，贾胜春笑道："张姐姐，我不会唱曲，不配曲子的舞步太单调了，就麻烦张姐姐为我配上曲调，可好？"

张芳华怔了怔，摇头道："贾妹妹的舞蹈美妙得让我眼花缭乱，我不会舞蹈又怎么知晓该如何弹奏来配合你，这里更有比我高出很多的人在呢。"她说着竟然抱着琵琶走至苏浅月的面前："萧妹妹，还是你来。"

苏浅月一时无奈，不得不接过张芳华手里的琵琶，点点头，又对有些发呆的贾胜春道："我的琵琶比不过张姐姐，只是张姐姐说了，我就代替张姐姐给贾姐姐伴奏，弹得不好，请贾姐姐包涵。"

贾胜春并不知晓苏浅月在舞蹈上的造诣，以为自己就已经很不错了，她倒也没有挑剔，灿烂一笑道："那就有劳萧妹妹了。"

琵琶虽然不是苏浅月的强项，但她对各种乐器都略通一些，轻轻拨弄一下，立刻有清婉的珠玉之声响起。她懂得如何配合贾胜春的舞步，两个人仿佛心有灵犀，配合得珠联璧合。

一曲完毕，苏浅月决定今日她绝不在此舞蹈。

"好啊。"

"好。"

"真好！"

众人的喝彩声响起，好像从醉梦里突然清醒一样的喝彩声中带着惊喜，还有由衷的赞叹。

贾胜春羞涩地走回座位："让大家见笑了。"

"哈哈，是笑了，不过不是见笑，是真笑。贾丫头，今天老身给你们哄高兴了。在皇宫的时候老身也曾见过许多舞蹈，只是她们都没你舞得好，你赛过了她们。"太妃称赞道。

贾胜春喜形于色："谢谢母妃夸奖，只是妾身粗贱的身体、拙劣的舞姿怎比得上那些天姿国色的舞蹈。"

今天对于贾胜春来说是出尽风头，她暗自得意。

李婉容突然出声："刚刚贾妹妹的舞蹈是美了，可也因了萧妹妹的伴奏呢。萧妹妹的琵琶也是绝好的，若不是萧妹妹陪衬，岂能有这样好的效果？这点大家亦是知道的。萧妹妹，该把你的绝技拿出来让我们见识见识了吧？"

苏浅月望了眼李婉容，她早就知道自己是收尾的，就好像一场盛宴最后的那道汤。她很明白，这道汤千万不能够多姿多彩，更不能够千娇百媚，最多做到清淡爽滑，或者新鲜明快，却绝对不能余味无穷。

她对李婉容微笑道："我没有绝技，亦无特别的喜好，就用素琴伴奏歌唱一曲，给大家助兴。"说完，她从素凌手里接过琵琶，正欲弹奏，却听得一声"慢着"，她忙朝发声处看去，原来是张芳华。苏浅月吓了一跳，忙停手。

张芳华看着苏浅月笑道："刚才萧妹妹已经弹奏过了，大家都知道萧妹妹弹奏得极好，只是萧妹妹还有更好的技艺，为什么不给我们展示一番？"

苏浅月一怔，计划落空！张芳华是要她取胜了，但是怎么可以？苏浅月心中忐忑，若不是有容熙在，她则无所谓，可此时容熙就在一旁，让她如何舞蹈？

但张芳华对此一无所知，只是给她示意。苏浅月心中苦涩，只得对她笑道："张姐姐，刚刚贾姐姐的舞姿美妙绝伦，萧妹妹还怎敢在大家面前献丑，就唱一支清淡的小曲给大家开心吧。"她希望张芳华明白她不想舞蹈的意思。

这时，贾胜春突然从座位上站起："萧妹妹，原来你才是深藏不露，今天一定要让我们大家见识一番才行。"她本来以为这里独她一人擅长舞蹈，没料到张芳华如此推崇苏浅月，让她心中不服，眼眸中更藏满了锋利，"萧妹妹何必推辞，是不愿意让母妃尽兴吗？"

"我……"

苏浅月正要解释，太妃笑道："萧丫头，既然她们都想看到你的舞蹈，你就给大家歌舞一曲吧。刚刚老身已经听过你的琵琶了，但不知道你的舞蹈又是如何美妙，你就为大家舞上一段，也好让大家一饱眼福。"

该来的还是要来，既然逃不过，那就应了吧。苏浅月起身："妾身本不擅长舞蹈，既是母妃有这般兴致，妾身亦不敢拂逆了母妃的意思。"

她慢慢地走入场中，偷眼扫视容熙，他正把一杯茶端起送入口中，貌似很是悠闲。苏浅月知道容熙终于等到他想要见到的了。

从座位到场地中央没有多远的距离，苏浅月已迅速想好唱词。

站定，苏浅月向众人施礼："妾身才疏学浅，于舞蹈上并没有多少造诣，请母妃和各位姐姐们海涵。"言毕，开始了舞蹈，她一边舞蹈一边轻轻唱道："古已过去今不见，纵然多情亦枉然。花开花落花还在，流光遗失空感怀。人虽在，今非昔，今昔往昔怎相比……"

卫金盏一见到苏浅月的歌舞，一下子就失了神：她的动作娴熟自然，舞姿妙曼得只怕专事舞蹈的人都不及，何言不擅长？

贾胜春本就知晓舞蹈的妙处，一看苏浅月的舞蹈顿时惊呆。

苏浅月根本不知晓自己在旁人眼里如何，她早已沉浸在自己的舞蹈里，她一面轻盈地舞蹈，一面唱道："换去旧韵推新声，万紫千红总是春。芳颜还在梦不老，笑看绿柳扬清风……"

苏浅月纵然沉浸在歌舞中，依然能分出心神偷观容熙，他就是她的一根刺，令她忌惮。

容熙原本就是为苏浅月而来：与她一起已成梦，借助旁人间接与她相处又何妨？即便容瑾知晓，亦只能在暗中气愤罢了，他偏要他不得顺心。想及此，容熙轻蔑一笑，从腰间取出玉笛。

如推门见到春景烂漫，如在海滩见得白帆点点，悠扬的笛声就那样灌入耳中，与苏浅月的歌舞配合得天衣无缝，众人原本享受的耳目中突然加入美味，愈发情不自己。

她的歌声如黄莺出谷般婉转，他的玉笛如梨花坠雪般清冽，还有她那似云卷云舒的舞蹈……所有人都似被施了魔法般地被他们吸引住了。

苏浅月在呼吸微窒一下之后，只能继续舞蹈下去，恍若容熙不存在一般。

"窗前竹上无幽情，凌波已是前衷……"柔媚的身姿飘逸婀娜，苏浅月舞完最后一个动作，缓缓收住舞步，容熙的笛声也戛然而止。

偌大的厅堂顿时陷入沉寂，继而爆发出掌声。

"萧妹妹，我今天算是再一次大开眼界了，你的舞蹈出神入化、惊心动魄，妹妹你堪称是舞蹈中的仙子了。"掌声中传来蓝彩霞兴奋的声音。

太妃大笑道："好，好，萧丫头的舞蹈实在是超凡入圣，即便是那些专事舞蹈的人，亦不见得比你跳得好，原来我王府还有此等人才。"

苏浅月忙施礼："母妃夸奖了。"她一面说一面思量着如何退出眼下的局面。

"萧妹妹，你一贫寒之农女就有这等才学，想来你是极其聪慧又极其用功的人了，怪不得王爷这般看重于你，也不枉王爷慧眼识珠了。"

听得卫金盏如此言语，苏浅月忙施礼道："妹妹不过是一粗俗农女，哪里有什么聪慧，若说用功了一点儿也算说得过去，日后还请王妃姐姐多多指点。"

"花开花落花还在，流光遗失空感怀……换去旧韵推新声，万紫千红总是春。芳颜还在梦不老，笑看绿柳扬清风……这词亦是你作的吧？古往今来诗词歌赋皆是抒情的，用来寄托自己的心意，妹妹你能说这词只是字面普通之意？能否为我们解释一下？"

"王妃姐姐取笑了，这样的场合，妾身仓促中拿出只为博取大家一笑，若要究其根源，妾身唯有惭愧。"

她的词自然另有所指，却被卫金盏瞧出端倪，苏浅月心中着急，愈发想赶快寻个理由离去。

"萧妹妹真是爱说笑话，这样的词曲都能信手拈来，那你慎重一些给我们再歌舞一曲如何？二公子的笛子那般金贵，至我到王府亦是第一次听闻，今天跟着母妃沾光，真是荣幸之至。你们再歌舞一曲如何？母妃一定喜欢。"

贾胜春尖锐的声音突然响起，她眸中的忌恨那样明显。贾胜春把她和容熙放在一起是有意为之，目的是让她难堪，苏浅月忙扫视容熙。

容熙淡淡开口道："我的笛子很普通，我又是散漫之人，做事都是随性而来，此时不想再演奏了。方才不过是看萧嫂嫂的歌舞精致，一时兴起，为她画蛇添足罢了。"

眼见他的口吻和神情中都是对贾胜春的不屑，苏浅月暗暗吃惊。

李婉容笑道："二公子这般谦虚，是吝啬你那金玉之声不喜让我们听到吗？若是单单只有萧妹妹的歌舞，你会怎样？何况还有母妃，母妃亦是极想再看到萧妹妹的绝世之舞的，你就勉为其难吧，可好？"

挑衅和激将那样明显，还把自己和他扯在一起，苏浅月担忧且慌乱地看向容熙，他却淡淡一笑："母妃想听我的笛子，随时可以，只是我此时有些累了。"他完全没有把李婉容放在眼里。

李婉容的脸上露出难堪之色，随即遗憾一笑："二公子看来是真的累了，那唯有让萧妹妹勉为其难地再为我等开一下眼界吧。"

苏浅月不想场面过于尴尬，忙道："既然姐姐们不嫌弃妾身粗陋，妾身就再给母妃和姐姐们助助兴。"言毕，她朝场中走去，不料脚下一滑，趔趄着几乎要摔倒，挣扎了一番才稳住身体，不过，她却痛苦地弯下了腰。

"小姐。"素凌一声惊呼连忙跑过去扶住苏浅月，一张脸上满是焦急，"小姐，你怎么了？"

苏浅月扶了扶腰，道："刚才一滑，扭伤了腰，不碍事。"

她的声音不大却足以让所有人听到。

素凌急道："这怎么办？"

太妃从椅子上站起来，关切地问道："萧丫头，你伤得严重吗？"

苏浅月忙在素凌的搀扶下，微微弯腰施礼，姿态十分勉强："回母妃，没有大碍，只是刚刚舞蹈的时候一不小心将腰扭了一下，此时又带到伤处，一会儿就好，劳母妃关心了。"

张芳华忙道："萧妹妹，你怎么样？要不要着人去请大夫过来瞧瞧？"

蓝彩霞亦把焦急的目光投注到苏浅月的身上："萧妹妹小心。"

苏浅月忙道："谢姐姐们关心，没有那般严重。"她又对一脸关切地看着她的太妃道："妾身不能陪母妃开心了，妾身要回去自己调理一下。"说完，她施礼告罪。

"身体要紧，你回去吧。"太妃又吩咐素凌："回去好生侍奉你家夫人，有事过来禀报。"

　　素凌忙对太妃行礼："是，遵太妃之命。"

　　苏浅月又对太妃施礼，拜别众位夫人，这才被素凌搀扶着慢慢走出来。

迈出端阳院的大门，素凌再也忍不住，窃窃笑出声来。

苏浅月虎着一张脸："我受伤了你还笑，有什么可笑的！"

素凌左右看了看，见没人，笑道："小姐，你装得极像，骗过了所有人，连我几乎也被你骗了。"

苏浅月失笑，那样一个动作，岂是能让她扭到腰的？只是不知有没有瞒过容熙。不过经此一事，她已明白容熙对她没有恶意，便完全放了心。

看素凌还在顽皮，苏浅月斥喝道："还笑，小心给人看到。"

一路匆匆回来，苏浅月跌坐在椅子上叹息："今后行事要更注意了，我不想成为别的夫人的眼中钉，亦不能给二公子任何和我有交集的机会。"

素凌早收敛了嬉笑，亦是忧心道："小姐，是你太出众了，我一直以为出众是好处，原来也是一个麻烦。"

翠屏从外边走进来，看到苏浅月回来，大感意外："夫人怎么这个时候就回来了，不是说玩耍的吗，这么快就散了？"

素凌答道："是小姐跳舞的时候闪了腰，是以我们提前回来了。"

翠屏惊讶，忙又关切道："是不是很严重？请个大夫来瞧瞧吧？"

苏浅月平静道："没什么要紧的，我休息一下就好。"

虽是应付了眼下，但还有更为重要的事需要应付。容瑾要带她进宫，她很清楚他们进宫的目的是要讨得皇后娘娘欢心。女子所做的事，展示才艺无非是琴棋书画及歌舞，这些她都能应付，尤其在舞蹈上的造诣更是鲜少有人能与她相比，难的是仓促中不知晓该拿什么去展示。

翠屏端上茶来，苏浅月对着茶盏沉思，鼻端嗅着梅花的香气，灵感突然而至，何不作一首咏梅的新词，届时边唱边舞蹈？也算是应景了。

晚上，苏浅月独自端坐于琴案前，对着明亮的灯光弹奏。她那般用心，浑然忘我，一边弹奏一边凝思节拍还有哪一处不够完美，舞步到此是不是优美流畅。新词已经作出来了，苏浅月一边弹奏一边轻轻唱道：

悠悠漫漫，举头望，胜过天香国色，慕煞春光明媚容。如星坠碧空，雪里温柔，冰中清透，堪比春明秀。骨傲香浓，亦是经久不败。犹记清径细嗅，罗步恐碎雪，萦绕鼻端。颠沛流离不复初，最是当年风格。万千流离，沧海雨霜，艳香独自得。他处我处，总有故人梦……

"好！"

身后一声轻喝，苏浅月急忙转头，容瑾轻轻拍手走至她身后："月儿的琴声、歌声也有魂魄，能够做到勾魂摄魄，可见月儿的造诣匪浅，本王确实被你勾走了魂魄。"

"王爷又来取笑月儿了。"苏浅月起身施礼。

容瑾轻轻搂住了苏浅月："本王取笑不大要紧，关键是累了月儿。你这么用功，歌声又如此妙曼，意境如此之美，可是在准备到皇后处的歌舞了？"

苏浅月羞涩地低下头："王爷要月儿准备，无论去得成或去不成，月儿都要做一番准备。届时哪怕不好亦要周全，不能失了王爷的脸面。"

容瑾用力抱起苏浅月走向床榻："呵呵，有备无患，本王知晓你明事理识大义，即便委屈了自己亦要为别人周全。"

他一面走一面在苏浅月的脸颊上轻轻啄了一下。苏浅月顿时脸颊发烫，环抱了容瑾的脖子低呼一声："王爷。"

容瑾将她放在床榻上，自己坐下去复又将她抱在自己的腿上，一只手轻轻地在她腰部抚摩："月儿，听说你们今日在太妃处玩耍，你扭伤了腰，要不要紧？"他将脸贴在她的脸上，"怎么这么不小心呢，腰受了伤还怎么进宫？除了你本王又不喜带别人，你不是在为难本王吗？"

苏浅月原本是做假骗人的，不料容瑾这般忧心，她忙道："王爷，月儿无碍，只是轻微扭伤，早已无事，王爷不必担心。"对上容瑾忧郁的眼神，她娇笑着抚了抚他的眉毛，"王爷若不信，月儿这就给王爷舞蹈一曲，如何？"

"不要。"容瑾轻轻否定，一只手轻轻地在苏浅月的腰上抚摩，从上到下，又从下到上，轻轻柔柔，带着无限的关切和情意，缠绵无比，"还有两天时间，你要休息好了，然后同本王一起进宫觐见皇后。"

苏浅月还是有些担心："王爷，皇宫的礼仪繁复而隆重，月儿大多不懂，月儿担心礼仪不周会给人耻笑，更会冲撞了皇后。"

"无妨。这次是皇后请众家夫人陪她玩耍，不会计较那么多。贞德皇后仁爱随和，不会苛责你的。本王亦知道你的歌舞，定能讨得皇后欢心。"

"王爷，你是要拿月儿去讨好别人。"苏浅月撒娇道，"若是那样，月儿还是不去的好。"

"怎么了，不愿意？"容瑾笑道，"本王亦好面子，想让大家知晓本王拥有一个才貌无双、倾国倾城的美人。当然，倘若有人敢觊觎本王的美人，本王自会给他颜色叫他知道厉害。"说着，他的一双眼睛带了狠戾，定在苏浅月脸上。

苏浅月心中大骇，容瑾一定是知道了今日众夫人在一起时容熙亦在场。容熙的心思容瑾又何尝不知？他们两个之间的嫌隙起源于她，容瑾的话无非是告诫她要恪守本分。

苏浅月心思转动，只怔了怔就恢复如常，笑道："王爷，你以为月儿在旁人眼里亦是这般好吗？王爷觉得月儿好，是你宠爱我的缘故。威名赫赫的睿靖王，你的人谁敢觊觎？就算是有，我的身心亦都在王爷身上。月儿不糊涂，王爷对月儿不仅仅有情，还有恩，滴水之恩当涌泉相报。月儿有王爷的宠爱，已经足够。"说完，她伸长手臂攀住了他的脖子，"月儿心里只有王爷。"

容瑾动容道："月儿，你可知道，本王看到你第一眼后就舍不得放开，那时就决定无论是谁，都不能与本王争夺你。那样强烈的感情……是前世就有的吗？本王不知道是不是有缘由，只是在那一瞬间就认定了你。无论如何，这一生都不准你离开本王身边。"言毕，生怕她飞了似的，容瑾突然更用力地抱紧了她。

他是认真的，那样一位伟岸男子，于儿女私情上这般缠绵，苏浅月恍惚中十分感动。其实她的心思有些复杂，她忘不了萧天逸，此时还有容熙的面容在她脑海里一闪而逝。然而，爱的最高境界不是出让，而是拼了性命地守护。这点上，容瑾是不是就是如此？苏浅月明白，倘若要她选择，她会选择萧天逸，但是萧天逸没有做她希望他做的；容熙亦是想要与她共度一生的，终究还是选择放开她。唯有容瑾，是粗鲁了，霸道了，阴险了，蛮横了，却也正是这样的他，让她待在了他的身边。

苏浅月脑海里浮想联翩，第一次心甘情愿地接受容瑾的怀抱，没有一丝想要逃脱的念头，她将手臂用力攀上他的颈部，在他耳畔轻唤：

"王爷……"

心有些疼痛，她终究是一个女子，还是希望有一个男子能够果断地为她做出一切，而容瑾做到了，比起奢求得不到的，她还有什么不满意的？她明白就算容瑾有太多的不好，但对她却是全心全意地好，这"好"需要她拿身心来接纳。

突然外边有人禀告："禀王爷、萧夫人，太妃着人来请王爷过去。"

苏浅月将疑惑的目光移向容瑾，容瑾亦是一脸的疑惑。

"月儿，你等一下，本王出去看看是怎么回事。"

苏浅月微微点头，容瑾在她的疑惑中走出暖阁。

夜深了，太妃是有什么要紧的事情唤他吗？苏浅月无法猜得出，只心里有些惴惴不安。容瑾不在了，房内暖融融的夹杂着暧昧的气息也仿佛全部被他带走，她感到有些微的孤寂，很希望容瑾快些归来。

容瑾很快归来，苏浅月欣喜道："太妃找你是有很重要的事情吗？"

她希望容瑾会给她满意的回答，说他暂时不会过去，一切事务待明天处理。

"不知道，下人说太妃让本王即刻过去。月儿，本王今晚就不再过来陪你了，你身体不适，也不要再等本王了。"他的眼中尽显留恋和不舍，但又十分无奈。

苏浅月顿时失望，却不敢流露出来，只轻轻点头给他安慰的一笑："太妃有事请王爷，就不要耽搁了，月儿明白。"

看着容瑾走出去，苏浅月愁肠百结。今日发生的事太多了，她躺下去辗转反侧，想了又想，那些事在她脑海里转来转去，就是挥之不去。

晨起，素凌悄悄走到苏浅月的床榻边，看到她还在熟睡。得知她一夜没有睡好，素凌轻轻地叹了口气，离开床榻去忙别的事了：为火炉填了银炭，轻轻地抹干净所有家具。等她忙完了，苏浅月依旧没有醒来。

素凌心中惶惑：小姐从来没有这样过。看看苏浅月熟睡的面容，素凌害怕她哪里有了毛病，忙轻唤道："小姐，小姐。"

素凌觉得还是先将苏浅月唤醒为好，至于她没有睡醒就放在其次了，因为醒过来还可以再睡。

那么远，那么远，好像是隔了千山万水，一个声音悠悠响起，又一点点靠近，苏浅月被耳畔的声音唤醒，不停地眨着酸涩的眼睛。之后，她渐渐恢复了意识，顿时明白天色不早了，阳光已经照进屋子里的各个角落。

"素凌，什么时辰了？"苏浅月的声音干涩嘶哑。

"看到小姐睡得那般安稳，真不忍心将你唤醒。是不是昨夜又没有睡好，临到天明才熟睡的？"素凌忙将沏好的茶端过来，"小姐，先喝口茶润润喉咙。"

苏浅月坐起来接过茶盏，神情依然有些茫然："是，一夜乱梦，天明时才熟睡。"

她低头喝了一口茶，温热的香气顺喉而下，顿时舒服许多，人亦完全清醒过来。她起身下床，红梅、雪梅也走了进来问安。

苏浅月道："我今日起得晚了，素凌服侍就好，你们去忙自己手头的活儿吧。"

"是，夫人。"

红梅、雪梅一同走了出去，素凌忙着为苏浅月梳妆，言道："小姐，你夜里没有睡好，吃完饭了再接着睡吧。又没事的，你可以安心睡。"

苏浅月扭头看着素凌，轻声道："我还无事？你忘了后天我就要随王爷进宫去给皇后问安了吗？亦是为了这个，我想了太多才没有安睡的，今日我还要练习舞步。"

素凌用犀牛角梳子拍打自己的头："哦，我给忘了。"

苏浅月一心想着要进宫献艺的舞蹈，她吃完饭就走向中堂，想再用心修正一下曲子之后练习舞步，张芳华这时悄无声息地走了进来。

"张姐姐好。"苏浅月忙招呼着让座，思忖着张芳华为什么会这么早过来，且脸色不太好。

张芳华看着苏浅月，神情中带着忧郁："萧妹妹的气色不算差，腰痛好了一点儿没有？"

苏浅月这才想起她昨日撒的谎，张芳华以为她是真受伤了，因为关心她才来，她忙投以感激的一笑："多谢张姐姐关心，今日好了许多，已经没事了。"

"那就好。"张芳华点头落座，又看着苏浅月轻轻道，"萧妹妹，我一来是看你，二来是告诉你一个不幸的消息，蓝姐姐昨夜突然小产了。"

"什么？"苏浅月以为自己听错了，瞬间感到天旋地转。蓝彩霞小产？昨日蓝彩霞还好好的，怎么突然会小产？

她不解地望着张芳华，困惑道："蓝姐姐昨日还和我们在一起谈笑风生的，怎么会突然流产？"

她想起了蓝彩霞绣的婴儿兜肚，艳丽漂亮，分明就是一件精妙的艺术品。蓝彩霞说是要给孩子穿的，苏浅月还记得蓝彩霞看兜肚时的温柔眼神，那样柔美到叫人沉醉。

张芳华的目光中亦是充满惋惜和伤心："是啊，她在怀孕以后也一直是保养得很好，怎么突然流产呢？我也是奇怪……"她和蓝彩霞的院子离得比较近，两人来往自然也多一些，却不知道蓝彩霞为什么会突然流产，"据说昨天她回去以后，服了平日服的安胎药，亦没有丝毫不适。傍晚的时候突然觉得腹部疼痛，以为与往常一样就没有在意，可是后来疼得越来越厉害，这才惊动了太妃……"

张芳华说完，叹口气又摇了摇头。

“为什么不早些请大夫过来？”苏浅月闻之心惊，问道。

“请了呀，还是之前给她开安胎药方的潘大夫。潘大夫到了以后，蓝姐姐已经有了流产的征兆，他说孩子已经保不住了。后来王爷还着人去请了御医来，只可惜已经覆水难收。”张芳华深深地叹了气说。

苏浅月一颗心除了难过还有惭愧，容瑾最初是在她这里，然后才被太妃叫走的。若是他就在蓝彩霞的院子里，发现蓝彩霞有异常是不是会早早地去请御医？蓝彩霞肚里的胎儿是不是就可以保住？

“御医说是吃了寒凉之物导致的流产，蓝姐姐却说她是极为注意的，并没有吃什么寒凉之物，很是古怪。”张芳华若有所思地说。

“那她的安胎药呢，可曾让御医看过？还有她都吃过什么？按道理不适合有身子的人吃的东西她不可能去吃，唯有安胎药的成分难辨。”苏浅月同样思索着，心想：是不是有人在蓝彩霞的食物或者安胎药中做了手脚？

“她该吃什么不该吃什么，服侍的丫鬟都知道，不会给她吃不该吃的东西。安胎药的方子御医看过了，没有问题。煎药的丫鬟也是红莲，她是蓝姐姐的贴身丫鬟，想来也不是她在药中做了手脚。此事太过于蹊跷……”张芳华的眼中有着痛惜，更有不平，“我嫁入王府的那年，王爷的一个侍妾也曾怀过身孕，也是莫名其妙地就流产了，不过那侍妾身份低微，亦没有人过多地在意她。此时蓝姐姐又流产，为什么王爷的孩子总是保不住？”张芳华的目光中都是疑问，又恨恨道，“真可恨！”

苏浅月茫然摇头道：“我都不知道这些事。既然事情太过蹊跷，有没有仔细查问过？”

张芳华叹了一口气：“红莲是蓝姐姐的贴身丫鬟，又是她煎的药，她最是清楚蓝姐姐的状况，所以嫌疑最大，当时就被抓了起来。还是蓝姐姐替她求情，王爷这才放了红莲，令她依旧尽心侍奉蓝姐姐。至于问题到底出在哪里，一时是无法弄明白的了。"

仅仅过了一夜，就有这样的事情发生，苏浅月有种恍如隔世的感觉。

在王府里，苏浅月若说有朋友，就是张芳华和蓝彩霞。她和张芳华的关系亲近随意，类似于孩童的天真；她和蓝彩霞的关系有着恭敬，显得庄重，却也十分仔细。她们两个无论谁有不好，她都会心痛。眼下，蓝彩霞出事，她该去看看，只是去了以后除了悲伤，说不得又引得蓝彩霞再次悲伤外，还能有什么用？蓝彩霞的丧子之痛不是她能安慰得了的。

在难过中，苏浅月不觉思量：蓝彩霞一直都稳妥的身子突然流产，定是有人做了手脚，到底是哪一个？

张芳华走了，苏浅月心中有说不出的滋味，原本还想练习舞蹈的心情再无丁点儿。素凌看到苏浅月沉着一张脸，小心道："小姐，你的舞蹈……"

"此时没有心情。"

苏浅月生硬地打断了素凌的话，独自走出房门。天气晴好，阳光一派明丽，但是寒冬的季节有着透骨的寒意，她将双臂环抱在胸前。

落光叶子的树木赤裸着黑瘦的枝丫，枯萎的花草颓废着软弱的身体扑倒在地。苏浅月不知道怎样才能把心中淤积的痛苦彻底倾吐出去。想去看蓝彩霞，犹豫了再犹豫，害怕自己去了会增添蓝彩霞的悲伤，所以最终没有走出去，却又担心蓝彩霞介怀自己不去看她，所以苏浅月一直心神不宁。同时，她又惦念着进宫的舞蹈，一颗心像被揉碎了般的痛苦。

临近黄昏，苏浅月再也忍不住，问翠屏："蓝夫人怎么样了，你可知道？"

翠屏摇头道："只听说蓝夫人小产时失血过多，此时又如何了，奴婢也不知道。"

苏浅月再也忍不住，起身道："翠屏，随我去明霞院。"

"小姐。"素凌忙制止道，"天色不早了，外边又冷，小姐还是明日再去吧。"

"无妨。"

苏浅月带着翠屏，匆匆忙忙赶到明霞院。当见到所有的仆人、丫鬟都低着头，连走路都带了沉重却悄无声息，苏浅月心中越发悲伤。她正要踏进暖阁时，正好碰上红莲出来。

红莲抬头看到苏浅月，慌忙施礼："见过萧夫人。"她的声音低沉中带着嘶哑。

"蓝夫人怎么样了？"红莲是蓝彩霞的贴身丫鬟，仿若素凌与她。苏浅月无法想象红莲就是害蓝彩霞的人，但如今的情形红莲不是全无责任。看着红莲，她不知道是该恨还是该怨。

红莲回头看了一眼，声音依旧很轻："回萧夫人，我家夫人睡着了，刚刚睡着。"她说着抬头望了苏浅月一眼。

苏浅月顿时明白了红莲的意思，是担心她进去不小心惊醒了蓝彩霞。如此为蓝彩霞着想，定不会是害蓝彩霞流产的人。苏浅月微微点头，她想就此转身离去，又却极想看看蓝彩霞，于是扭头对翠屏道："你就在此处等我，我和红莲进去远远看一眼就出来。"

"是。"

红莲挑了帘子，苏浅月轻轻地走了进去，在距离床榻很远的地方站定，一双眼睛努力地看向蓝彩霞。蓝彩霞果然是睡着了，平日里灵动的双眸此时紧紧闭合，连双眉亦紧紧蹙着，脸色惨白，满是疲倦，往昔红润的双唇似乎在抽泣，不用说，睡梦中的她也是痛苦的。苏浅月看得心酸，忍住泪急忙扭头退了出来。

红莲紧跟了出来，低头施礼道："恭送萧夫人。"

苏浅月转身看向红莲，缓缓道："你是蓝夫人的贴身丫鬟，蓝夫人会流产，无论怎样你都有不小心的罪过，以后要好好照顾她。"

红莲忙答道："是，奴婢有罪，奴婢一定会精心照顾我家夫人。"说着，她流下泪来。

苏浅月道："好。倘若有什么事，你只管到凌霄院来找我。"

"是。"

苏浅月又嘱咐了红莲一些话，才同翠屏一起回去。素凌看到苏浅月回来，长长松了口气，问道："蓝夫人怎么样了？"

苏浅月叹了一声："还算无碍。"

素凌没有听明白苏浅月的话，却不敢再问。

苏浅月转而吩咐翠屏："你去把王良找来，我有事要他去做。"

"是，夫人，奴婢这就去找他来。"苏浅月脸色难看，翠屏不敢有一丝懈怠，急忙就去了。

苏浅月又道："我去时蓝夫人已睡着了，只远远看了一眼，并不知道她具体的情形。唉，失了孩子哪里会好？我感觉不是红莲动的手脚，毕竟她和蓝夫人的关系不一般。"说着，她望了素凌一眼。

素凌红了脸，急忙道："我不知晓红莲和蓝夫人是怎样一种情形，只知晓我和小姐，小姐待我如何，我心知肚明，因此即便是要我死，我都不会去害小姐的。"

苏浅月轻浅一笑，起身扶了素凌的手："我们到玉轩堂去。"

两人到了玉轩堂，素凌扶着苏浅月坐下，皱眉道："小姐先坐下歇歇吧，你还要进宫去陪皇后呢，我都不知道你明天一天能不能把舞蹈练习好。自己的事情都拎不清，又加了别人的事烦着，唉。"

看素凌担忧自己，苏浅月笑了："你放心，我定能做好。"

素凌这才散去了脸上的愁云："素凌相信小姐。"

时间不长，王良就随着翠屏到了。见到苏浅月，他忙跪下叩头："奴才给夫人请安，夫人万福金安。”

苏浅月扬手道：“起来吧，今日叫你来，是要吩咐你去做一件事。”

王良站起来躬身答道：“夫人请吩咐。”

“给王府中人看病的潘大夫是什么人，人品如何，和王府有什么渊源，你去细细地查来回我。记住，不可以张扬让旁人知晓。”苏浅月神色凝重。

“奴才明白了，请夫人放心，奴才会全力办好。”王良躬身行礼，然后退了出去。

苏浅月长长舒了口气，带着素凌、翠屏又回去了。

就这样熬到了天黑，素凌惶惑着，脸上全是担忧：“小姐，你一天都没怎么吃东西了，想吃些什么，我去做来，总不能就这样不吃东西。蓝夫人已经脱离危险，你就不要为她担心了，好吗？就算你再难过，她的孩子还能回来吗？”

素凌言辞恳切，苏浅月不想让她太担忧，吩咐道：“你去做一碗薏米酸枣仁粥来就好。”

素凌去了，苏浅月凝望着飞鹤烛台上盈盈燃烧的烛光，对它生出崇敬，取代太阳神圣之光的烛火，帮人驱散眼前的黑暗。只是，拿什么驱散人心头的黑暗？有多少黑暗的心灵需要被照亮？

容瑾就这样走了进来，衣袖的窸窣声打破了一室宁静，苏浅月骤然抬头，两个人四目相对。容瑾一点点走近，苏浅月缓缓抬起双臂，谁都没有发出任何声息，两个人只是紧紧地拥在了一起。

冬季厚重的衣裳没有让两个人觉得有丝毫的隔阂，各自心中的情感缓缓流淌，之后用手指表达，在对方的衣裳上、手上、裸露的肌肤上。

暖阁里，炉火中的银炭发出轻微的“哔剥”声响，苏浅月用力踮起脚尖用柔嫩温热的脸庞去轻蹭容瑾有些粗糙的脸，这是她第一次真心真意地希望能用自己的情感心意安慰满是失子之痛的容瑾。他的脸那么凉，不仅仅是外面寒风所致，苏浅月知晓那是他心头泛出的寒意。她第一次真切地为眼前的男子感到心痛，好想能与他一起分担。

"月儿，会冰到你的。"容瑾移开了脸。

"王爷。"苏浅月心中一热，眼里有泪水溢出。

"本王没事，你不必担忧。失去了孩子，本王虽然心痛，可是还有你在，你……才是本王最大的安慰。"容瑾突然用力，恨不得将苏浅月纳入他的身体里，"不要离开，不要……"

"月儿在，在的……"苏浅月忍着被他禁锢的疼痛和窒息，低声回答着她。

素凌用银盘端了盛好粥的碗冒冒失失地就进来了，这才看到容瑾也在里面，一时尴尬。苏浅月意识到有人进来，暗中用手拍拍容瑾，然后拉他坐下，示意素凌把粥端进来。

素凌默默地走过去把碗放在桌案上，深深施礼后便退了出去。

苏浅月将粥送至容瑾面前："王爷，喝点儿粥……再走。"

她知道，今晚的他不宜留下。

"我已去看过她了，也安抚了她，今晚就不再去了，也免得打扰她歇息。本王先来看看你，之后再去王妃那里，告知她选人进宫陪皇后的事。"容瑾道。

苏浅月低了低头。无论发生什么事，容瑾都需要周全到各方面，他的心又该是如何被分裂的难过和劳累？

"王爷，可否有比月儿更好的人去？还是由王妃说了算吧，王爷也就不必为了这事惹到别的夫人。"苏浅月动容道，"月儿有王爷的宠爱在，那些虚的东西没有也罢。"

"没有比你更适合的人，本王心中明白。只是突然发生了意外，就有些为难你了。你无须在意旁人言辞，只管去就好，明白我的意思吗？本王会和王妃商议做安排的，明日会让你们都到太妃处，太妃和王妃会教给你们进宫的礼仪及注意事项，你那么聪明，到时见机说话，之后回来准备进宫就是了。"容瑾细细吩咐道。

"好，月儿明白了。"苏浅月努力点头。

就这样，苏浅月被容瑾带进了皇宫。

因为只是陪皇后，轿子没有走皇宫正门，而是从皇宫后院的偏门进入，苏浅月只是悄悄地从轿帘的缝隙中窥视到皇宫里那绵延不绝的逶迤宫墙。为了方便，轿子一直到了贞德皇后的瑞凤宫宫门口才停下，翠屏扶着苏浅月下轿后，轿子离去。

苏浅月抬头仰望，看到了朱红的高大宫门在晨曦中光芒万丈，上书"瑞凤宫"三个金碧辉煌的大字，在早霞的光辉中更是熠熠闪光。这是母仪天下的皇后居住的地方，是天下女子梦寐以求而不得的地方。站立在宫门外仰望，苏浅月被神圣庄严的宏伟宫门折服，不由得想到贞德皇后该是怎样的奇女子。

紧了紧身上绣着两团红色喜相逢的厚锦镶狐皮的披风，提起了绣富贵牡丹暗花纹的绛红色云锦织锻宫裙，踏上高高的云母如意台阶，苏浅月心中百感交集。她本是官宦千金，按照体制，她有机会在皇上大选之年作为待选的秀女踏进皇宫，封为妃嫔亦有可能，然而，父母一死，她就再也没有了机会。如今自己作为王爷的侧妃踏入皇后的宫殿，不知里面又是怎样的情景？

宫殿辉煌，金黄的琉璃瓦在朝阳下闪着耀眼的光芒，一路被太监引着，苏浅月亦步亦趋到了皇后寝殿。

只见寝殿内檀木为梁，水晶玉璧为灯，珍珠为帘幕，富丽堂皇，令人顿生敬仰。苏浅月以为她是最早到来的，不料已经有几位夫人先到了，就那样静静地侍立在一旁。

时间还早，皇后正在梳妆，几个宫女服侍着。苏浅月按照宫廷礼节跪倒在地："臣妾睿靖王爷侧妃萧天玥叩见皇后娘娘，皇后娘娘万福金安。"

　　皇后慢慢地从菱花镜前转过头来："是萧夫人到了，请起吧。"

　　苏浅月心中一动，以她的身份哪里当得起皇后一个"请"字，她不由得惶恐道："臣妾叩谢皇后娘娘。"言毕，她重重叩首，之后才起身。

　　皇后抬了抬衣袖，秀目妙曼地扫过眼前的几位夫人，唇角泛起一缕春风般的微笑："本宫一时兴起，倒是劳动了诸位，且请坐下吧，本宫一会儿就好。"

　　"多谢皇后娘娘。"众位夫人一起施礼。

　　苏浅月随众位夫人坐在一旁静候皇后，到此时她才看清皇后的容貌：大概二十几岁的年纪，除了更加成熟，容貌上几乎没有被岁月浸染过的痕迹；浑身透出的宁和气韵，除了叫人钦佩敬重，并没有让人高不可攀，亦不见丝毫的盛气凌人，更有那份端庄典雅绝不是普通女子可比的。如此庄严、温婉、高远的女子，即便容貌普通，亦是人中之凤，母仪天下。苏浅月由衷对皇后生出敬仰。

　　过了一会儿，又陆续来了几位夫人，皇后亦梳妆停当，介绍大家一一见礼。

　　皇后今日的装扮虽不是耀眼华丽，却更显雍容气质。明黄色平金秀牡丹穿花宫衣，袖口镶了翠色孔雀毛，衣裙的下摆用金丝银线绣着繁复的如意流云图案，寻常发髻中点缀衬着碎珠的金芍药，鬓发中横插一支鎏金掐丝点翠九尾凤凰步摇。虽处处显示着凛然不可侵犯的威仪，却笑意盈盈，多了几分亲和随意。

　　"让大家早早地冒着寒冷来陪伴本宫，倒叫本宫不忍了。"贞德皇后温婉地笑道。

　　"皇后娘娘哪里话，臣妾们能有幸来陪皇后娘娘，是臣妾们的福气。"一位亲王夫人面露笑意，极其恭顺地答道。

"是啊，皇后娘娘有此雅兴，臣妾等求之不得。"另一位亲王夫人微笑道，"如若有更多机会待在皇后娘娘身边，能听到皇后娘娘金口训诫教诲的话，更是要念佛了。"

她的话引来大家附和的笑声，皇后笑道："本宫看到梅花盛开，一个人赏觉得怪没意思的，宫中姐妹们有许多怕冷的，本宫就想到了诸位。呵呵，外边天气虽晴好，然而寒意犹在，我们到上景的梅花苑看看，回转后姐妹们同乐，可好？"

"臣妾等愿意陪着皇后娘娘。"众位夫人谦恭地答道。

众多的宫女、太监，夫人们以及夫人们的丫鬟，一大群人浩浩荡荡地前呼后拥着走往皇后口中的梅花苑，许多亲王的夫人围在皇后身边陪着皇后，苏浅月因为身份低微，再者亦有一份矜持，只是随之走在后边。

尽管竭力保持低调，苏浅月还是因为貌美赢得许多人注目，在她身旁的夫人们趁着混乱悄悄与她搭话。

"萧夫人，你生得如此貌美，真叫人羡慕。"一位年岁看着比苏浅月略大的夫人抬手碰了碰她的胳膊。

"多谢夫人夸奖。"苏浅月不好意思道，"夫人你如此优雅，亦是我难以比拟的。"

"哪里，我都老了，显了老态而已。"

"是啊，萧夫人真是沉鱼落雁的容貌，我都自惭形秽了。"另一位夫人亦插话道。

"哪里，夫人你同样地貌美，更显气质呢。"

"萧夫人不仅仅貌美，说话亦这般叫人舒服。"

"夫人夸奖了。"

一路走去，阳光照耀在一溜儿宫殿上，愈加显出宫殿的巍峨辉煌，脚下白玉铺就的甬道洁净温润。苏浅月生怕怠慢了与她搭话的夫人们，一直小心对答，左右逢源，生怕有不周的地方会给容瑾带来麻烦，连皇宫宏伟的宫殿楼宇都没顾得上欣赏，一直到了梅花苑才得以空闲下来。

梅花苑虽是皇家园林之中的小小一景，却绝对不匮皇家威仪。亭台楼阁，红柱黄瓦，飞檐翘角，富丽堂皇。顾名思义，梅花苑是以梅花称胜的地方，红梅、白梅点点簇簇勾勒成一片梅花的海洋，令人叹服。苏浅月喜爱梅花，却从来没有见过如此壮丽的梅花胜景，其中许多名贵的品种她从未见过，更谈不上知晓它们的名字，她一面轻轻地走着欣赏着，一面心中叹服着。

鼻端是冷冽中独有的梅花暗香，盈满心胸，令人心旷神怡。一树树白梅像是凝了冰雪般晶莹如玉，一树树红梅像是一团团火苗在微微跳跃，更有洁净的粉色梅花如霞耀目，施施然醉了人的眼。

畅游于梅花海洋中，众位夫人同皇后谈笑风生，苏浅月只是小心答话或者不言语，绝不做哗众取宠之举。

正如皇后所言，这些娇生惯养的夫人确有许多是娇弱不胜寒的，皇后也适可而止，体贴地道："众位姐妹陪着本宫在寒冷中游玩，也都累了吧？不回瑞凤宫了，此处有梅韵楼，我等就去那里歇息。"

到了梅韵楼，苏浅月才知道梅韵楼是怎样的豪华美丽。大殿中，单单宝顶上悬着的那颗硕大的夜明珠，便不由得让人猜测它是不是世上独一无二的。地上铺着白玉，内镶金珠和翡翠，更有凿地为梅，不论红梅、白梅，瓣瓣鲜活逼真，连花蕊都那般细腻玲珑，叫人叹服。苏浅月小心地踏上去，想象着即便是赤足行走，定然也是温润暖心的。

"大家请坐下用茶，歇息片刻后，有歌舞伺候，众家夫人亦可歌舞助兴，本宫皆有赏赐。"皇后仪态万方，抡了一下衣袖，率先落座。

"谢皇后娘娘。"众位夫人施礼谢恩后依次落座。

苏浅月端起内饰富贵暗花纹的青玉茶盏，浅饮一口碧色的茶水，顿觉甘醇味美，口舌生香，适才走路带来的疲累便烟消云散。

有宫女适时献上点心鲜果，皇后又轻笑道："众位夫人请随意，本宫说了我们是玩赏，就不要太过于拘泥，不然就失了趣味。"

"皇后娘娘亲近随和，惠泽天下，我等在皇后娘娘身边沐浴恩惠，就不要负了皇后娘娘的美意，随意些吧，如此皇后娘娘才会更为开心。"紧挨皇后座位而坐的一位年长的亲王夫人笑意盈盈道。

"皇后娘娘处处为他人着想，我等敬仰。"又一位亲王夫人言道。

"是啊。"

一时，大家真的随意了许多，有喝茶的，有吃点心果子的，气氛融洽和睦。苏浅月身处其中，所有的拘谨和不适亦渐渐消失，整个人自若起来。

又有一个宫女来禀报："皇后娘娘，歌舞已准备完毕，可否传唤？"

皇后点点头："也好，众位夫人可一边歇息一边欣赏。"

"是，皇后娘娘。"

不知皇家的歌舞有多精彩，苏浅月暗想。歌舞现场已经布置停当，乐师各就各位，舞女也已经鱼贯而入。

当丝竹管弦清脆悦耳的乐音响起时，一众舞女已摆好了姿势，个个如含苞待放的花蕾，乘坐徐徐香风点点绽放。

"众芳摇落独暄妍，占尽风情向小园。疏影横斜水清浅，暗香浮动月黄昏。霜禽欲下先偷眼，粉蝶如知合断魂。幸有微吟可相狎，不须檀板共金樽。"

苏浅月目不转睛地观赏着，但见众舞女衣袂飘飘，舞步整齐划一，她们用头、手、腰肢，乃至身上的配饰来表达，动作标准到没有一丝差错，就连舞女脸上的微笑都是一色的内敛。

众人耳中是悠扬的伴奏之音，眸中是妙曼的舞蹈，俱是神情陶醉，将如此歌舞看作最美的享受。苏浅月融在其中，脸上同众人一样保持着矜持的笑容，却没有真正地觉得舞女的歌舞有多美，无非是衣饰的华美更夺人眼目。她是舞者，深知舞蹈的精髓在于真情流露的抒发，倘若拘谨，断然是不会有舞蹈神韵的。

待第二曲歌舞开始后，苏浅月于舞女的形态动作中终于发现了端倪：她们的舞步拘泥于舞师教导，生怕有丝毫的错误而受到责罚，完全不是因自身的喜爱，如此也就没有了舞蹈的潇洒飘逸之美。

舞女歌舞几曲后被皇后叫停，之后皇后和颜悦色地道："众位夫人，本宫请众位来就是开心娱乐的，有哪位夫人愿意上去歌舞，让本宫开开眼界？"

众夫人面面相觑，其中一位夫人道："皇后娘娘，宫中的歌舞有严格教导，已是最好的了，臣妾等粗俗，即便平日里喜欢摆弄，又如何敢拿出来与宫中歌舞相比？"

"是啊，岂敢。"又一个胆怯的声音轻轻地冒出来。

"哪里，我们说好了是玩耍，只为开心，又不是比试，何必如此拘泥，反倒失了本意呢？"皇后矜持一笑，妙目投向众人，目光中满是希望。

苏浅月转眸看向众人，然而，众夫人同这些舞女一样，生怕失了礼仪，皆惶惶而不敢动。苏浅月又看了皇后一眼，见皇后脸上渐渐有了失望之色，眸中也带了暗淡。她想皇宫虽是人间极致的富贵尊荣之地，却有太多的禁忌，皇后身处皇宫内苑，相比她身处王府的无奈更是多了几倍，想来皇后更是希望恣意抒怀，渴望真实地开心快乐，不然亦不用巴巴地请这些夫人来的。

见此情景，苏浅月离座施礼，自告奋勇道："皇后娘娘，臣妾愿意为娘娘歌唱一曲助兴。"

她想好了，就先按照方才那些舞女的姿态唱一首曲子，算是不负皇后的恩义。

众夫人见苏浅月如此，有的惊讶意外，有的不解其意，有的微有轻蔑。

皇后开心道："好，夫人肯一展歌喉，本宫洗耳恭听。不必拘束，你随意唱来。"

"遵皇后娘娘之命。"

苏浅月要了一把七弦琴，径自坐了下去，玲珑玉指轻轻抚上琴弦，便有妙美的琴音泠泠淙淙如清泉出谷般蜿蜒而来。

皇后顿时睁大了眼睛看向苏浅月，众夫人只以为平常，哪知道苏浅月出手不凡，顿时被吸引，听到苏浅月唱道："玉瘦香浓，檀深雪散，今年恨探梅又晚。江楼楚馆，云闲水远。清昼永，凭栏翠帘低卷。坐上客来，尊中酒满，歌声共，水流云断。南枝可插，更须频剪，莫直待，西楼数声羌管"

苏浅月的琴声如清波涟漪般清冽，歌喉如黄莺出谷般婉转动听，一曲终了，大殿里寂然无声。她抬头见众人或眉目呆滞或惊愕不动，缓缓起身弯腰屈膝施礼下去："臣妾不才，玷污皇后娘娘视听，还请皇后娘娘责罚。"

皇后似乎不敢相信自己的耳朵和眼睛，震惊地看着苏浅月："你就是睿靖王爷的夫人萧天玥，是吗？"

苏浅月忙答道："是，皇后娘娘。"

皇后忽然拊掌大笑道："妙呀，你不光貌美，连琴声、歌声都这般美妙！女子的美集于你一身实在是少见，本宫很喜欢。"她说着，鼓起了掌。

皇后带头，大殿里顿时响起热烈的掌声，经久不息。

"萧夫人实在了不得呀，有这般才艺。"

"真是好呀，从没听过这么美妙的琴声与歌喉。"

"今日真是幸运，若不是托了皇后娘娘的洪福，到哪里去寻找这么好听的琴声、歌声？"

一时，众夫人早忘了矜持，沸沸扬扬地议论开来。苏浅月忙着四处施礼致谢："多谢，多谢夫人抬爱。"

混乱中，皇后的声音响起："大家静一静。"

众人忙住口，大殿中又恢复了平静，皇后欣喜地看着苏浅月："萧夫人，你的琴声、歌喉本宫喜欢不尽，劳烦你再给本宫歌唱一曲可好？众夫人亦期待呢。"

她把目光望向众位夫人，仿佛在求得大家支持。众夫人纷纷点头，皆把期待的目光投向苏浅月。

苏浅月原本就是舞姬，歌舞自然不在话下，又是有备而来，且看了宫廷歌舞，让她明白了宫廷歌舞的不足和长处。她早已把事先准备好的舞蹈又在心里排练了一遍，于是大方起身道："谨遵皇后娘娘懿旨。臣妾就给娘娘歌舞自创的《梅花赋》，愿博娘娘开心。"

"好，好。"

眼见皇后连道两个"好"字，又是一脸的期待，苏浅月施礼后径自走向场中，纤纤玉手伸出，修长的小指和拇指、中指娴熟地对点几下，做了一个梅花开放的手势，双臂一扬，配合着脚下的舞步开始唱道："悠悠漫漫，举头望，胜过天香国色，慕煞春光明媚容。如星坠碧空，雪里温柔，冰中清透，堪比春明秀。骨傲香浓，亦是经久不败。犹记清径细嗅，罗步恐碎雪，萦绕鼻端。颠沛辗转不复初，最是当年风格。万千流离，沧海雨霜，艳香独自得。他处我处，总有故人梦……"

这段舞蹈以动作取胜，苏浅月用妙曼的歌声配合舞步，时而若绽开的花蕾，时而若盛开的花朵，繁复变化。妙曼的身姿或柔若无骨或刚劲挺拔，舞步轻盈优美，翩然若仙，广袖开合，流转飘逸，静若流云，动若劲风，整个人恍若不是骨肉而是轻柔的流水做成。更有面部表情诠释了这风情，眼睛、眉毛、簪钗、耳环俱与她的舞蹈化为了一体。

词句里的情致意境被她舞得淋漓尽致，整个舞蹈被她舞得出神入化。

最初还有轻微的叫好声响起，直到最后座位上的人连动一下都不肯了，生怕一个疏忽就错过了眼前的精彩。待歌舞完毕，整个大殿又陷入一片死寂。

苏浅月美目流转，才发觉了众人迷醉的神态，她施礼道："歌舞粗俗，望各位海涵。"之后才走到皇后的座前施礼道："皇后娘娘，臣妾歌舞完毕。"

皇后如梦初醒："萧夫人，此乃你自创自演的歌舞？"

苏浅月忙道："是。臣妾喜欢歌舞，又不喜墨守成规完全照搬旁人，有时候就自创，纯属自娱自乐，望皇后娘娘海涵。"说完，她施礼告罪。

皇后叹道："你真是天才呀。这一曲《梅花赋》被你舞得神形兼备，美轮美奂。本宫向来只看宫中舞蹈，神思都被拘泥了，今日观赏你的舞蹈，张扬洒脱，灵活奔放，实在出乎本宫的预料。你把梅花的精魂表现得淋漓尽致，本宫都为你倾倒了。"说着，她喜悦道，"本宫还是唤你做梅夫人好了。"

"好一个梅夫人！"一位亲王夫人拍手道，"萧夫人的梅花舞蹈夺人魂魄，臣妾真没有看过如此精美的舞蹈。"

众人面面相觑，都不知晓该用什么话来做评语，皇后笑看众人一眼，言道："各位夫人，萧夫人的舞蹈如何？"

"好。"

"翩若惊鸿。"

更有夫人道："臣妾只觉得美，却不敢形容，生怕不恰当。"

"不愧是梅夫人。"

一片赞美声中，皇后笑道："本宫已经称你为梅夫人了，自然不能更改，本宫现在就将这个封号赐给你了，位同二品夫人。"

苏浅月怔住，皇后金口玉言，自然不是随便开玩笑的，她一个多余夫人凭着一首歌舞就成了有封号的梅夫人？真是让人难以置信啊。

"皇后娘娘圣明，从来不会屈了人才，好，实在是好。"素来与皇后交好的瑞亲王王妃拍手道，"萧夫人，还不快快谢过皇后？"

苏浅月惊醒，慌忙跪下道："臣妾谢过皇后娘娘洪恩，皇后娘娘千岁。"她口中称谢，又三拜九叩谢恩。

皇后笑道："平身吧，梅夫人。今日累了你，本宫实实在在饱了眼福。日后倘若本宫烦闷，可是要请梅夫人来给本宫解闷儿的了。"

苏浅月忙道："臣妾愿意服侍皇后娘娘。"

苏浅月实在没有料到，她大胆泼辣的舞蹈反倒得到了皇后的垂青，轻而易举地得到了"梅夫人"的封号。

　　从梅韵楼走出来，和翠屏在瑞凤宫门口等候着容瑾，苏浅月依旧有恍然如梦的感觉。

　　翠屏却喜不自禁，仿佛得了封号的是她："夫人，夫人，奴婢都不晓得该说什么话来恭贺夫人了。"

　　苏浅月来的时候心里惴惴不安，并没有仔细看过皇宫内的景致，此时她将茫然的目光投向四处，不料在她远望的时候，一个黑色身影突然闯入眼帘。苏浅月先是一愣又是一惊，这个身影太熟悉了，顿时让她想到就是那日自己和素凌从琼苔园走出时见到的身影，虽距离很远，但她相信没有看错。那个身影并没有意识到有人在看他，他脚步踟蹰，转脸过来，那大大的高鼻子便突兀出现。苏浅月更为吃惊，完全肯定了他就是素凌所说的萧天逸府中的仆人了。

　　为什么会这样？怪不得那天她等了一天都没有等到有关萧义兄的消息，此人根本就不是去容王府传递信息的！如今连皇宫都敢进来，他到底是什么人，又有何目的？苏浅月的心一下子揪了起来：此人关系到萧义兄，倘若他心怀不轨，势必要牵连到萧义兄，又或者萧义兄并非她表面看到的这样简单？

　　那人意识到有人在看自己，便身形极快地匆匆而去。苏浅月一看他矫捷的步态，立刻意识到此人身怀武功，不由得心头大震。

"夫人，夫人……"翠屏意识到苏浅月神情恍惚，根本没有在意她的话，且脸上没有丝毫被皇后恩赏的喜悦，大惊道，"夫人，你怎么了？"

苏浅月这才回过神，淡淡道："累了。"

翠屏向御街的尽头望了望，言道："轿子大概就快到了，夫人再坚持一会儿。"她又笑着回望苏浅月，"夫人，王爷到皇后娘娘处谢恩，我们只有先回府了。"

苏浅月看向翠屏："你知道？"

翠屏兴奋到一脸红晕："夫人受封，皇恩浩荡，王爷焉有不去谢恩的道理？"

苏浅月受封的激动心情完全被方才见到的萧天逸府中的仆人破坏了，她绞尽脑汁也想不出为什么萧义兄的仆人会来皇宫。她心底的不安越来越重，人就愈发显得焦躁。

轿子到来，一众轿夫同样给苏浅月道贺，苏浅月只抬手示意快些回府，就坐进了轿子。

踏进大门，门口一众仆人、婢女跪倒一地："奴才（奴婢）恭迎梅夫人回府。"

苏浅月用手撩开轿帘，见众人匍匐在地，高声道："免了。"她只想快些回到她的院子里去，快些见到素凌。

轿子抬着苏浅月直到她居住的院子门口才放下，凌霄院所有的奴才、婢女齐齐到门口迎接。素凌撩开轿帘，苏浅月在翠屏的搀扶下下轿，便听到了山呼般的贺喜声："恭喜夫人，贺喜夫人。"

他们的声音比方才大门处的那些奴才的声音不仅高出了许多，其中带出来的喜悦激动也那样明显，仿佛受封的是他们。苏浅月心有所动，终于明白王府中暗藏着许多隐情，就连奴才亦是以主子的荣宠来判定自己的高低。

"大家都起来吧，你们在凌霄院多有辛苦，一会儿都到账房去领赏吧。本夫人今日亦有训诫，大家务必安分守己，不可造次，不可惹是生非，否则不会轻饶。"苏浅月很清楚仆人、丫鬟们的心思，生怕有人狗仗人势给她引来麻烦。

"谨遵夫人之命。"一地的仆人、丫鬟磕头领命。

苏浅月转而踏上台阶急急回房，素凌扶着她的胳膊低声道："恭喜小姐。"

苏浅月的心思完全不在这里，她只看了一眼素凌。素凌不解小姐为何有这般异样的表情，心里带了疑惑，只不停地猜疑。

进了暖阁，苏浅月刚刚落座就开口道："翠屏，你陪着我大半天也累了，下去歇息吧。"

"多谢夫人体恤。"

翠屏走开了，苏浅月迫不及待地看向素凌："素凌，那日我们从琼苔园出来见到的黑衣人，你确定他就是萧义兄府上的仆人？"

素凌将茶盏放在桌案上，笃定开口："是的，素凌相信不会看错人。他在萧公子那里露面的次数不多，都是仆人装束。我虽只见过他三五次，但他容貌特殊，我自然就记住了。怎么了，小姐？"

苏浅月低下了头，她知道素凌所说定是实情。她沉思着，端起茶杯默默地喝着茶，脑海里却涌出千百个念头，原本就惊疑不定的一颗心更乱了。

素凌不解地问："小姐，怎么了？"

苏浅月放下茶盏，一双眼中都是疑惑、忧郁和不解："素凌，我在皇宫见到他了。"

素凌顿时惊愕，许久才道："小姐，你怎么能在皇宫见到他？"

她如何知晓？倘若知晓，她就不忧心了。苏浅月缓缓摇头道："倘若你没有认错人，我肯定也没有认错人。"

皇宫岂是能随便出入的，萧天逸的仆人能进入皇宫，为什么？

"不对。"素凌摇头。

"倘若此人真是萧义兄的仆人，他到王府我可以看作萧义兄不放心我的安危，派人暗中来探看，但他到皇宫做何解释？"苏浅月很明白萧天逸不会对下人放任自流，此事事关重大，她无法克制往坏处想的念头，又实在不敢想象，难不成萧天逸是幕后之人？他想要做什么？

"小姐，我肯定那人是萧公子的仆人，其他的就不知晓了。莫非其中另有隐情？难不成是萧公子指使……"

苏浅月抬手制止了素凌，她不要听到可怕的话："我只怕此人行为不端，到时连累了萧义兄。"

素凌心下明白，末了，长长地叹了口气："小姐得到皇封本是一件大喜事，却给一个不相干的人坏了心情。"

又岂止是坏了心情？苏浅月无力道："素凌，我累了，想歇息一会儿。"

素凌忙道："小姐，你还是上床去歇息吧。"

"好。"

苏浅月刚刚起身要去歇息，红梅挑帘进来，施礼道："夫人，李夫人携贾夫人还有一众侍妾来给夫人贺喜了。"

苏浅月只得道："就说我有请。"言毕，她出了内室到中堂去迎接。

李婉容和贾胜春带了众人一路喁喁私语走往中堂，贾胜春一脸的气愤："为什么要她去见皇后，凭什么又得了皇封？"

李婉容笑道："还不是王爷的偏宠？贾妹妹的舞蹈哪里比她差了，姐姐我真为你感到遗憾。"说完，她一脸惋惜地看向贾胜春，仿佛得到皇封的应该是贾胜春而非苏浅月，"那日在端阳院商议谁进宫时，贾妹妹为何不说自己去呢？"

贾胜春懊悔道："当时谁也没说自己要去，况且因为蓝夫人小产的事，母妃还恼着呢，我怎么好意思？还有，是王妃指定让她去的呢。"

李婉容故意道："许是王妃觉得她舞蹈更好吧，其实是你更突出。"

贾胜春没有听出李婉容是在挑拨，只低头愤愤道："哪里，我是差了些。"她转而又道，"姐姐是相府千金，身份地位高高在上，姐姐为什么不说去呢？"

李婉容又笑笑道："不说了。"

苏浅月正吩咐素凌和红梅、雪梅安排招待来人，夫人们就已经走了进来，苏浅月一看竟这么多人，忙起身道："有劳姐妹们，实在不敢当。"

"恭喜梅夫人。"

李婉容按照大卫国的国律率先施礼祝贺，其他的夫人也跟着施礼下去："恭喜梅夫人，贺喜梅夫人。"

"都是自家姐妹，何须客气。"苏浅月眼见这些人神色各异，显然没有服气，只是不满和嫉恨，但她装作完全不知道，一脸客气的笑容，"姐妹们请坐。"

大家刚刚落座，一个侍妾忙起身施礼："梅夫人，王妃因有事缠身不得过来，得空再来给梅夫人道贺，让贱妾告知。"

苏浅月和她不熟，亦不知晓她是什么来历，只是笑道："王妃姐姐客气了，得空我会去看望王妃姐姐的。王府里有许多事情需要她操心，已经够难为她的了。"

李婉容笑笑道："萧妹妹，我……"说着，她忙改口，"不，如今你有了封号，我怎么能如此唐突呢？梅夫人能得皇后娘娘封赏，不仅仅是夫人你才貌出众，更是王府的荣耀，今后姐妹们当努力效仿夫人，为王府增光。"

苏浅月十分不愿意听到旁人的虚伪言语，却不得不应付："李姐

220

姐说哪里话，我能得皇后娘娘封赏，不过是碰巧皇后娘娘高兴罢了。我还是我，今后我们姐妹还和以前一样，不要太生分了。"

李婉容连连点头道："萧妹妹如此谦虚，我等恭敬不如从命，今后就指望萧妹妹提携教导了。对了，母妃得此消息十分欢喜，本意是要今晚就给萧妹妹举家宴庆贺的，只因蓝妹妹小产，母妃劳累又加上伤心，所以令我给妹妹说一声，改日再给妹妹举行家宴庆贺。"

苏浅月急忙摇手道："我知道。不劳母妃记挂，得了空我就到端阳院给母妃请安。"

大家絮絮叨叨地说着话，突然守门的丫鬟气喘吁吁地跑进来："回禀夫人，皇后娘娘派人送来赏赐，来人就在门外候着。"

苏浅月忙道："就说里面有请。"

李婉容忙带着一众夫人起身道："祝贺夫人，我等先行告辞，改日再来烦扰。"

"多谢姐妹们厚情，各位慢走。"

因为是皇宫来人，众人不便久留，便都匆匆忙忙地绕后门出去了，以避开和皇宫的人见面。

管家王良已经带着一位公公走了进来，苏浅月急忙道："有劳公公。"

公公手里持了礼单，拱手施礼："梅夫人安好，咱家是奉皇后娘娘旨意而来。这是礼单，请夫人过目。"说着，他双手将礼单递于苏浅月，之后挥手道，"将赏赐抬上来。"

苏浅月实在没有料到她仅仅是唱了一首曲子，跳了一支舞，皇后娘娘就如此高兴，给了封位又给封赏。她谢了皇后恩典，送走了公公，正欲回去歇息，守门丫鬟又急急来报："禀夫人，庆王府派人送来贺礼。"

苏浅月微微一愣，不用多说，皇后娘娘都来送封赏，那些宗室夫人也肯定不止一家来送。结果正如她所料，凡是和她一起进过宫的夫人们俱是派人送了礼来。苏浅月忙碌了不知道多久，随后将一堆礼单指给了王良："所有礼单上的礼品皆要认真登记，是哪一家送来的，都要一一登记清楚、入库，另外择合适的礼品回礼。"

"是，夫人。"

安排好一切，苏浅月才筋疲力尽地回到暖阁，素凌心痛道："小姐，这一趟皇宫进的，荣耀是有了，劳累也有了。"

苏浅月疲惫地躺下："这些都罢了，关键是见到了不该见到的人，此事弄不清楚，就是我心头的一根刺。"

素凌不再作声。萧公子的仆人到底要做什么？难不成他不是萧公子的仆人？她又无声地摇摇头，一颗心七上八下。

晚上，苏浅月遣走身边的人，独自怔怔地坐着，看着烛火上的一圈黄晕。得到皇后封赏，却在她脸上不见一丝喜悦，她一心只想着萧天逸的仆人为什么偷入王府又进皇宫？在搞不清事实真相、得不到萧天逸的解释之前，她除了猜测不敢让任何人知晓。就连素凌，不该说的话她亦不敢说出来。

突然，一个幽暗的影子闪了一下，苏浅月猝不及防地惊叫一声，扭头一看原来是容瑾。

容瑾反被她的惊叫吓了一跳，忙扶住她："月儿，怎么了？"

苏浅月一颗心急跳，脸都烫了，忙赔笑道："无碍，倒是惊吓了王爷。"

容瑾慢慢坐到她的身边，一双深眸凝视着她："得到皇后封赏你不开心吗？方才那么出神，在想些什么？"

苏浅月忙道："得到皇后封赏是喜事，只是月儿又如何高兴得起来，蓝姐姐的孩子……"她慢慢低下头。

容瑾一声长叹："月儿，难为你……"

"王爷今晚去看过蓝姐姐了吗，她可好？"苏浅月明白，任凭她如何荣光，亦只是一个虚名，相比容瑾失去一个孩子的真切，容瑾更在乎后者。

她一边说着，一边小心地看容瑾的反应。

容瑾的目光一点点暗淡下去："本王回府就去看过她了，也是一直就在她那里，她……还好吧，就让她好好休息。"说着，他轻轻拥住了苏浅月："只是孩子没有了而已，她还好，你不必为她担心。"

知道他难过，苏浅月反手拥住了他："王爷，你也不用太难过，蓝姐姐青春妙龄，今后还有很多机会的。"

失去孩子的难过，让她获封的荣耀在容瑾眼里似乎都不显得重要了，苏浅月突然发现了他眼里的茫然，关切道："王爷，可还有别的事情？"

容瑾回过神来，深深地叹了口气："有关和塞外交好的事情。塞外藩王这几年养精蓄锐，蠢蠢欲动，屡次掠夺边民财物及妇女，朝廷体恤士兵民情不愿开战，本王感觉皇上有意要安排本王在适当的时机出使塞外。"

"王爷，朝廷那么多栋梁之材，为什么要王爷去塞外？"苏浅月急道，"即便是要一个王爷去，朝廷的亲王亦有多位，为什么要王爷你去？"

"出使塞外危险重重，大多亲王于武功方面并不及本王，所以朝廷即便派人，亦是要派武功高强的人去。万一有不测，胜算也多一些。又不是决定了，你着急什么？"容瑾怜惜地抚摩苏浅月道，"你不愿意让本王去吗？"

"当然。"苏浅月不假思索道。

"皇上给了本王那么多的恩惠，作为臣子当肝脑涂地也在所不惜。"容瑾叹息。

食皇禄当思报皇恩，忠臣当鞠躬尽瘁，死而后已，苏浅月都知道，但是……

"王爷，月儿今日仅凭歌舞就得到皇后娘娘的封赏恩典，是不是太过于简单？皇后娘娘如此不过是笼络人心的手段，想让王爷感恩之后全力效忠朝廷。"苏浅月几乎是一字一句地说出。

容瑾一怔，眸中含了惊异："你的才艺至高，得此封号实属应当。皇后娘娘见机两全其美，是她机警聪慧。月儿，你还有此悟性，看得如此通透，实在令本王佩服。"

苏浅月忧心地看着容瑾："皇后娘娘智慧又深谋远虑，我哪里晓得皇后娘娘的深意。王爷，月儿只担心这表面的荣耀给你惹来了麻烦。"

"没有。你今日受封是意外收获，是你的荣耀，皇上该差遣本王还是会差遣，你无须自责多虑。"容瑾宠溺地伸手抚上苏浅月的面颊，"本王只要你开心快乐，不属你操心的事情就不要操心了。"

苏浅月缓缓点头，一双眼睛温情脉脉地注视着容瑾，关键是她明白操心亦是白操心，任何事情她都无能为力。

次日，苏浅月梳妆收拾好，正要去端阳院，张芳华恹恹地走了进来，苏浅月忙让座："张姐姐早。"

"萧妹妹，姐姐是来给你道贺的，请妹妹不要怪罪姐姐姗姗来迟。"张芳华很随意地坐下，望着苏浅月。

"姐姐，你我交情匪浅，何须如此见外。在王府，我们只求平安开心，不是吗？虚名，于你我来说有也罢无也罢。"苏浅月真诚道。

"此话不假，然而得皇后封赏总归是荣耀之事，并非相求就有的。昨日我想过来的，又知道你这边一定很忙，不如今日来，我们还能好好说句话。"

"知我心者，还是姐姐你。"

"萧妹妹，你不要见怪，你的荣耀什么时候都能道贺，以你我之情，我晚来你也不会怪我的，我明白。只是，我牵挂蓝姐姐，总是心神不宁的。"

"蓝姐姐的不幸，让我心中也很难过，我更想不明白蓝姐姐一直都好好的，到端阳院玩耍了一次怎么就突然流产了？"苏浅月很想从张芳华口里得到一点儿真相。

张芳华思索着道："我何尝不是有这样的疑问。妹妹，我知道你聪明，如今你又是有了封号的夫人，倘若有机会，你可以暗中查一查。我们不求别的，只求心中明白。"说完，她看着苏浅月。

苏浅月用力点头："张姐姐，你放心，倘若有机会，我会去做的。"

又和她闲话了一会儿，张芳华便告辞离去。苏浅月愣愣地坐了一会儿，她想到张芳华难过的眼神，想到躺在床榻上哀伤的蓝彩霞，突然觉得到端阳院有什么要紧？她霍然起身对翠屏道："带我去明霞院。"

急匆匆的，仿佛鲁莽的壮汉，苏浅月冲撞一般就闯进了明霞院的内院，不等仆人往里边通报便径直走向蓝彩霞的内阁。

挑帘进去，苏浅月一眼看到蓝彩霞躺在床上，微微闭着眼睛，脸色苍白如纸，白到她的心也跟着苍白了。

蓝彩霞听见有走路之音，睁开了眼睛。她的眼睛亮了一下，随即暗淡下去："梅夫人，恕我不能起身迎接，失礼了。"

苏浅月的心骤然一冷："蓝姐姐，你这是……何意？"

她知道，自己进宫是容瑾安排的，众人心中不服，又是在蓝彩霞流产之际，那些夫人阴险到做出难过的样子，把她进宫视为不屑，完全没有料到她会得此荣光，嫉妒、怨恨和冷嘲热讽早已生出。就连蓝彩霞，肯定也以为自己有多么快乐自得，不在意她的痛苦，这种误会让苏浅月心中难过至极。

蓝彩霞伸出舌头舔了一下苍白的嘴唇，欲起身，苏浅月抢上一步扶她躺好："姐姐。"她口中唤着，眼里已含了泪水。

蓝彩霞终究是失去了往日的热情，淡淡地道："谢谢梅夫人来看我。"

"姐姐，你是在嫌弃妹妹了。我还是原来的我，更想我们还是和原来一样。"

许久，蓝彩霞缓缓道："多谢妹妹来看我。"

苏浅月动容道："姐姐，你既然叫我一声妹妹，就不要说谢字。妹妹只希望你的身体赶快好起来。"

蓝彩霞道："明白，我会尽量让自己快点儿好起来。"

她最终努力地笑了笑。她很明白，自己的事凭什么要怨怼旁人？

"留得青山在，不怕没柴烧。以后的日子还很漫长，该有的姐姐总会有的。"

蓝彩霞的唇角溢出笑意，脸色却更为苍白："但愿。"

看蓝彩霞如此虚弱，苏浅月万分心酸："姐姐，你想吃东西吗？这个很重要的，对身体的恢复极其重要。"

蓝彩霞没有说话，一旁的红莲怯怯地道："梅夫人，我家夫人……她说吃不下东西……"

苏浅月转头看到红莲眼里噙着泪水，红莲突然跪下，声泪俱下道："奴婢知道自己该死，是奴婢给我家夫人煎的汤药，夫人喝下以后不久就……就……只是那汤药是夫人一直都喝着的，奴婢也不知道哪儿不对……奴婢该死。"

苏浅月定定地看着红莲，无意间看到一旁的青莲，她的脸有一瞬间的惨白，身体还略微地颤抖了一下，苏浅月心中一惊。

伸手搀扶红莲起来，苏浅月道："天有不测风云，人有旦夕祸福。只要你不是故意……"她说着，将目光若有若无地瞟向青莲。

蓝彩霞道："虽是红莲给我煎熬的汤药，但我相信不是红莲的过错。"

苏浅月看着红莲道："你家夫人如此待你，明白该怎样做吗？"

红莲连连点头："奴婢明白，奴婢记下了。"

苏浅月略微坐了坐，感觉和蓝彩霞的隔阂一时不会消除，蓝彩霞又身体虚弱，她知道不宜久留，强忍了难过道："姐姐一定要保重身体，倘若有需要，一定要遣人告知我。"

蓝彩霞面上带了戚容："好，我记下了，定会按照你说的，好好爱惜身体。"

苏浅月起身："姐姐好好养着，改日妹妹再来看你。"她又对红莲道："我那里有些药材，你随我去拿来给夫人用。"

"是，萧夫人。"

红莲随着苏浅月回了凌霄院，苏浅月吩咐翠屏把那些养血滋补的上等中药材包好，拿给红莲，红莲忙道谢："多谢萧夫人。"

苏浅月问道："那日从端阳院回去，是你亲自给蓝夫人熬的药吗？"

红莲一脸的惭愧，低头答道："是。"

苏浅月又问："还是之前的药材，没有换过？"

红莲摇头道："没有，那天的药材还是以前用过剩下的，并没有再抓过药。"

"蓝夫人是在服用汤药以后就出现症状了吗？"

"是。奴婢那时还以为夫人只是一时的不舒服引起，并没有想到其他。后来夫人流产，御医说是吃了寒凉之物导致胎儿不保，奴婢就想到了那剂汤药，因为夫人并没有食用其他特别的东西。只是那汤药……是奴婢亲手熬的，也并没有问题呀。"红莲十分难过，又十分茫然。

"你确定那些药材没有问题？"苏浅月追问。

"没……有。"红莲犹豫了，还是肯定地回答。

苏浅月思索良久，问道："熬药的时候，你可曾离开过？"

红莲迟疑了一下，道："药快熬好的时候，奴婢突然想去茅厕，就让青莲帮着看火……其余时间，奴婢都不曾离开。"

苏浅月点点头："你去吧，今日我问你的话不许和旁人说起。"

红莲泫然欲泣："奴婢明白，多谢萧夫人。"

红莲再次跪下磕了头才离去。

看到红莲离去，苏浅月才略略安心，却只觉一阵头晕袭来，她慌忙以手支额，等着那一阵眩晕过去。素凌进来看到苏浅月脸色极差，忙抢上一步，焦急道："小姐，你怎么了？"

苏浅月起身："有些累了。素凌，你去告诉翠屏，让她到端阳院一趟，就说我偶有不适，明日再去给太妃请安。"

"是，小姐。"

素凌急忙走出去，苏浅月慢慢走回内室暖阁，轻轻地坐在床榻上。她心中七上八下、忐忑不安，她被封为二品梅夫人确是一件荣幸的大事。

大卫国的国律，对夫人的封赏很是严格，就连亲王的夫人一般亦只是三品，唯有特殊贡献的亲王夫人才能尊享一品，而她仅凭一首曲子就被封为二品，实在是没有充足的理由受此殊荣。她很清楚，此次受封，一来可能给容瑾造成压力，二来是得罪了王府中所有的夫人，只怕她今后的日子更不好过。蓝彩霞那般大度包容，都明显与她有了隔阂，更何况旁人？这叫她好难过。

更令她忧心忡忡的是，无端在皇宫见到萧天逸的仆人，此事该如何解释？倘若有重大隐情，她又该如何是好？她越想越是难过，怔怔地发着呆，浑然忘记了一切。

素凌回来见到苏浅月正坐在床边发怔，焦急道："小姐，你躺下好好歇歇，成吗？人家得了皇封都兴高采烈的，你倒好，自你从皇宫回来就没个笑模样，这是怎么说的？"言毕，她伸手去扶苏浅月上床。

苏浅月顺从地躺下，却拉了素凌的手："陪我说会儿话吧。"

素凌点点头，坐在了苏浅月身边："小姐，到底有何事，你不要隐瞒素凌了。"

苏浅月闭了闭眼睛说："素凌，原本是多余夫人的我，凭一首曲子就受到如此封赏，其他夫人如何心服？日后与我定有许多磕碰，此一；按照朝廷律例，亲王夫人受封还需要有特殊贡献，我却仅凭歌舞就取悦了皇后得到了封赏，只怕会给王爷带来不便，此二；还有，萧义兄的仆人能偷入王府也就罢了，如何能进入戒备森严的皇宫，你不觉得太蹊跷了吗？此人你我都见过了，他步态矫健，一闪而逝，我虽不懂武功，但偶尔也曾听王爷提起过，我感觉那人身怀高深的武功。如此种种，你让我如何安心？"

素凌的脸色一点点变得沉重："小姐，我们是荣耀了不好，卑微了也不好，横竖都不成了。"

苏浅月轻轻道："身处波峰浪谷，不知哪一日才能心静。"

翠屏回来的时候，苏浅月正好从床上坐起来，翠屏近前道："夫人，奴婢在太妃那里见到了王爷，说是新年来临之际例行的郡府督查，今年皇上派了王爷去。王爷想早走便能早归，就不来和夫人辞行了。还有，太妃道今日安排王爷行程耽误了许多时间，为夫人庆贺举办的家宴延在明日。"

苏浅月想了想，道："好，我知道了。"

该来的总会来，她不能控制半点儿。

午后，外边突然来报："萧府舅爷求见夫人。"

什么？苏浅月几乎不相信自己的耳朵，萧义兄来看望自己了？惊喜中，她忙吩咐道："有请。"

她心中一片明朗，终于可以和萧义兄心平气和、不带心机地说话了，终于可以将心头的块垒释怀了。

厅堂中，苏浅月坐在椅子上等了片刻，萧天逸走了进来，她正要起身相迎，萧天逸先她一步跪了下去："草民给夫人请安。"

"哥哥……"

苏浅月顿时明白，他和她终究不是从前的"兄妹"了，心中难过，却只得受了他的礼，请他坐下才道："哥哥，许久不见，你可安好？"

萧天逸的目光有意无意地扫过一旁的丫鬟，道："为兄安好，劳夫人惦记了。此来，一是给夫人受封贺喜；二是……是……"他说着，目光一暗，顿了一下才说下去，"是给夫人请安。"

有那么多的礼节约束，他连正视苏浅月都不能，心中悲哀却只能强作笑颜。至于那些藏在他心中的话，更是不能吐露一个字了。

苏浅月也已清楚，此时此地他们都再不能自由说话，往昔再也回不去了。她抬了一下衣袖，端正了神色道："你们都下去吧。"

"是，夫人。"

丫鬟都退了下去，苏浅月眼中忽而含了泪水："哥哥，来到王府的每一天，我无时不想念在哥哥那里的自由快乐。哥哥，你过得好吗？"

萧天逸这才敢抬头正视苏浅月："为兄自小就是孤儿，得有一个妹妹，是何其喜悦的事情，可惜妹妹还是离开了，自然思念。王府又不是来去自如的地方，如何有堂皇的理由来看你？妹妹受封，为兄才借此名义前来，无非还是想看看妹妹。"

他的眸中包含了太多内容，话语里更是情真意切，苏浅月不是不知，而是不敢信。既然难以割舍，为何当初要将她送入王府？难道他是真的没有为她赎身的能力吗？她在萧宅时，日子虽然不富贵却也并不清苦，她不知道自己所用的金银物品是容瑾给的还是萧天逸提供的，她又不便探问。

心中翻腾着难过，苏浅月一时低下了头。

萧天逸突然从怀中取出一个比拳头略小的盒子，放在桌上道："月儿，此物算是给你的一个贺礼，收下吧。"

苏浅月忙向盒子看去，虽然是普通的盒子，但盒子里的东西应该是贵重的，她忙道："哥哥，我在这里什么都不缺，哥哥的心意我领了，哥哥还是收回去自用吧。月儿徒有一片心意却没法儿帮上你，实在惭愧。"

萧天逸将盒子推到苏浅月的面前："月儿，我原本是想在你出嫁之时把这个作为嫁妆送给你，但又有颇多顾虑，今日看你在王府荣华富贵又有王爷宠爱，想必不会再有变故，所以……"

苏浅月心中一动：变故？但她却只是动容道："哥哥。"

"不要嫌弃。日后倘若你有什么需要为兄帮忙的，只管遣人传话。即便是你不想在王府了，哥哥那里的大门也永远为你敞开。"

苏浅月将盒子紧紧地攥在手里，心中激荡着说不出的热浪，可他又是何意？她眸中含泪道："哥哥，月儿唯一的亲人也便只有你了。"她定定地看着萧天逸，"你那边的仆人、丫鬟可都安分守己，听命于哥哥？"

萧天逸点头道："驯服下人不成问题，月儿不必担心为兄会少人伺候。"

苏浅月看到萧天逸自信的神色，最终把心里的话问了出来："哥哥，记得你那里有一个仆人，鼻子高挺，极有特征，我见过两次所以记得他，他现在还在助哥哥做事吗？"

萧天逸一笑，道："在，妹妹好记性，连一个仆人都记得。"

苏浅月骇然，却不动声色地道："哥哥，我在王府曾看到此人。"

"什么？"萧天逸大惊道，"他来王府做什么？他不过是我府上的一个仆人，又哪里能进得了王府，妹妹看错了吧？"

"倘若此人真是哥哥的仆人，那他就是来过王府，千真万确。"

话到此处，苏浅月只是看着萧天逸。萧天逸神色一变，似乎有微微的惊慌，但转瞬又恢复正常。苏浅月看得清清楚楚，心中涌起惊涛骇浪却不动声色。

萧天逸最终摇头道:"为兄不晓得你在说谁,倘若是我的仆人,断断不会来王府的,定是妹妹看错了。"

苏浅月缓缓点头道:"也许是我看错了。我只盼望哥哥时时处处平安,与我在的时候一样开心快乐。"

"多谢妹妹挂怀,我会的。"萧天逸暗暗地松了口气。

许久不见,却因为一个仆人的话题有了隐讳,两个人之间横了一道看不见的沟壑,再没有了初见的自然随意。饶是如此,两个人还是说了许多话,萧天逸走的时候已是黄昏。

苏浅月送萧天逸回来,素凌便见她蹙着眉头,心中颇是担忧。一直到晚上房内只有她们两个时,素凌才敢问:"小姐,萧公子来看小姐又是一件开心事,该高兴的,为何小姐就是不开心?"

苏浅月若有所思,看向素凌道:"那日我们见到的人,你确定他是萧义兄的仆人?"

素凌紧张道:"小姐,是不是这仆人给萧公子惹了麻烦?倘若如此,该怎么办?"

"萧义兄说此人不是他的仆人。"

"什么?"素凌反问,一脸的不解。

望着素凌一脸愕然的样子,苏浅月确定了萧天逸在撒谎。她心里很害怕,却又是万万不能对他人言说的,只盼哪一天能出府去弄个明白。她指了指萧天逸送给她的盒子,道:"打开。"

"是。"

素凌走到桌案旁,将盒子上的搭钩打开,"啪嗒"一声,随着盒子的开启,碧莹莹的幽光流泻一室,明亮的烛光顿时变得暗淡无光。

苏浅月和素凌同时吓了一跳。

苏浅月实在没有料到萧天逸送给她的竟是一颗夜明珠,她连忙走过去伸手将夜明珠从盒子里取出来，放在了手掌上，珠子圆润光滑、晶莹通透，足足有鸽子蛋大小。她看着夜明珠，感觉掌心是一片清凉。她知晓此珠价值连城，萧天逸只是普通人，他如何会有如此贵重的夜明珠？这样的夜明珠，世上只怕也没有几颗。

珠子的来历可疑，萧天逸的仆人可疑，萧天逸就更为可疑，他到底是什么人，有什么目的？其中到底有什么隐情？苏浅月不能不去想。

"小……小姐。"素凌好半天回过神来，看着沉思的苏浅月道，"这是什么珠子，会发光，还这般美？"

苏浅月慢慢地把夜明珠放进盒子里，紧紧盖好，转而坐下对素凌道："此乃一颗夜明珠，价值连城。素凌，把这颗珠子收起来，切不可让旁人看到。还有萧义兄仆人到王府来过的事，也不可和任何人提起。记住，萧义兄只是一个普通百姓。"

素凌见苏浅月表情凝重，暗暗吓了一跳："小姐，到底为什么？"

"我不知道。"

素凌嘀咕道："小姐，萧公子有这般贵重的珠子，当初为什么不卖了给小姐赎身？今日却把此珠送于小姐，还不如那时卖了给小姐赎身呢。"

"休要胡说！"

"是，小姐。"极少见苏浅月动怒，素凌心中一沉，急忙住口，她把盒子收在一个隐秘的地方后，默默退了下去。

苏浅月怔怔地看着素凌噤若寒蝉的样子，十分后悔自己的动怒，自己又凭什么在素凌身上发泄？

她默默地走到柜子前，把素凌方才放进去的夜明珠又取出来，托在手心上细细地看着，珠子发出熠熠荧光，绽放着一室的璀璨。苏浅月的心一点点地凉了下去，胸中激荡的对萧天逸的情意也一点点地破碎了。

他送这颗珠子就为了祝贺她被封为梅夫人？

正如素凌所言，若是他当初卖了这颗珠子给她赎身，即便他们什么都不做，这辈子的生活也是不愁吃穿的。如今她什么都有了，他却把自己所有的最昂贵的东西拿来送给她，是在讽刺她吗？

想想素凌的话，苏浅月只觉得羞耻和心痛。或许萧天逸是想锦上添花，然而，在她心里远远不如雪中送炭。那时她最大的心愿便是离开落红坊与他一起白头偕老，而今他的做法终是断送了她的一腔真情。或者只是她一厢情愿地想与他共度一生，他并无此意，错不在他，这样一想，更让她觉得羞辱。可是她明明感觉到了他对她的情，是从心底溢出流露在眼角眉梢的，点点滴滴都没有假。莫非他自卑自己的布衣之身难以和王爷的尊贵之身相比？可惜他想错了。

无论怎样，他与她终究是没有缘分，苏浅月拭去眼角的泪水。

她呆呆地站在那儿，想了许久，而一颗牵挂他的心始终没有放下。尤其是那仆人之事，他明显对她隐瞒了什么，又到底为什么？苏浅月忐忑不安，下定决心要出府去见萧天逸一面。

翌日起来，苏浅月只觉得昏昏沉沉，胸中堵了块垒，又不得不强作欢颜。

翠屏进来喜滋滋地道："夫人，今日的晚宴专为夫人而设。"

王府的晚宴，苏浅月作为主角，自然不敢迟到。黄昏时她扶了翠屏的手走往端阳院，在前院转角的回廊处，她和容熙撞个正着。

狭路相逢无处躲闪，苏浅月正欲开口，容熙已经行礼："恭喜梅夫人。"

苏浅月只能自然回礼："二公子。"

"今日的宴会，王兄不在，但请不必在意，诸事贵在心知，你能明了。"容熙的目光落在苏浅月脸上。

心知，他说出这两个字来，已暗示了很多，苏浅月只佯作平常，淡淡道："王爷为国事忙碌，我能明白，多谢二公子宽怀。"言毕，她匆匆忙忙从他身边过去，不觉心跳加速。

她和容熙，哪怕有太多的心照不宣，亦只能装作无关紧要。

远远地，就听到了嬉笑喧闹声传来，满是愉悦喜庆，苏浅月亦受到了感染，精神为之一振。王府的排场，不会因为容瑾不在而有所冷清，亦不会因为有一位夫人刚刚失去孩子而有所懈怠。相反，宴会是为王爷的夫人所设，王爷不在，为了补偿只会更热闹些，苏浅月明白。

"梅夫人到——"一丫鬟高喝一声，搭起了帘子，苏浅月刚刚踏入门，便有人过来迎接了。那么多的女子，有认识的也有不认识的，她们俱对苏浅月施礼恭贺："恭喜夫人，贺喜夫人。"

苏浅月莞尔一笑，端庄抬手："各位姐妹请起。"

这些女子，都是容瑾的侍妾，也都是容瑾身边的女子，或许容瑾都不晓得她们谁是谁，但她们都担了名声。

"梅夫人如此风采，真叫贱妾佩服。"一女子恭维道。

"夫人的姿容，又有几人能及，你说的自是当然。"

"当然，不然如何能得到皇后娘娘的青睐？"

众人的恭维自然少不了，苏浅月皆只是淡淡地一笑而过。宴会是为她而设，需要她全力以赴，不得已才来，倘若可以躲过，她最想做的是躺在床榻上好好歇息。

自昨日见到萧天逸后，她的思绪便此起彼伏，那份沉重的惆怅和忧心忡忡令她愈发疲倦。

没有多久，除了蓝彩霞，其他夫人都到了，连侧太妃也来了。大家见礼完毕，便按照顺序落座，太妃用略带混浊的目光扫视一圈，而后开口道："今日的宴会，是为梅夫人所设。梅夫人气质娴雅，姿态雍容，更皆才华出众，是以得到皇后娘娘垂青被封为梅夫人，此乃梅夫人的荣幸，亦是王府的荣耀。今后还请诸位努力上进，为自己亦为我王府增光添彩。"说着，她举起桌上的玉杯道，"梅夫人得封，此乃王府一大喜事，大家举杯为梅夫人祝贺。"

"恭喜梅夫人。"

"贺喜梅夫人。"

众人举杯祝贺，一时声浪滔滔。喜悦之声传出大厅，一旁的丝竹管弦及时响起。

苏浅月还是激动了，她举杯道："多谢母妃、侧太妃，多谢诸位。"言毕，她将酒一饮而尽。

侧太妃亦举杯道："梅夫人，老身亦祝贺你，也望今后梅夫人能多为我王府挣得荣耀。"

苏浅月看到侧太妃目光真挚，忙开口道谢。

一时，诸位夫人纷纷敬酒，说着恭维的话，苏浅月只能端着仪态一一回礼。

宴会盛大自不必说，众人的热情叫苏浅月恍惚忘记了那些笑脸和恭维中暗藏的嫉恨，她知道自己没有根基，不过是一多余夫人侥幸得了意外的好处，这一场荣光来得太轻易了。

外边寒风冷冽，厅中温馨如春。吃、喝、举杯，谈笑风生，笑语盈盈，融融暖意飘荡在大厅的每一个角落，当真是家宴的氛围。

容瑾不在，宴会上俱是女子，喝多了酒，便千姿百态地笑闹成一片，更添了热闹的喧嚣。

苏浅月也喝多了，她感觉脸颊发烫、双眼蒙眬，抬眸望向对面，恰好碰到了张芳华的目光。

张芳华对她微微一笑，定定地看向她。苏浅月迷糊着到底没有明白张芳华的意思，只用询问的目光看着她。

"梅夫人，王爷不在，你更要多多保重自己，免得王爷回来了怪罪我等。"张芳华突然说道，举杯示意了一下，轻浅地抿了一点儿。

苏浅月顿悟，张芳华是担心她喝多了，让她注意。她忙对张芳华投以感激的一笑："多谢张姐姐。"

侧太妃就在苏浅月身边，亦扭头对她道："玥儿，张丫头说得对。"

她的声音极小，只有离她最近的苏浅月听到了。

苏浅月不知为何感觉头脑里很乱，只意识到自己喝多了。其实她又哪里愿意？宴会为她而设，众人敬酒是好心祝贺，她又不能不喝，一来二去就喝多了。她蒙眬中对侧太妃点了点头，又拿起筷子夹菜。

此时众位夫人亦过了最酣畅的时刻，欢笑声高了起来，敬酒的没有了，苏浅月却越来越觉得头脑不清晰。不知道过了多久，太妃最先起身道："老身年迈，又喝多了，这就告辞了。你们若是不尽兴，继续玩乐。"

众人忙起身相送，复又坐下。

苏浅月从来没有觉得头脑如此混乱过，她浑浑噩噩地坐了下去，身后的翠屏暗中用力拍了拍她的背，她才有了一些意识，亦起身道："众位姐妹，我也是体力不支了，大家自当尽兴玩耍，我先告辞。"

"恭送梅夫人。"

"夫人走好。"

一片恭维声中，翠屏扶着苏浅月走了出来。

张芳华亦起身道："各位姐妹，我也告辞了。"言毕，她匆匆忙忙赶了出来。

苏浅月只觉得脑中一片混乱，脚下虚浮，腹中更是难受，四肢亦是刺痒难忍。她实在无法忍受，便对翠屏道："我为何手臂刺痒？"说着，她控制不住地用手抓挠起来。

翠屏忙叫挑灯的丫鬟举灯来看，便见苏浅月的手臂上泛起大片的鲜红疙瘩。此时张芳华正好赶上她们，她亦吓了一跳，急忙同翠屏一起扶着苏浅月："赶快回去。"她复又吩咐身旁的丫鬟："红妆，你快去告知太妃。"

苏浅月只觉四肢更加刺痒，头脑也更加混乱，她突然眼前一黑，便倒了下去。

"夫人！"翠屏惊叫一声，对张芳华哭喊道，"张夫人，我家夫人这是怎么了？"

张芳华也是大惊失色，结结巴巴道："看她手臂上块块红斑，好像是中毒的症状。"

"啊？夫人不会被毒死吧？"翠屏吓得失声痛哭起来。

"别慌，别慌。"张芳华随即对身后喊道，"来人，快些来人。"

不远处的仆人、丫鬟听到喊声齐齐跑了过来，一看是梅夫人晕倒了，便都急了。张芳华急声道："派人去请大夫来，赶快找人去请！"

一个小总管答一声"是"就跑了出去，张芳华又对旁人吩咐："抬软床过来，速速把夫人送回房去。"

一众人抬着苏浅月回了凌霄院。

"小姐，小姐……这是怎么了？"素凌蒙眬着一双泪眼看着苏浅月，头脑混乱，毫无主张。

今晚的宴席是王府为受了皇封的小姐而设。她兴高采烈地看着小姐去赴宴，虽没有陪在小姐身边，却能想象得到宴会的隆重热闹。那是专为小姐庆贺的宴会啊，是尊贵和荣耀的象征，是许多人梦寐以求而不得的妄想。可是小姐得到了，从此以后小姐在王府的地位会彻底改变，再也没有人敢看不起小姐，再也没有人敢欺侮小姐，小姐再也不用为她是多余的夫人而自卑。素凌一门心思只往好处想，哪里料到苏浅月会遇到危险。

她用手轻轻抚摩着苏浅月腕部的一大片红斑，哭得时间久了，力气便渐渐弱了下来，她一直不停地哽咽着："小姐，小姐……"

翠屏一脸歉意，每隔一会儿就看看素凌，心里同样是排山倒海般的难过，她紧紧地抓住素凌的手："素凌，大夫说了，夫人一会儿就能醒过来，你别哭了，行吗？"

　　"嗯嗯，小姐……"素凌止不住地哽咽，依然在呼唤苏浅月。

　　昏昏沉沉中，苏浅月只觉自己身处一个迷离缥缈的世界，身体轻飘飘的，毫无依托，她想让自己有一个踏实的落脚点，却浑身绵软无力，动弹不得。只听得耳边有不断哽咽的声音，悲泣难过到令人窒息地揪心，她脑海里转念无数，也没有明白为什么。不知过了多久，她脑海里的意识才一点点凝聚起来。

　　"小姐，小姐……"耳边的呜咽声终于令她想起素凌。

　　"素凌……"苏浅月嘴唇翕动，想要唤出来，却一点儿力气都没有。她用尽力气睁开眼，眼前却一片模糊，她又用力眨眼，重复数次，眼前才渐渐转亮。

　　"小姐，小姐醒了！"泪眼蒙眬的素凌在模糊中看到苏浅月睁开眼睛，她浑身一震，"小姐，你终于醒了，吓死我了！小姐……"

　　"夫人。"翠屏一看到苏浅月睁开了眼睛，悬着的一颗心终于落回原处，不觉长长松了一口气。倘若夫人有个好歹，她都不晓得自己是不是还有命在。

　　"夫人。"

　　"夫人。"

　　一旁服侍的丫鬟终于都松了一口气。

　　苏浅月用了所有的力气才看清眼前是涕泪交加的素凌，还有翠屏，另外还有红梅、雪梅。

　　床榻一侧坐着的张芳华抬手顺了顺胸口，长出了一口气："萧妹妹，你终于醒过来了，吓死我了。"

　　苏浅月微微侧转头，才发现还有张芳华在。她想说话，却发不出声音，喉咙火辣辣地干痒难受，只是嘴唇轻轻翕动着。

"夫人，喝点儿水润润喉咙。"

一侧的雪梅适时端起放在桌案上的茶盏，用汤匙小心地将茶水送入苏浅月口中。茶水顺喉而下，温热中带着淡淡的甘甜，苏浅月的感觉渐渐恢复，只是浑身酥软，毫无力气。

连续喝了一些茶，除了依旧浑身无力，旁的没有太多不适，她用眼神示意雪梅把茶盏移开。

素凌急忙问道："小姐，感觉可好些了？"

"萧妹妹，你终于没事了。"张芳华嘴里说，着仍旧心有余悸，却竭力安慰苏浅月，"好好歇息，不要多想，明天就全好了。"

苏浅月又依稀想起夜宴上的情形。她心情复杂抑郁，根本没有心思饮酒应酬，只是那样的场合，众人都为她庆贺敬酒，她总不能不近人情或者厚此薄彼、有所偏颇，而且她还想装作平易近人，希望跟所有人维持平等的关系，实在不想有人为此对她多了嫉恨。这样一来一往地就喝多了。

"姐姐，是我的错，害你为我担心了。"苏浅月虚弱地道。

"说哪里话，谁担心都是小事，关键是你要好好的。萧妹妹，蓝姐姐已经那样了，倘若你再有个好歹，在王府中这漫长的日子里，我都不知道该到谁的院子里去说话了……"张芳华说着，眼里已有了泪意，她感觉到不妥，忙竭力压制情绪道，"大夫说你是身体太过于虚弱，又忧思过度，大量饮酒后突然从热的地方走入冷风中，冷风浸入身体所致。萧妹妹，得到皇后娘娘封赏是多么荣光的事情，你该开心，却怎么反其道而行之？真叫人不解。你还是放松心情，好好保重身体吧。"

"多谢关怀，张姐姐。"苏浅月真诚地言道。

只是她心里淤积的那些事如何不叫她忧郁思虑、忐忑不安？在真相没有明了之前，她是无法释怀的。

"旁人都是小事，你要尽快好起来，不然我连个好好说话的去处都没有了。"张芳华再次捏捏苏浅月的手，眼里又有了盈盈泪意。

"姐姐，就算为了和你做伴说话，我也会尽快好起来，放心。"

"要的就是你这句话。"张芳华欣慰道。

苏浅月努力露出一个微笑，突然感觉到房内灯火通明，这才想起还是夜里，也不知晓什么时辰了，她忙道："张姐姐，累你陪了我许久，你也快歇息去吧，你的身体亦要紧的。"

张芳华在苏浅月昏迷时因担心一直紧张不安，在苏浅月苏醒过来后，她才感觉到又累又乏，此时还真是撑不住了，于是，她起身道："也好，我回去歇息了，你也好好歇息，我明天再来看你。"转而又对翠屏吩咐："倘若有什么事，随时遣人告知我。"

"是，张夫人。"翠屏深深地施礼下去。

"代我送张夫人，夜深了，多找些人陪着张夫人回去。"苏浅月吩咐道。

"是。"

翠屏答应着，与红梅、雪梅一起送张芳华出去，房间里一时空旷了许多。素凌俯身看着苏浅月，突然眼泪又流了出来，滴在苏浅月身上盖的锦绣鹅绒团花缎面被子上，她语气凝重道："小姐，你千万别再多想，好好保重身体吧。"

小姐的心思，没有人比她更了解，只是一切她都无能为力。

"素凌，什么时辰了？"苏浅月看着素凌轻声问。

"三更多一点儿。"素凌拭着眼泪轻轻道。

苏浅月浑身酸软无力，她勉强从绣被中抬起一只手抚摩素凌带着泪痕的脸："别哭，我又不会死。"

只是这句话令素凌愈加哽咽："小姐，倘若没有你，我还活得下去吗？王爷不在府中，我们连一个做主的人都没有，小姐……你要好好保重，素凌害怕。"

苏浅月心中悲苦，倘若今晚有容瑾在，她是不是不至于有如此糟糕到险些丢了性命的情形？她不晓得。整个王府中，到目前为止她只能确定容瑾是希望她好的，如此而一来，素凌的话又何尝没有道理？容瑾不在，她就是孤立的，唯有自己照顾好自己。

苏浅月此时虽是心思敏捷，却因为说了许多话耗费了不少力气而愈加虚弱，还有四肢上轻微的麻痒感令她极不舒服，她无力地道："素凌，为何我身上还是发痒无力，不过，我会好起来的。放心，我们都会活得好好的。"

素凌急忙伸手将苏浅月的手臂拿出来查看，那些鲜红肥硕吓人的斑块虽然消了不少，却依然触目惊心。素凌知晓那种痒痒的滋味有多么难忍，她忙用手掌轻柔地在苏浅月的手臂上摩挲，希望以此来减轻苏浅月的痛苦："我相信小姐的话，会好起来的。小姐，大夫说你这是酒精中毒，涂几次药膏就没事了。眼下你身体太虚弱了，大夫嘱咐要你好好歇息。别说话了，歇息吧，素凌陪着你。"

素凌将苏浅月的这只手送回被中，又把她的另一只手拿出来摩挲帮她去痒。

身体上的瘙痒感减轻，舒适中的苏浅月实在是体力不支，于是，她合上了眼睛。

见翠屏她们回来，素凌忙将手指放在唇边做了一个嘘声的动作，几个人立刻放轻放缓了脚步。素凌走过去，轻声道："小姐睡着了，我们不要一同守着白白耗费精神，大家轮流歇息，只留一个人守着，倘若有事就告知别人。"

翠屏点头："说得是。"

因为喝过安神汤，苏浅月这一夜睡得不错，清晨睁开眼睛时感觉头脑清晰了许多，四肢上的瘙痒感亦很轻微。一旁守着的雪梅看到苏浅月睁开眼睛，目光很是清亮，知道她是好了许多，宽慰一笑："夫人，你醒了。"

苏浅月看到只有雪梅在，启唇一笑："你是不是累了？"

雪梅忙道："奴婢不累。奴婢是跟姐姐们一起轮流守着夫人的，奴婢没来多久。"说着，她忙将备好的热茶端来，"夫人是否口渴，先喝口水吧。"

"好。"

雪梅将苏浅月扶起，苏浅月正喝着茶时，素凌走了进来，一眼看到她，心知她是没事了，一颗心终于"咕咚"一声落回原处。素凌走过去静静地看着她。

苏浅月将茶盏递给雪梅，素凌方道："小姐，感觉如何了？"

苏浅月用手轻轻撩起寝衣的衣袖，素凌看到那块块红斑颜色变浅消退了不少，她心里才踏实下来。雪梅早已将一只手覆上去轻轻摩挲帮苏浅月去痒，心疼道："夫人，还痒吗？"

苏浅月给了她一个安慰的眼神："不痒了。"她轻轻地将雪梅的手拿开，"你定然也累了，素凌在，你就去歇息吧。"

"谢夫人关怀。"

雪梅走出去，素凌才细心看苏浅月的面容，果然是精神了许多，她却仍心有余悸："小姐，以后你自己要仔细，别吓素凌了。"

苏浅月轻轻摇头。要怎么做才算仔细？她觉得自己够仔细的了，只是自己在明处，旁人在暗处，常言道明枪易躲，暗箭难防。

这次，她真是因饮酒过量而中毒吗？天方夜谭般地可笑，只是她无法拿出确凿的证据来证明她不是。更有府中大夫的诊断，一时她亦不敢完全否定大夫的话。苏浅月只是疑惑地看着素凌："我从前饮酒时从未有过如此症状。那时我们在落红坊，碰到放肆的酒徒，无奈之时我也有过微醉，可即便醉意很浓时，也从来没有过神志不清的时候，为何昨夜我会中了酒毒？实在奇怪。王府的酒自然都是上好的，不会有劣质的酒，应酬中我承认有些饮酒过量，却不至于如此呀，到底是什么东西令我中毒的？"

苏浅月低头看着手臂上的红斑，百思不得其解。她是千金小姐，自幼家境的陶冶令她自有气度和分寸，做事更有把握不会狂放，还有在落红坊的万般磨炼，令她成为表面温婉、内心强大的女子，知轻识重。王府的宴席她虽然是八面玲珑地应酬，但暗中是有分寸和进退的，如何会头脑混乱、饮到晕厥中毒？

素凌更是疑惑道："昨日我又没有在小姐身边，哪里知晓小姐究竟饮了多少酒，身子伤得如此严重？我也奇怪，小姐顶多是醉酒，也不至于晕厥中毒的呀，难不成酒里有了旁的东西？"如此疑问其实在昨夜她就已经有了，只是不敢说出来而已。

两个人四目相对，苏浅月将一根手指竖在唇边，示意素凌不可以再说这样的话。

素凌忙转头四望，看到无人才放下心来，她轻声道："小姐，你昨日的情形太过古怪，我不信你是饮酒中毒。太妃的宴会今后还是不要去参加的好，你看上一次是蓝夫人小产，你这一次是酒精中毒，什么道理？难不成是太妃要害你们？定是有人借了机会在害人。"

苏浅月急忙低声道："不可以胡说。"

她心里又何尝不明白，她昨日昏迷，定不是酒精中毒那样简单。倘若醒不过来，还不晓得这条命是不是就没有了。想及此，苏浅月不觉背上出了一层冷汗。

"也怪那些夫人，大家都是女子，适可而止就行了，何必要为难别人。"素凌低声嘟囔，心里想再多，小姐不让说的她也不敢说。

"是我自己不小心，要怪也是怪我自己，不要说了。"苏浅月轻声道。

素凌从旁边拿了药膏盒子过来:"小姐,我们将药膏涂了再起床。"

那是一个翠绿色的圆形盒子,打开,里面是半透明的乳白色膏体,有淡淡的好闻的香气溢出,涂在皮肤上透明无痕,清凉中有一种麻麻的感觉,浅浅的刺痒感顿时消失,很是舒服。

就在素凌为苏浅月涂抹药膏的时候,翠屏也走了进来,两人一起将苏浅月四肢上凡是红肿的地方都涂抹了药膏。

翠屏小心道:"夫人,感觉如何了?"

"好多了。"

翠屏这才放心,同素凌一起精心地服侍苏浅月起床梳妆。

苏浅月刚刚用过早饭,还在外间时,太妃就遣了丫鬟晴晴来问安:"梅夫人安好,太妃十分放心不下夫人,遣奴婢来看望,要奴婢照实回禀梅夫人的状况。"

晴晴毕恭毕敬,不敢抬头。

"回去禀告母妃,就说我已经好了,改日去给母妃问安。"

晴晴这才松了口气:"这就好,奴婢也一直担心着。太妃昨晚都没有歇息好,一个劲儿地责怪自己,说是上一次想好好地玩一玩,梅夫人的腰却伤着了,这一次实心实意地要给梅夫人庆贺,希望梅夫人高兴,谁知道又出了这种事。太妃一个劲儿地自责,奴婢亦怕太妃太过忧心,梅夫人好了就好。"

苏浅月莞尔一笑:"回去告诉母妃,就说我多谢她老人家的惦记,让她放心吧。"

"遵命,奴婢这就去告知太妃。"

晴晴走了,苏浅月怔怔地想着晴晴的话,太妃的自责或许是真的:上一次聚会,她扭伤了腰、蓝彩霞流产,这一次宴会,她又酒精中毒,不管哪一个是真哪一个是假,都和太妃扯上了关系,换作是她,心里也会纠结,苏浅月反倒同情太妃了。她相信蓝彩霞流产不是太妃的过错，亦相信她喝酒中毒不是出自太妃之手。只是，借太妃来害人的人，到底是谁？

"小姐，不要在这里坐着了，还是进暖阁歇息吧。"素凌伸手去搀苏浅月。

苏浅月只觉脚下虚浮，即将站起时，忽然一个趔趄就要倒下去。

"小姐！"素凌一声惊呼，一旁的翠屏正好看到，她慌忙抢上前去一把扶住苏浅月，两个人同时惊出一身冷汗。

素凌道："好险。"

苏浅月叹道："我以为自己无事了呢，却还是脚下无根，浑身酥软无力。"

素凌急急道："小姐，还是要小心了。"

依旧是素凌和翠屏合力将苏浅月扶上床榻，苏浅月心中不宁，挥手道："你们两个出去吧，我想静一静。"

"是，小姐（夫人）。"

素凌、翠屏刚刚迈步走出暖阁，就见侧太妃急匆匆地走了进来，两人慌忙施礼相迎："侧太妃安好。"

侧太妃停步，微带喘息地问道："梅夫人的身体可好些了？"

"回禀侧太妃，我家小姐好多了，多谢侧太妃挂怀。"素凌又恭恭敬敬地施礼道。她知晓侧太妃对小姐的偏爱。

侧太妃点点头，又在她们的引领下走向暖阁。

苏浅月心中有说不出的纠结懊恼以及难过疑惑，太多的事情在脑海里杂乱成一团，她想细细地理一理头绪，不料侧太妃竟这么早赶过来看她，她忙起身就要下床，侧太妃已经坐在床边，制止了她的动作："你就靠着吧。"

"侧太妃……"望着侧太妃如母亲似的慈爱目光，苏浅月心中感动。

侧太妃长叹一声，细细地端详着苏浅月憔悴苍白的脸色："你平日有过过度饮酒的时候吗？可曾有过类似的状况？"

"从未有过，想必是有人见不得我如今过得好，不过是想要置我于死地罢了！"最终没有忍住，苏浅月狠声将最不该说的话冲口而出。

"你……"

苏浅月顿时警觉，意识到自己的失态，目光落在侧太妃无奈、痛惜又微有薄怒的脸上，她慌忙道歉："侧太妃，妾身失言了。"

侧太妃摇了摇头，脸上的悲悯是那样明显："玥儿，在老身面前也就罢了，日后不论心中是如何想的，都是不能流露在外人面前的，聪明如你，应该懂得。"

苏浅月连连点头："是，妾身失言了，今后当铭记侧太妃的教诲。"

话刚刚说完，却不料因为一时的心浮气躁，竟引得四肢骤然刺痒难忍，苏浅月下意识地伸手去抓。她两只手轮换着在两只胳膊上狂抓，又移到两条腿上隔着衣裳抓挠，表情痛苦。

侧太妃一看她这情形，心中大骇："玥儿，你怎么了？"

"快，快给我取药膏来。"苏浅月狂乱中犹记得那药膏的奇效，眼睛望向那放在桌上的绿色盒子。

侧太妃顺着她的目光看去，立刻明白，麻利地将盒子拿过来打开。苏浅月不顾一切地伸出手指蘸了里面的膏体涂抹在胳膊上，侧太妃亦急急道："我来，我来……"

一番手忙脚乱，涂上药膏后，苏浅月才觉得刺痒好了许多，心神也不再那样狂躁。她才想到刚刚突然出现的症状不过是心浮气躁引起的，看来在症状消失之前，她必须心平气和才行。她忙放缓了呼吸令自己平静下来，看了一眼依旧紧张的侧太妃，她歉意道："侧太妃，累您老人家了。"

侧太妃担忧地望着苏浅月："感觉如何了？"

"已经好了很多。方才可能是我心神不宁所致，是我的错，害您为我担心。"苏浅月解释着，满脸愧意。

"没事就好，以后记得要冷静些。还有，有些不利于自己的事，即便心中明白，在没有证据和把握之前不要乱说，即便是有了证据……倘若自己不敌对方，该忍受的依旧要忍受，做人要思久长，明白吗？"侧太妃将意味深长的目光投在苏浅月的脸上，她用手中的帕子将苏浅月额头上的细密汗珠拭去，又温言道，"老身晓得你是聪颖的孩子，瑾儿那般看重你，为他亦为了你自己，更为你们能长久，都需要你小心谨慎地保护好自己。"

苏浅月心中明白，侧太妃会教诲自己，除了因容瑾是她的亲生儿子，而自己恰恰又是容瑾最在意的女子，亦是真心实意地为自己好的。苏浅月心中感动道："多谢侧太妃，月儿明白了。王爷不在府中，我不会给他惹麻烦的，更不会刻意计较，您请放心。"

侧太妃点头道："忍一时心平气和。"言毕，她看着苏浅月。

苏浅月镇静道："退一步海阔天空。"

终于，侧太妃脸上的笑容荡漾开来："玥儿，得到皇封是你的荣耀，与荣耀相衬的必有暗淡，不肖小人亦有不服不忿，老身知你晓得。你身上的症状有潘大夫调理，他医术高明，老身自是放心。不过，老身看你身上的斑块严重，突然想起另外一个大夫来，还是很久之前老身因风湿引起一些病症，特意请他来看过，效果极好。这样吧，晚间老身暗中找人悄悄带他来为你瞧瞧，但不可给旁人晓得。你可听听他的说法，自己再斟酌斟酌。"

苏浅月一惊：侧太妃难道不相信府中的大夫？不可能！或许侧太妃只是单纯地为她好，希望她更快地恢复。她忙道："多谢侧太妃苦心，月儿晓得。"

张芳华终究是不放心，收拾好一切就又来看望苏浅月。刚踏进凌霄院的大门，正好翠屏送侧太妃走出来，两人相遇，张芳华忙施礼："侧太妃万福。"

侧太妃定定地看了张芳华一眼，叹气道："唉，还有你不放心萧丫头呀，但愿你们是真正相互照顾的姐妹。"

"侧太妃放心，您的意思我明白。"

"那就好。"

两个人深深对望一眼便各自朝相反的方向而去，张芳华匆匆忙忙正要踏进暖阁，正好素凌挑帘出来，素凌抬眼看到是张芳华，忙施礼轻声道："张夫人。"

张芳华眼见素凌双眼含泪，愣了愣："梅夫人状况不好？"

素凌摇摇头道："不是，奴婢只是希望张夫人能劝劝我家小姐。"说完，她撩起了帘子。

张芳华走进去，见苏浅月背对着她坐在床榻上，她的脚步滞了一下。

苏浅月早听到脚步声，转身看到是张芳华，忙招手："张姐姐。"

张芳华快步走过去坐下，苏浅月已经抓住了她的手，急切道："张姐姐，你可曾听说过区区几杯酒就中毒的？即便是男子，饮酒中毒的事情也极为罕见，我竟然饮酒中毒，不是笑话是什么？我饮酒过量致死还说得过去，饮酒中毒根本就是笑话，我相信我就是醉死也不会饮酒中毒的。"

张芳华一脸焦急地道："妹妹，别这样想，好吗？就算你中毒不是一件单纯的事，那也是旁人的过错，你怎么可以如此诅咒轻贱自己？"

苏浅月突然一声冷笑："张姐姐，我断断不会饮酒中毒，你信吗？定是有人出手要置我于死地，只是我命大没死，也是你对我好，给我及时救治才让我免于一死，不是吗？你见我有异样，早已经心中有数了，你担心我出事才警觉地跟着我出来。如果昨夜拖延了救治我的最佳时机，我现在早已经死了。张姐姐，我的命其实还是你救回来的，不是吗，姐姐？"苏浅月突然泪流满面。

张芳华慌了："妹妹，我……我委实是担忧你的，不想你出事。你我相处的时日虽不多，但我感觉我们是合得来的姐妹，我既然心中有异，如何放任你不管？"

　　"姐姐，是你善良才救了我。不知有多少人视我为眼中钉、肉中刺，唯有你……"

　　"别说这些了，不是都过去了吗？萧妹妹，日后我们都要谨慎一些，护好自己就行了，旁的都不要追究了。"

　　"不，不！就算我找不到害我的人，也要弄明白是这酒真的有问题，还是我自身的问题，我一定要弄清楚！"苏浅月放慢了语气，却更带了些狠厉的感觉。

　　侯门王府，本从一开始就不想踏入一步，她却阴差阳错地进了这里，也从没想过与谁为敌，却没想到自己时时刻刻的忍让避忌，倒让那些人没了顾忌，轻易就敢下手，若是再没有容瑾的宠爱，还不知自己能不能活到今天。萧天逸向来是对自己倾心帮助的，但如今看来，他的身份也是处处透着古怪，不然，那个奇怪的仆人又如何解释？呵，离开了落红坊，却又进了这里，从来没有一丝安宁，这些年的兜兜转转，竟从来都轮不到自己做一回主。

　　天渐渐暗下来，张芳华已经回自己的院子去了，苏浅月一直想着这些年来的流离辗转，一时温柔满面，一时又冷笑不已。到了夜间，她手臂上的红斑越发可怕，人也开始昏迷，渐渐地发起烧来，素凌和翠屏忙去求了太妃，请了太医来诊治，却迟迟没有效果，一时之间两个人都六神无主，只希望容瑾能早日回来……

图书在版编目（CIP）数据

风尘王妃：半世烟花倾天下 / 童颜著. — 北京：
北京联合出版公司，2017.11
ISBN 978-7-5596-0908-3

Ⅰ. ①风… Ⅱ. ①童… Ⅲ. ①长篇小说－中国－当代
Ⅳ. ①I247.5

中国版本图书馆CIP数据核字(2017)第203887号

风尘王妃：半世烟花倾天下

作　　者：童　颜
出版统筹：新华先锋
责任编辑：谢晗曦　夏应鹏
特约监制：黎　靖
策划编辑：黎　靖　李　娜
封面设计：杨祎妹
封面绘图：吴　莹　张扬浩
版式设计：徐　倩
营销统筹：章艳芬
ＩＰ运营：覃诗斯

───────────────────────

北京联合出版公司出版
（北京市西城区德外大街83号楼9层　100088）
北京雁林吉兆印刷有限公司印刷　新华书店经销
字数150千字　620毫米×889毫米　1/16　16印张
2017年12月第1版　2017年12月第1次印刷
ISBN 978-7-5596-0908-3
定价：39.80元

───────────────────────